화이트 호스

WHITE HORSE

화이트 호스

강화길 소설

문학동네

차례

음복 飮福

너는 아무것도 모를 거야.

*

그러니 말해보자면, 고모가 그 집의 악역이었다. 집안마다 한 명씩 있는 그런 사람 말이다. 장례식장에서 다른 가족들이 일하는 동안 본인 앞으로 들어온 조의금을 세어보는 사람. 사정 뻔히 알면서 너는 성적이 어느 정도이고 취직은 언제 할 생각이냐고 묻는 사람. 너 친구는 있니? 살이 너무 찐 거 아니야? 운동을 해라 운동을, 응? 그리고 몇 년 만에 갑자기 말을 걸어와서 이렇게 묻는 사람. 너는 아직도 용돈 받니? 우리 애는 이제 독립했는데, 너는 결혼은 안 해? 남자친구는 있니?

결혼 후 첫 제사였다.

다른 날 같았으면 퇴근길에 사온 저녁거리를 소파에서 다 먹어치운 뒤 남편의 무릎을 베고 누웠을 것이다. 그리고 76부작짜리 중국 드라마를 봤겠지. 후궁들의 암투를 그린 청나라 배경의 사극이었는데, 주인공을 함정에 빠뜨린 악역의 계략이 한창 밝혀지던 중이었다. 남편과 나는 그 드라마를 좋아했다. 주인공이 악역 못지않게 악독했던 것이다. 심지어 그녀는 다른 남자와의 사이에서 생긴 아이를 황제의 아이로 속이기까지 했다. 아주 능숙하고 대담하게. 그 에피소드를 보고 우리는 매우 흥분했다. 와, 이제 다른 후궁들은 끝났다. 모두 다 죽을 것이다. 아주 처참하게 몰락할 것이다. 그런데 아이의 정체는 밝혀질까. 그래서 다들 모든 진실을 알게 되려나. 지금도 남편은 종종 이야기한다.

"그만한 드라마가 없어. 참 시시해."

그러나 그날 저녁 나는 후궁들의 팔자를 궁금해하는 대신, 시댁 소파에 앉아 고모가 건넨 말의 저의를 파악하느라 애쓰고 있었다. 인사를 마치기가 무섭게 그녀가 내게 이렇게 말했던 것이다.

"오늘 내가 컨디션이 안 좋아. 조카며느리가 이해 좀 해줘?"

순간 나는 살짝 날이 섰다. 늦게 왔다고 타박하는 걸까. 제사상 차리는 걸 안 도왔다고? 나는 그녀의 말을 전혀 알아들을 수 없었다. 대체 뭘 이해하라는 거야?

·

나와 달리 남편은 속 편해 보였다. 한참 동안 거실을 둘러보더니 새집 냄새가 다 빠지지 않은 것 같다는 말만 겨우 꺼내놓았으니까. 석 달 전, 그러니까 우리가 결혼한 직후 시부모님은 굳이 넓은 집에서 살 이유가 없다면서 시 외곽의 작은 아파트로 이사했다. 도심에서 멀어지고 집은 좁아졌지만, 이제 시부모님 집 발코니에서는 저수지와 하늘이 맞닿는 풍경이 보인다. 여름이라 그랬나, 아니면 그 동네에서는 흔해빠진 광경이었으려나. 그날, 해가 지면서 주변이 온통 주홍빛으로 물들었다. 구름이 낮게 가라앉으며 저수지 위에 그림자를 드리웠다. 듣기로 그 동네에서 사는 것이 시어머니의 오랜 소원이었다고 한다. 그런데 한 가지 문제가 있었다. 이사를 간 후 할머니의 치매 증세가 약간 심해진 것이다. 전에는 식구들 얼굴을 헷갈려하는 정도였는데, 이제는 뭘 묻든 맥락에 전혀 관계없는 동문서답을 한다고 했다. 그리고 그 모든 대답은 한때 그녀가 열심히 봤던 일일 드라마의 내용이었다.

"그런데 애는 안 낳아?"

"네?"

느닷없는 질문에 정신이 들었다. 아마 그날 내가 가장 많이 반복한 말이었을 것이다. 무슨 말인지 몰라서 되묻는 것이 아니라, 너무 잘 알아들은 바람에 순간적으로 튀어나오는 말.

네?

그러나 고모는, 지금 생각하면 일부러 그런 것 같기도 한데, 말

귀를 못 알아듣는 내가 답답하다는 듯 천천히 또박또박 다시 말해 주었다.

"아기 말이야, 아기. 안 낳아?"

바로 그 순간 나는 깨달았다. 이 사람이구나. 다른 식구들의 신경을 긁어대는 인간. 미움받을 소리를 잔뜩 늘어놓고 내가 아니라 너희들이 못돼처먹은 거라고 말하는 사람. 같은 공간에서 숨쉬는 것조차 부담스럽고 싫은 사람. 그래, 바로 그녀였다.

하지만 사실 나는 당황스러웠다. 우리는 칠 년이나 연애했는데, 그동안 그는 고모의 험담을 한 적이 없었다. 물론 원래도 그는 남에 대해 쉽게 이야기하지 않았고, 가족에 대해서는 더더욱 그랬다. 하지만 고모의 경우는 뭐랄까, 험담이 문제가 아니었다. 고모는 그가 내게 말해준 사람과 전혀 달랐다. 뭐라고 했더라. 아버지의 여동생이고 세 살 터울이라고 했다. 초등학교 선생님이고, 그와 동갑인 딸이 하나 있다. 이름은 이정원이다. 정원은 남편과 달리 굉장히 공부를 잘했다. 하지만 수능에 실패하는 바람에 재수를 했고, 이후 어쨌든 약대를 졸업한 뒤 원하던 대로 멋지게 살고 있다…… 실제로 정원이 멋지긴 한 것 같았다. 왜냐하면 그녀는 해외출장을 핑계로 우리 결혼식에 오지 않았는데, 그날도 업무가 너무 많다며 얼굴을 내밀지 않았으니까. 그가 고모와 사촌에 대해 이야기한 건 이게 전부였다.

아, 한 가지 더.

“정원이가 원래 소심한 성격이 아닌데, 재수할 때 많이 힘들었던 것 같아. 살이 십 킬로쯤 빠졌어. 그즈음에 고모가 고모부랑 이혼하기도 했고.”

이후 고모는 훨씬 편해지신 것 같다고 했다. 만나는 사람이 있는 것 같지도 않다고 했다.

“있어도 말씀 안 하실 거야. 진중하고, 속이 깊으시거든.”

다…… 거짓말이었니?

그래도 나는 고모에게 최대한 공손하게 대답했다.

“아직 계획 없어요.”

이에 쏘아붙이는 듯한 대답이 되돌아왔다.

“왜 계획이 없어? 결혼했으면 당장 그 계획부터 세워야지.”

나는 고개를 끄덕이며 애써 미소를 지었다. 그때만큼 그에게 화가 난 적이 없었던 것 같다. 왜 아무 말도 하지 않고 가만히 앉아 있기만 하는 거야? 이런 일이 벌어질 줄 몰랐어?

그러나 그는 거실만 계속 둘러볼 뿐이었다. 새집 냄새가 아직도 걱정되는 모양이었다. 주변을 살피는 그의 눈빛은 조금씩 자주 변했다. 염려하다가 안심하다가, 다시 살짝 불안해하다가 고민하다가. 그러다 나와 눈이 마주쳤다. 나는 그의 걱정이 잠잠해지는 것을 보았다. 서서히, 고요하게, 모든 그늘이 사라진 얼굴. 내가 좋아하는 얼굴이었다.

그때 시어머니가 부엌에서 걸어나오며 말했다.

"고모는 뭘 그런 걸 물어보고 그래요."

그녀는 특유의 쾌활한 말투, 톤이 높고 웃음기가 배어 있는 목소리로 덧붙였다.

"우리 애들이 다 알아서 할 거예요."

나는 그녀가 '우리'라는 단어에 힘을 주어 말하는 걸 느꼈고, 덕분에 기분이 조금 풀어졌다. 생각해보면 내가 시어머니를 좋아하는 편이어서 더 그랬던 것 같다. 그녀는 이십 년 넘게 간호사로 일했고, 그때도 요양병원의 야간근무를 자임할 정도로 에너지가 넘쳤다. 사회생활에 능숙한 사람들에게서 느껴지는 어떤 태도가 몸에 배어 있었다. 적당한 선을 유지하면서 충분히 친절하고 다정한 마음을 전달할 줄 알았달까. 때문에 그녀를 만나고서 나는 남편의 일부를, 그러니까 내가 그의 어떤 점을 좋아하는 건지 조금 더 명확히 알게 되었다. 물론…… 그는 시어머니만큼 눈치가 빠르지는 않았지만. 어쨌든 남편과 내가 결혼식을 가족들 앞에서만 작게 올리고 싶다고 했을 때 가장 먼저 흔쾌히 허락한 사람도 시어머니였다. 처음에는 그의 부모님 때문에 상처받을 일이 생길지도 모른다고 생각했는데, 내 부모님을 설득하는 일이 더 어려웠다. 결국 나는 엄마를 끌어안고 속삭여야 했다.

"엄마가 나를 이해해줘야지. 엄마가 아니면 누가 나를 이해해줘."

고모를 향한 시어머니의 대답은 결혼식을 준비할 때처럼 간단명료하면서 아주 분명했다. 그녀에게 보호받고 있다는 기분이 은근히 나쁘지 않았다. 고모는 이제 더는 무례한 질문을 하지 않을 것이다. 어쩌면 말도 걸지 않을지 모르지. 반면 남편은 아직도 상황을 파악한 것 같지 않았다. 고모와 자신의 엄마를 번갈아 바라보며 헐렁하고 실없는 미소를 지었을 뿐이었다. 나도 모르게 헛웃음이 흘러나왔다. 그때 고모의 날카로운 목소리가 들려왔다.

"네. 알아서 잘하도록 언니가 도와주시겠죠."

금방이라도 싸움이 벌어질 듯 팽팽한 긴장감이 주위를 에워쌌다. 문득 살짝 후회가 되었다. 그냥 대충 대답할 걸 그랬나. 언젠가는 계획이 생기지 않겠냐고 말이다. 쓸데없는 말을 덧붙이며 수다를 떨어도 좋았을 텐데. 전혀 계획은 없는데 아기 생각을 하면 이상하게 딸이 먼저 떠올라요. 그것도 저를 꼭 닮은 모습으로요. 그래서 계획을 못 세우나봐요…… 그러나 조용했다. 아무 일도 일어나지 않았다. 후텁지근한 바람만 밀려들었다. 시어머니는 무심한 표정으로 제사상 귀퉁이의 먼지를 닦아냈고, 고모는 소파에 지그시 등을 기대고서 창밖을 바라보았다. 그리고 우리가 도착했을 무렵부터 제문을 적기 시작한 시아버지는 이제 마지막 한자를 쓰고 있었다. 내가 잘못 들은 걸까. 너무 예민했던 걸까. 내심 민망했다. 두 사람은 어쩌면 원래 저렇게 대화하는 사이일 수도 있겠다는 생각까지 들었다. 엄마와 외삼촌도 그랬으니까. 하지만 두 사람은 진짜로 사이가 나빴고, 내가 여덟 살 때인가 결국 절연하지 않았던가…… 나는 복잡한 기분으로 남편을 쳐다보았다. 내가 사랑하는 그 남자는 어느새 꺼내든 핸드폰으로 국제정치 기사를 읽고 있었다. 중국이 중요하다고 했다. 그래, 언제나 중국이 중요하지.

생각해보면 그는 시어머니와 고모의 사이에 대해서도 별다른 말을 한 적이 없었다.

그런데, 그가 갑자기 떠올랐다는 듯 시어머니에게 물었다.

"엄마, 할머니는?"

"응? 방에 계시지."

시어머니의 말이 끝나기도 전에 그가 자리에서 일어났다. 얼결에 나도 따라 일어났다. 시어머니가 손사래를 쳤다.

"아이고, 나중에 인사해. 지금 주무셔. 아홉시가 다 되어가잖니."

그러자 고모가 혀를 차며 작게 웃었다. 나는 시어머니의 미간이 아주 천천히 구겨지는 것을 보았다. 그리고 바로 그 순간이었을 것이다.

그 음식, 제수祭需, 제찬祭饌, 제물祭物. 새빨간 양념에 버무려진 뼈가 붙은 큼지막한 고깃덩어리. 제사상 한가운데 그 요리가 놓여 있었다. 그걸 왜 그때야 발견했을까? 다진 셀러리와 싱싱한 고수가 양념 위에 듬뿍 얹혀 있고, 덕분에 주홍빛 양념 색깔이 더욱 강렬하게 두드러지는 그 요리를. 고추장이라고 하기에는 색이 좀 묽고 옅었다. 그럼 토마토인가? 어디 요리인지는 알 수 없었다. 동남아? 중국? 아니면 유럽? 하지만 무엇보다 내 눈길을 끌었던 건, 그 이국적인 요리가 딱 봐도 지름이 삼십 센티미터는 되어 보이는 검은색 르크루제 무쇠 냄비에 담겨 있다는 사실이었다. 제기에 얌전히 담긴 나물 반찬과 생선찜, 깎은 생밤과 삶은 달걀, 사과와 배 같은 음식들 사이에 말이다.

"할아버지가 좋아하시던 요리야."

옆에서 남편이 속삭였다. 나는 낮게 웃음을 터뜨렸다. 내내 아무것도 눈치 못 채더니, 내가 이걸 궁금해하는 건 어떻게 용케 알아챘구나? 그는 의아한 눈빛을 하면서도 나를 따라 웃었다.

"그래? 할아버지가 외국 요리를 좋아하셨나봐?"

"응, 참전하셨거든. 그 이후로 입맛이 완전히 변하셨대."

"참전? 베트남?"

"응."

처음 듣는 이야기였다. 나도 모르게 마음이 조금 상했다. 나는 그의 할아버지가 젊은 나이에 가족을 꾸렸고, 소규모 도매업을 하다가 역시 제법 이른 나이에 과로와 성인병으로 돌아가셨다는 말만 들었다. 아, 그를 굉장히 예뻐했다는 말까지. 반면 나는 그에게 온갖 이야기를 다 했다. 엄마와 외삼촌의 절연이 사 년이나 갔고, 이후 외갓집에 갔을 때 무언가 달라져버린 느낌을 받았다고. 그래서 결국 이모와 외삼촌의 아이들, 내가 그렇게 좋아했던 언니 오빠들과 더는 어울릴 수 없었다고 말이다. 그것뿐이었던가. 그들은 어느 날 나만 남겨두고 자기들끼리만 모여 옆집 할머니 생신 잔치에 갔다. 낡고 오래된 한옥에 나 혼자 남아 있었다. 화가 난 나는 마당에 핀 코스모스를 다 뜯어서 거꾸로 파묻어버렸다. 잘린 줄기가 허공에 삐죽삐죽 솟았다. 이후 나는 외사촌들과 말 한마디 나누어본 적이 없다. 그런데 너는 고모가 얼마나 짜증나는 인간인지는 고사하고, 할아버지의 베트남 참전 이야기도 해주지 않았던 거지.

하지만 나는 능청스럽게 물었다.

"그럼 베트남 요리야?"

"글쎄, 모르겠네."

그가 시어머니를 향해 물었다.

"엄마, 이거 베트남 요리예요?"

"응? 아니야."

그녀가 대답했다.

"아, 그래? 그럼 어느 나라 음식이야?"

그러자 시어머니가 약간 난처한 표정으로 내 눈치를 살폈다. 왜 그러시지? 설마 여기서 또다른 비밀이 튀어나오려나. 그녀가 말끝을 흐리며 대답했다.

"그냥 고기찜이야. 토마토 고기찜."

더는 묻지 말라는 듯한 말투였다. 나는 계속 신경이 쓰였다. 시어머니답지 않다고 해야 할까. 그녀는 묘하게 소극적이었고, 뭔가를 숨기고 있었다. 그 순간 고모가 대화에 끼어들었다.

"어디 요리긴 어디 요리야. 한국 요리지. 언니가 만들었잖아요."

그리고 남편에게 말했다.

"네 할아버지가 저런 맛을 계속 찾으셨거든. 시큼하고 느끼하고 짭짤하고…… 한식 잘 안 드셨잖아."

그러더니 고모는 갑자기 뭔가 떠올랐다는 듯 남편을 똑바로 쳐다보았다.

"그런데 너 할아버지 기억은 나니?"

남편이 웃었다.

"아 그럼요. 당연하죠. 저 할아버지랑 밥 먹는 거 좋아했어요."

고모는 여전히 신경질적이고 예민한 시선으로 그를 뚫어지게 쳐다봤다. 그가 일부러 쾌활하게 대답하는 건지 아니면 진짜로 옛일을 기억하며 웃는 것인지 궁금해하는 것 같았다.

그녀가 물었다.

"그래?"

"네. 빵이랑 고기랑, 이런 것만 먹으니까 좋을 수밖에 없었죠. 용돈도 많이 주시고."

"좋았구나."

"네, 진짜 좋았죠."

아마 그때였을 것이다. 처음으로 나는 고모가 짜증나지 않았다.

그 대화, 한 명은 계속 말을 빙빙 돌려가며 공격하고 다른 한 명은 전혀 알아듣지 못한 채 쾌활하게 웃는 그 기괴한 대화가 이들 사이에 아주 여러 번 반복되어온 것 같다는 느낌을 받았던 것이다. 그러니까, 나는 알아차렸던 것이다.

고모는 내 남편을 미워했다. 그리고 남편은 그걸 몰랐다.

왜일까. 나를 향한 무례한 질문이나 시어머니를 향한 신경질적인 대답 역시 그런 감정의 일부일지 모르겠다는 생각도 했다. 그러니까 왜일까. 어째서 그녀는 조카에게 그런 날카로운 심지를 품고 있는 것일까. 얼마나 오래된 것일까. 서른두 해. 그가 살아온 내내 고모에게 그런 시선을 받아왔을지도 모른다는 생각을 하자 문득 마음이 착잡했다. 고모가 비겁한 사람이라는 생각도 했다. 어른이 꼭 이렇게밖에 할 수 없는 걸까.

그러나 돌이켜보면 그때 그녀는 나름대로 그런 감정을 억누르려 매우 노력했던 것 같다.

바로 그 어른이라는 이유 때문에.

그래서였겠지. 고모는 시어머니에게 빨리 제사를 시작하자고 말했다.

"언니, 저 빨리 끝내고 집에 갈래요."

남편이 놀란 목소리로 고모에게 말했다.

"벌써요? 아직 아홉시도 안 됐는데요?"

결국 고모는 짜증이 오를 대로 오른 목소리로 남편에게 쏘아붙였다.

"우리 늙은 거 안 보이니? 피곤하니까 일찍 끝내고 집에 가야지. 그리고 항상 일찍 시작해서 열시 전에 끝냈어. 하긴 너는 전혀 모르겠지만."

사실이었다. 그는 살면서 제사에 신경써본 적이 없었다. 부모님이 아무 말도 안 했다고 했다. 그러면 그날 뭐했는데? 대답은 아주 간단했다. "공부하고, 학원 가고 친구들 만나고…… 뭐했지?" 때문에 그는 시어머니가 열성적으로 제사를 챙기는 걸 이해할 수 없다고 말했다. "외할아버지도 아니고 친할아버지야. 엄마가 왜 그러는지 나는 정말 모르겠어."

그러나 적어도 그때, 남편은 고모가 자신에게 화를 내고 있다는 건 알아차렸다. 고모를 바라보는 그의 낯빛이 잠시 어두워졌다. 하지만 언제나 그렇듯 오래가지 않았다.

"죄송해요, 고모. 제가 생각이 짧았어요."

그러더니 그는 시어머니에게 당장 제사를 시작해도 되냐고 물었다. 그 목소리를 들으며, 나는 고모에 대한 그의 다정한 소개를 다시 한번 떠올렸다. '진중하고 속이 깊으신 분이야.'

나는 고모가 앞으로도 남편을 미워할 것 같다고 생각했다.

대답은 시아버지가 했다.

"그래, 이제 제사를 치르도록 하자."

*

그리고 내 남편은 자신을 미워하는 사람을 미워하지 않는다.

여전히.

*

시아버지가 제사상 앞에 나가 잔에 술을 부었다. 그리고 두 번 절했다. 이어 온 식구가 함께 절을 했다. 두번째 절을 하고 고개를 숙였을 때, 나는 곧장 일어나려 했지만 아무도 움직이지 않아 머쓱한 기분으로 고개를 들었다 내렸다. 얼마나 지났을까. 이제 끝났다 싶었는데 시아버지가 남편을 불렀다. 귀에 대고 무슨 말을 속삭였다. 어떻게 해야 하는지 알려주는 듯했다. 나는 남편이 시아버지처럼 잔에 술을 붓고 두 번 절하는 모습을 지켜보았다. 이어 시아버지가 제문을 낭독했다. 가락을 붙여 한자의 음을 읽는 것이었고, 당연히 나는 무슨 말인지 전혀 알아듣지 못했다.

그런데 시아버지의 목소리를 길게 들어보는 건 그때가 처음이었다. 활발한 시어머니와 달리 그는 늘 과묵했고 눈에 잘 띄지 않았다. 결혼식 날 남편이 큰절을 올리지 않은 걸 두고 잔소리를 했을 때 딱 한 번 모두의 시선을 받았을 뿐이었다.

시아버지의 목소리가 멈췄다. 이제 정말 끝난 건가. 시아버지의 목소리가 다시 들렸다.

"세나도 인사드려야지."

"네?"

잠시 나는 일부러 그 자리에 버티고 섰다. 시어머니의 반대를 기다렸던 것이다. 하지만 시어머니는 나를 도와주지 않았다. 아무 일도 아니라는 듯, 아니, 아무 일도 없다는 듯 조용했다. 그래, 시어머니는 제사를 열성적으로 챙기는 분이었지. 나는 빠르게 포기하고 앞으로 걸어나갔다. 어차피 분란을 일으키러 온 것이 아니었다. 도중에 남편과 눈이 마주쳤다. 그가 내게 짧은 윙크를 보냈다. 나는 그의 뜻을 알아들었다.

'좋아, 해치워버리자.'

나는 가볍게 심호흡을 한 뒤 상 앞에 앉았다. 시아버지가 따르는 술을 받았다. 향냄새와 술냄새가 뒤섞여 내 얼굴에 달라붙었다. 첫번째 절을 했고, 다시 몸을 수그려 두번째 절을 했다. 이마가 바닥에 닿았다. 마음먹고 엎드리긴 했지만 역시 이상했다. 낯선 집에서, 나를 잘 모르는 사람들 사이에서, 그것도 내가 단 한 번도 본 적 없는 죽은 이를 위해 절을 하고 있었으니까. 나는 속으로 한번 더 중얼거렸다.

'그래, 해치워버리자. 이번 한 번이니까. 처음이자 마지막이니까.'

사실 그것이 그날 우리의 진짜 목적이었다. 남편과 나는 부모님께 앞으로 제사를 모시지 않겠다는 허락을 받을 생각이었다. 남편에게는 당연히 유별난 일이 아니었고, 나도 마찬가지였다. 친가는 큰아버지가 워낙 엄격한 천주교인이라 진작부터 제사를 지내지 않았고, 외가의 경우 엄마와 외삼촌 덕에 그렇게 됐다. 두 분이 화해한 이후에도 우리 가족은 외가 제사에 가지 않았다. 그런데 내가 일 년에 한 번씩 그의 할아버지 제사를 모셔야 한다고? 남편도 똑같이 생각했다. 그래서 우리는 그날 하루만 의미를 부여할 생각이었다. 처음이자 마지막으로. 그 한 번으로 적당히 생색을 내며 예의를 차리고 다시는 가지 않을 생각이었다.

절을 마치자 시아버지가 다시 술잔을 건넸다. 나는 받은 술을 빈 접시에 부었고, 다시 받고, 부었다. 세 번을 그렇게 했던 것 같다. 시어머니가 밥그릇 뚜껑을 열었다. 숟가락을 밥 가운데 꽂았다. 젓가락은 육적 그릇 위에 올려놓았다. 이어 시아버지 혼자 절을 두 번 했다.

그리고 모두 뒤로 물러나라 했다.

"이제 식사하러 오실 거다."

그 말에 나도 모르게 창문을 바라보았다. 바람이 흘러들어오고 있었다.

거실은 비좁았고 다섯 사람이 함께 있을 공간을 찾기는 어려웠다. 반면 시부모님은 그런 것에 별로 구애받지 않는 것 같았다. 그들은 거실과 부엌이 만나는 경계에 자리를 잡고 앉았다. 고모가 시어머니 옆에 떨떠름한 표정으로 앉는 것이 보였다. 남편도 그쪽으로 다가갔고, 나도 그 뒤를 따랐다. 이상하게도 그곳으로 갈수록 공기가 서늘했다. 아무리 해가 지며 선선해졌다지만 여름이었다. 끈끈한 날씨에 향까지 피운 터였으니 당장이라도 그 자리에 주저앉고 싶었지만, 싫었다. 뭐랄까, 시댁 부엌에 알아서 내 발로 걸어들어가고 있다는 느낌 때문이기도 했고, 그 자리 특유의 분위기 때문이기도 했다. 거기서 느껴지는 한기란, 글쎄, 그곳에는 오랫동안 빠져나가지 못한 공기가 잔뜩 고여 있는 것 같았다. 게다가 고모가 어색한 눈길로 우리를 힐끔힐끔 쳐다보는 것도 싫었다. 그녀는 남편이나 내가 행여 자신의 옆에 앉을까봐 신경을 곤두세우고 있는 것 같았다.

결국 나는 몸을 돌렸다. 현관 쪽 방 근처에 혼자 서 있을 생각이었다.

남편이 당혹스러운 목소리로 나를 불렀다.

"세나야, 어디 가?"

조용히 넘어갔으면 했는데, 그 바람에 시부모님이 나를 쳐다봤다. 정말 눈치도 없지. 물론 고모는 고개를 돌리지 않았다. 나는 멋쩍게 대답했다.

"나 그냥 여기 서 있을게."

남편이 웃었다. 무슨 소리를 하는 거냐고 했다. 그러지 말고 이쪽으로 와. 아니야 이쪽에 있을게. 각자의 이쪽을 두고 실랑이를 벌였다. 살짝 짜증이 났다. '당신이 그냥 이쪽으로 오면 되잖아.' 그런 생각을 했던 것 같다. 그러다 고개를 돌리던 순간, 그러니까 아주 순식간이었는데, 제사상에 놓인 할아버지의 영정사진이 눈앞을 빠르게 스쳐지나갔다.

나는 고개를 똑바로 들었다.

할아버지의 얼굴을 제대로 쳐다보았다. 짙은 눈썹 사이가 좁고 볼이 툭 불거진, 젊지도 늙지도 않은 남자. 고요한 얼굴.

놀라울 정도로 남편과 똑같은 얼굴이었다.

"세나야."

그의 목소리가 들렸다.

그때, 등뒤에서 문이 열렸다.

*

기억나?

*

네가 나를 이해해줘야지. 네가 아니면 누가 나를 이해해줘.

*

남편과 시아버지가 제사상 양끝을 잡고 방향을 돌렸다. 중앙에 상이 놓이자 거실은 더 비좁아 보였다. 만일 식구들이 많았다면 서로 다닥다닥 붙어앉아야 했을 것이다. 그런 생각을 하니 약간 어지러웠고, 왜 이렇게까지 해서 함께 밥을 먹어야 하는지 이해할 수 없었다. 솔직히 나는 어린 시절부터 제사를 지낸 후 음식을 나누어 먹는 일이 왜 복이 된다는 건지 납득이 안 됐다. 기껏해야 귀신이 먹고 남은 음식을 먹을 뿐이지 않나. 그런 걸 복이라고 할 수 있나.

남편은 복을 누리는 것 같았다. 그는 기다렸다는 듯 토마토 고기찜을 앞접시 한가운데 가득 퍼 담았다. 그리고 큰 고깃덩어리를 손으로 집어 한입 크게 베어물었다. 붉은 양념이 그의 입가에서 접시로 뚝 떨어졌다. 언제는 할아버지가 좋아하는 음식이라더니,

사실 네가 좋아하는 거였구나.

"얘, 정우야. 굴비도 좀 먹어. 너 요즘 너무 말랐어."

시어머니의 말에 나는 건너편에 앉은 고모를 슬그머니 쳐다봤다. 그녀는 피곤해 보였다. 시금치나물을 한 젓가락 집어 밥그릇 위에 올려놓은 뒤 먹는 둥 마는 둥 하고 있었다. 그녀는 불편해 보였다. 그러나 꼭 기분 때문만은 아니었다. 누군가 그녀의 왼손을 꽉 쥐고 있었던 것이다.

할머니였다.

조금 전 문을 열고 나왔을 때만 해도 잠이 덜 깬 듯했는데, 이제는 정신이 맑아 보였다. 병명을 몰랐으면 전혀 문제가 없는 사람으로 생각했을 것이다. 실제로 할머니는 치매를 앓기에는 젊은 나이였다. 신체 건강도 좋았다. 통통한 체격에 허리는 곧고 눈은 총명하게 반짝였다. 말하는 게 어눌하다거나, 인지능력이 부족하다거나, 아무튼 이상해 보이는 증상은 거의 없었다. 오히려 젊은 시절의 어떤 흔적이라고 할까, 말과 행동에 묘하게 억척스러운 구석이 있었다. 이전에 남편은 할아버지 벌이가 시원찮을 때, 할머니가 담뱃가게를 꾸려 생계를 겨우 유지했다고 말했다. 그건 할아버지가 베트남에 가기 전이었을까, 다녀온 이후였을까. 남편은 당연히 그런 이야기를 해주지 않았다. 두 분 금슬이 좋아서 네 식구가 어려운 시기를 잘 넘겼다는 말만 해줬을 뿐이다.

할머니가 고모의 손을 어찌나 세게 잡았는지, 눌린 부분이 하얗게 변해 있었다. 그녀는 시아버지는 찾지도 않았다. 설마 자식 한 명을 아예 잊었나? 그녀는 고모가 앞접시에 놓아준 반찬에 손도 대지 않고 주위를 가만히 둘러보기만 했다. 그 모습에서 언뜻 남편이 보이는 것 같기도 했다. 집에 들어오자마자 새집 냄새가 난다면서 걱정스러워하던 남자. 주변에서 무슨 말을 하는지 알아듣지 못하는 남자. 그래서인지 나는 할머니에게서 쉽게 눈을 뗄 수 없었다.

그러다 할머니와 눈이 마주쳤다.

그녀가 나를 알아보는 것 같았다. 그럴 리 없었다. 그녀와 나는 거의 처음 보는 것이나 마찬가지였으니까. 그녀에게 나는 내가 아니었다. 그녀가 쳐다보고 있는 사람은 나일 수가 없었다.

누구일까.

당신이 보고 있는 사람은.

그 순간, 할머니가 내게 숟가락을 던졌다.

"세상에, 엄마!"

고모의 외침과 함께 숟가락이 나와 남편 사이로 날아왔다. 남편이 토마토소스가 묻은 손으로 떨어진 숟가락을 집어들었다. 동시에 할머니가 상을 앞으로 밀었다. 힘이 약해 상이 엎어지지는 않았다. 그러나 그릇들이 흔들렸고 시끄러웠다. 정신이 없었다. 시어머니와 시아버지가 뭐라고 하는 소리가 들렸고, 할머니의 목소리도 들렸다.

꺼지라고. 제발 꺼지라고.

그녀는 그렇게 말했다. 그리고 고모가 할머니에게 그만하라고 외쳤다. 할머니가 대답했다. 그 소리는 잘 들리지 않았다. 혼잣말을 웅얼거리는 것 같기도 했고, 욕을 하는 것 같기도 했다. 어떤 말을 계속 읊조리고 있다는 건 알 수 있었다.

할머니는 분에 차 있었다.

나는 매우 놀랐다. 고모가 내게 괜찮냐고 두 번이나 물었다는 걸 나중에야 알았다. 남편이 내 어깨를 끌어안은 것도 알지 못했다. 할머니를 빨리 방으로 데리고 들어가라는 시아버지의 목소리, 거기서부터 제대로 기억난다. 고모가 시아버지에게 대답했다.

"안 돼. 그럴 수는 없어."

고모는 엄마는 조금 흥분한 것뿐이라고, 방에 혼자 두면 더 심해질 거라고 덧붙였다. 시아버지가 답답하다는 듯 말했다.

"네가 같이 있으면 되잖아."

고모는 대답하지 않았다. 그때 시어머니는…… 어디 있었더라? 기억나지 않는다. 그 풍경 속에 시어머니는 존재하지 않는다. 시아버지를 흘겨보는 고모의 날카로운 시선. 자리에 주저앉으며 한숨을 쉬는 시아버지. 그리고 여전히 분이 풀리지 않은 표정으로 나를 노려보는 할머니만 생각난다. 그리고 남편.

그가 나를 위로했다.

"괜찮아. 놀라지 마. 지금 드라마랑 헷갈리시는 거야. 원래 저런 분 아니야."

그 말에 나는 겨우 정신을 차렸던 것 같다. 아무 일도 아니라고, 괜찮다고, 내가 옆에 있으니 걱정하지 말라고. 그의 말은 마치 주문처럼 들렸고, 그 덕에 정말로 안심이 되었다. 할머니는 미움 가득한 얼굴로 누구를 쳐다보는 걸까, 누구를 이렇게 지긋지긋해하는 걸까, 이런 생각을 했으니까. 다행히 몇 분 지나지 않아 분위기는 잠잠해졌다. 할머니는 더이상 화를 내지 않았다. 나를 노려보지도 않았고, 상을 밀치며 꺼지라고 하지도 않았다. '제발'이라고 말하지 않았다. 아무 일도 없었던 것 같았다.

조용했다.

시어머니는 남편 앞에 토마토 고기찜을 아예 냄비째 갖다놨다. 벌써 요리의 절반 이상이 사라져 있었다. 그런데도 남편의 손은 쉼없이 냄비 안으로 들어갔다. 시어머니가 이 요리를 왜 이렇게 많이 했는지 알 것 같았다.

그때 고모가 할머니의 손등을 부드럽게 쓰다듬는 모습이 보였다. 할머니가 고모의 손을 꽉 잡고 웃었다. 아니, 찡그렸던가. 그 표정은 잘 구분이 되지 않는다. 그녀가 고모의 손을 아주 세게 잡았다는 건 분명하다. 그녀는 고모에게 아이처럼 매달린 것처럼 보이기도 했고, 애원하는 것처럼 보이기도 했다. 그녀는 고모의 일부를 꽉 부여잡은 채 놓아주지 않았다. 시선을 떼지 않았다. 그때 그 순간, 할머니에게 고모는 몇 살이었을까. 서른 살? 스무 살? 아니면…… 열두 살?

할머니가 말했다.

"삼 년을 기다렸어."

"알지."

고모가 대답했다.

"죽을까봐 얼마나 마음을 졸였는데."

고모가 지겹다는 듯 대답했다.

"아이고, 엄마. 다 지나간 일이에요."

지나간 일?

잠깐, 드라마로 착각하는 거라고 하지 않았어?

나는 남편을 쳐다봤다. 그는 여전히 토마토 고기찜을 먹고 있었다. 두 사람의 대화를 듣지 못한 것 같았다. 그러나 내게는 할머니와 고모의 목소리가 계속 들려왔다.

"내가 온종일 밥을 했어. 온종일."

"응. 그랬지."

"먹지를 않아."

"응."

"이상한 것만 먹으려고 해."

"알지."

"왔는데…… 돌아오지를 않아."

그리고 할머니가 나를 다시 쳐다보았다. 나는 흠칫 놀랐다. 하지만 곧 알아차렸다. 그녀가 보고 있는 사람은 내가 아니었다. 그녀의 시선이 아주 천천히, 옆으로 기울어졌던 것이다. 그래. 처음부터 내가 아니었다. 그 사람이었다. 내내 그 사람을 보고 있었다. 화를 내며 숟가락을 던진 사람. 죽을까봐 마음을 졸이며 삼 년을 기다린 사람. 살아 돌아와서 일 년 동안 집에 처박혀 있던 사람. 아내가 매일 출근하며 차려놓은 밥상엔 손도 대지 않은 사람.

그는 책꽂이 귀퉁이와 휴지통 옆에 몰래 사 먹은 미제 통조림 캔을 아무렇게나 버려두곤 했다. 아침에 일어나자마자 담배를 피우며 똥을 쌌다. 설탕을 가득 부은 우유를 아침으로 먹었다. 아내와 싸운 뒤 밖에 나가 참새들에게 돌을 던졌다. 며느리에게 죽은 새를 던져주며 쪄오라고 말했다. 소금을 뿌려라. 아주 많이 뿌려줘. 견디지 못한 며느리가 요리책을 뒤져 시큼하고 느끼하고 짭짤한 요리를 만들었다. 그는 그 요리를 떨떠름하게 대했다. 그러면서도 몇 번이나 다시 만들게 하고, 매번 게걸스럽게 먹어치웠다. 그래서 이후 해마다 생일이면 그 요리를 먹어야 했다. 해마다 월남에서 돌아왔던 날이면 그 음식을 먹어야 했다. 그러니까 아내가 만들 수 없는 음식, 먹고 싶지 않은 음식, 먹어본 적이 없는 음식, 함께 먹을 수 없는 음식, 그 제수, 제찬, 제물, 그것을 먹어야만 했다. 그래서 결국 혈관이 지방으로 막혀버렸다. 터져버렸다. 죽어버렸다. 그래서 부디 제발, 이제는 꺼져버렸으면 좋겠는데, 되풀이되는 기억 속에서 귀신처럼 들러붙어 계속 나타나는 사람. 돌아왔지만 돌아오지 않은 사람. 그래. 바로 그가 내 옆에 있었다.

*

그날 이후 우리는 제사에 가지 않는다. 시어머니는 지금도 제사를 모신다. 멋진 사촌도 가지 않는 것 같다. 글쎄, 간다고 해도 우리가 그녀의 소식을 알 수 있을 것 같지는 않다. 나는 그것만으로 그녀가 충분히 멋지다고 생각한다.

할머니는 일 년 전 돌아가셨다. 이후 시어머니는 제사를 더 열심히 챙긴다. 남편은 여전히 그녀를 이해하지 못한다. 이렇게 말한다.

"나에게 엄마는 영원한 미스터리일 거야."

토마토 고기찜은 더이상 만들지 않는다고 들었다.

대신 아주 가끔 내가 만든다. 시어머니가 준 르크루제 냄비에.

*

그날, 할머니는 점점 수다스러워졌다. 정확히는 같은 말을 반복하고 있었고, 그 모든 이야기를 고모가 다 들어주고 있었다. 고모는 변함없이 피곤해 보였고 조금은 슬퍼 보였다.

우리는 열시가 되기 전에 자리에서 일어났다. 어차피 더 오래 있을 생각도 없었지만, 시어머니가 빨리 집에 가라고 재촉했다. 그녀는 할머니가 뭔가를 또 던지거나 화를 낼까봐 걱정하는 것 같았다. 이해는 됐다. 하지만 이상하기도 했다. 그녀는 남편이 토마토 고기찜에 대해 물었을 때처럼 난처해 보였다. 우리를 위해 서두른다기보다는, 이 상황을 빨리 끝내고 싶어하는 것처럼 보였다. 그랬기 때문에, 나는 시어머니가 할머니와 할아버지에 대한 뭔가를 내게 숨기려 하는 것 같다고 생각했다. 남편을 바라보던 할머니의 시선, 토마토 고기찜, 꺼지라고, 제발 꺼지라고 외치던 할머니의 격앙된 목소리…… 그래서 집에 가는 길에 남편에게 물어볼 생각이었다. 할머니가 당신을 할아버지로 착각하고 있는 거 알아? 혹시 아는 이야기 없어? 당신만 아는 이야기, 절대 모를 수 없는 이야기 말이야.

때문에 네가 만일 이 이야기를 듣게 된다면 매우 궁금하겠지. 왜 결국 내가 너에게 아무것도 묻지 않았는지 말이야. 지금까지도.

종종 충동은 들어. 확…… 말해버릴까.

그러니까 내가 너와 함께 살기 시작하면서 알게 된 것들을 말이다. 이를테면 시어머니가 할머니를 모시며 함께 살고, 제사를 열심히 챙기기로 한 대신 시아버지는 너의 삶에 어떤 상관도 할 수 없게 되었다는 것. 그 약속에는 나의 삶까지 포함되어 있다는 것. 그리고 그 사실을 며느리인 내게만 말해주기로 역시 약속했다는 것. 조금 더 자세히 말해볼까. 나는 그날 집에 돌아가는 길에 그 내용이 담긴 장문의 문자를 받았다. 시어머니는 글 말미에 이렇게 썼다.

'그러니까 앞으로 제사에 오지 않아도 된단다.'

그녀는 강조했다.

'정우는 다 모르게 해줘.'

하지만 내가 진짜 말하고 싶은 건 따로 있다. 바로 네 고모가 이

집의 악역이라는 것이다. 그리고 그녀는 너를 좋아하지 않는다. 그녀는 신경 긁는 소리를 하는 데 아주 뛰어나다. 그리고 일부러 그렇게 말하는 것이 빤히 보인다. 사실 그녀는 자신이 일부러 그런 말을 한다는 걸 드러내고 싶어한다. 그녀는 뭐랄까, 나를 쳐다보며 이렇게 말하는 것 같다. 너는 나를 파악하고 있다고 생각하겠지만, 나는 그런 너의 시선까지도 파악하고 있단다……

네 부모님이 고모의 그런 성질머리를 내버려둔 건 할머니 때문이었다. 함께 사는 건 아들이었지만, 할머니가 의지하는 사람은 딸이었기 때문이다. 하소연하고, 짜증을 내고, 온갖 말을 다 쏟아내는 그런 사람. 그녀의 모든 걸 이해하는 사람.

만일 네가 알게 된다면 뭐라고 대답할까.

이렇게 말하려나.

그래, 고모가 아니면 누가 할머니를 이해하겠어. 고모가 할머니를 이해해줘야지.

그런데 말이야.

사 년 만에 외갓집에 갔을 때, 나는 외사촌들과 어색하긴 했지만 그렇게 나쁘진 않았다. 그때 나는 열두 살이었다. 그 세월 동안 나는 그들이 보고 싶었다. 그들도 그랬던 것 같다. 그러니까 내게 옆집 할머니 생신 잔치에 함께 가자고 말했던 거겠지. 나는 기뻤다.

하지만 나는 가지 않겠다고 대답했다.

왜냐하면 나는 엄마가 우는 걸 자주 봤으니까. 외할머니가 외삼촌을 너무 사랑해서, 자신의 큰딸을 여러 번 아프게 했다는 걸 알았으니까. 대학교를 갈 수 없게 했고, 결혼식에 돈을 보태주지 않았고, 사위를 마음에 들어하지 않았다는 걸 알고 있었으니까. 그리고 결국 그 사위가 보증 빚을 졌을 때 매일 전화를 해서 한숨을 쉬었다는 것도 알고 있었으니까. 그러면서도 할머니는 누군가에게 화가 나거나 속상한 일이 있으면 엄마에게 전화를 걸어 몇 시간이고 떠들어댔다. 울었다. 하소연하고 속을 풀었다. 네가 아니면 누가 나를 이해해주니. 네가 나를 이해해줘야지. 그리고 다시 전화를 해서 말했다. 너 대체 앞으로 어떻게 살래? 너 때문에 내가 잠이 안 와.

그리고 엄마는 외할머니가 보는 앞에서 외삼촌의 아이들에게 말했다. 너는 성적이 어느 정도니. 친구는 있니? 살이 너무 찐 거 아니야? 운동을 해라 운동을, 응? 아직도 용돈 받니? 우리 애는 이제 독립했는데, 너는 결혼은 안 해? 남자친구는 있니?

그래. 내 엄마가 우리집의 악역이었다.

그래서 나는 외사촌들에게 대답했던 것이다. 너희들과 가지 않겠다고. 엄마를 슬프게 한 다른 식구들과 어울리지 않겠다고. 나는 엄마 편이니까. 우리 엄마한테는 나밖에 없으니까. 나만은 엄마를 절대 미워하면 안 된다고.

하지만 시어머니의 문자 때문에 내가 입을 다문 건 아니다.

기억나?

*

우리는 시어머니의 재촉에 서둘러 현관으로 걸어갔다. 그런데 도중에 남편이 갑자기 몸을 돌렸다. 할머니께 인사드리는 걸 잊었다며 거실로 빠르게 되돌아갔다. 그가 할머니 앞에 무릎을 꿇고 눈을 마주했다.

"할머니, 저 이제 갈게요. 한동안 안 와요."

그녀가 남편을 물끄러미 바라보았다. 그러더니 잡고 있던 고모의 손을 놓고 남편의 양손을 잡아 쥐었다. 그녀가 남편에게 말했다.

"응, 우리 정우. 가서 공부 열심히 하고. 밥 잘 먹고."

남편이 웃음을 터뜨리며 할머니를 끌어안았다.

"와, 할머니 이번에는 안 헷갈리시네. 응, 정우예요. 나 여기 있어, 할머니."

약간 울컥한 목소리였다. 그는 옅은 한숨과 함께 몸을 일으켰다. 그런데 할머니가 손을 놓아주지 않았다. 고모가 옆에서 할머니의 손등을 쓰다듬으며 말했다.

"엄마, 이제 정우 집에 가야 돼."

그러나 할머니는 남편의 손을 놓지 않았다. 계속 잡고 있었다. 조금 전에 그랬던 것처럼 남편을 찬찬히 바라보았다. 그 시선은 어딘가 서글퍼 보이기도 했고, 잔인해 보이기도 했다.

그녀는 그를 알아보았을까?

고모가 할머니의 손을 살짝 잡아당기며 말했다.

"엄마, 이제 그만해. 괜찮아요. 괜찮아."

그 순간 할머니가 고모에게 소리를 질렀다.

"야, 너 정원이 재수 시키지 마라. 주제를 알아야지. 지가 무슨 약대를 간다고."

나는 숨을 멈췄다. 시간이 멈춘 것만 같았다. 어떻게 해야 할지 알 수 없었다. 민망하고 부끄럽고 괴로웠다. 그때 시아버지가 못 들은 척 고개를 돌리는 모습이 눈에 들어왔다. 나도 고개를 숙였다. 더는 아무것도 보고 싶지 않았다. 그러나, 어느새 할머니가 고모의 손을 다시 꽉 잡고 있는 걸 보았다. 있는 힘을 다해 아주 힘껏. 나는 도저히 그 광경을 견딜 수 없어서 재빨리 남편에게 속삭였다. 나가자. 어서 우리집으로 돌아가자. 그런데 그가 움직이지 않았다. 왜 그러는 거야? 나는 남편을 올려다봤다. 그가 참담한 표정으로 자신의 할머니를 쳐다보고 있었다. 방금 들은 말을 믿지 못하는 것 같았다. 심하게 충격을 받은 듯 그 자리에 굳어 있었다. 바로 그 순간에야, 나는 알아차렸다.

너, 아무것도 몰랐구나.

그때 뒤에서 누군가 웃음을 터뜨렸다. 시어머니였다. 그녀는 할머니가 또 어처구니없는 소리를 한다며 수다스럽게 떠들었다. 우리는 엉거주춤 자리에서 일어났다. 시어머니는 그 순간을 기다렸다는 듯, 남편과 나를 현관 쪽으로 떠밀었다. 거실을 빠져나갈 때 남편이 의심스러운 목소리로 시어머니에게 속삭이듯 물었다.

"정원이 이야기 아니야?"

시어머니가 고개를 저었다. 신경쓰지 말라고 했다. 할머니 정신이 왔다갔다하면서 한 번씩 기억들이 뒤집힌다고 했다. 그러나 남편의 얼굴은 쉽게 부드러워지지 않았다. 시어머니가 남편의 등을 문지르며 말했다.

"다 우연이야. 일일 드라마, 거기 나오는 딱 그 내용이야. 아주 똑같아."

그리고 덧붙였다.

"내가 말했잖니. 기억나?"

그 순간 시어머니와 내 눈이 마주쳤다. 그녀가 내게 미소를 지었다. 몇 분 후에 나는 그 의미를 알게 된다. '정우는 다 모르게 해줘.' 시어머니가 그의 등에서 손을 내렸다. 나는 섬찟 놀라 그 자리에 섰다. 속으로 중얼거렸다. 이건 아니야. 이건 아니지. 하지만 동시에, 나는 그의 얼굴에서 걱정이 잠잠해지는 것을 보았다. 서서히, 고요하게, 모든 그늘이 완전히…… 사라져버리는 것을.

내가 좋아하는 얼굴이었다.

*

돌아오는 길, 너는 내게 물었다.

"세나야, 있잖아. 근데."

"응?"

"딸일까, 아들일까."

"무슨 소리야?"

"황제 아이라고 속인 걔 말이야."

나는 웃었다. 아마 그랬을 것이다.

"그게 그렇게 궁금해?"

"응. 궁금하지."

나는 대답했다.

"딸이었으면 좋겠어. 그리고……"

왜냐하면 너는 아마 영원히 모를 테니까. 뭔가를 모르는 너. 누군가를 미워해본 적도 없고, 미움받는다는 것을 알아챈 적도 없는 사람. 잘못을 바로 시인하고 미안하다고 말하는 사람. 너는 코스모스를 꺾은 이유가 사실 당신 때문이라는 걸 말하지 못하는 사람도 아니고, 누가 나를 이해해주냐는 외침을 언젠가 돌려주고 말겠다는 비릿한 증오를 품은 사람도 아니니까. 그럼에도 불구하고 당신 손을 잡을 수 있는 사람은 나밖에 없다고 생각하는 사람도 아니지. 그런 얼굴을 가진 사람이 아니야. 그래. 그래서 나는 너를 사랑했다. 지금도 사랑한다. 때문에 나는 말하지 않기로 했다. 사실 네가 진짜 악역이라는 것을.

그런데 말이야.

과연 그걸 선택이라고 말할 수 있는 걸까.

그래서 나는 계속 그날을 떠올린다. 이 이야기를 계속 중얼거린다. 너. 너와 나로 인한 너. 무심코 생각하면 나를 닮은 모습으로 불쑥 떠오르는 너. 그래서 나를 겁나게 했던 너. 어떤 계획도 세우고 싶지 않게 만들었던 너. 하지만 나는 늘 생각한다. 그럼에도 불구하고 네가 딸이었으면 좋겠다고. 그리고 부디 너를 위해 이것만큼은 내가 진짜로 선택할 수 있었으면 좋겠다고 말이다. 그래. 그래서 나는 그날 대답했던 거야. 이것이 너의 드라마, 복福이 되길 바라며.

어둠 속에서 나는 대답했다.

"걔는 아무것도 몰랐으면 좋겠어. 아무것도."

참…… 시시하지?

가원
佳園

다 옛날 일이다.

*

박윤보는 내가 사랑한 유일한 남자였다. 그는 도내에서 손꼽히던 서예가 석당石堂의 셋째 아들이었는데, 아버지의 명성은 죽기 직전까지 꺾인 적이 없었다. 이리 동학혁명기념탑, 전주 4·19 학생의거기념탑, 안진종합경기장 수당문에 휘호를 남긴 사람이 바로 그의 아버지였다. 열여덟 살인가 열아홉 살인가, 박윤보는 컨트리 음악에 심취했다. 그는 기타를 치며 노래를 했고, 때때로 하모니카도 연주했다. 그는 진지했다. 석당은 박윤보가 현실적이고 안정적인 직업을 갖기를 원했기에 불같이 화를 냈다. 그는 음악에 관해서 아들에게 어떤 지원도 해주지 않았다. 박윤보는 상처를 받았지만 상관없다고 생각했다. 아버지는 아버지이고, 나는 나니까. 실제로 성과는 그리 나쁘지 않았다. 박윤보는 도립대학 공연에 초청받았고, 도 육상대회 오프닝 공연도 했다. 그리고 스물한 살, 그는 종합경기장 수당문 앞에서 단독공연을 했다. 마지막 곡을 부를 때 기타줄이 끊어졌다. 그러나 모두들 그의 노래에 집중하고 있었고, 때문에 누구도 눈치채지 못했다. 박윤보는 그날 만난 여자, 그러니까 나의 외할머니와 결혼했다.

이 이야기를 할 때마다 엄마가 질색했던 이유를 나는 최근에야 알게 되었다. 결혼식보다 할머니의 임신이 먼저였던 것이다. 나는 웃으며 엄마에게 항의했다. "왜 그걸 이제 말해?" 엄마는 웃지 않았다. "뭐 좋은 일이라고 말해. 그것 때문에 다 망했는데."

그래?

하지만 내게는 박윤보가 있었다. 최초의 기억. 모든 것이 시작되는 순간. 유치원 버스에서 내리면 늘 박윤보가 나를 기다리고 있었다. 내가 사랑하는 사람이 언제나 나를 기다리고 있다는 믿음, 나는 그것을 박윤보에게서 배웠다. 그는 매번 양손으로 얼굴을 가리고 그곳에 없는 척했다. "할아버지 없다. 할아버지 없어." 나는 그의 주름진 손을 잡아당겼고, 그러면 그의 웃고 있는 얼굴을 마주할 수 있었다. 우리는 함께 손을 잡고 집으로 돌아갔다. 그리고 이어지는 기억들. 끝없이 지속되는 충만한 감정들. 박윤보는 설탕을 탄 우유에 콘칩을 말아주었다. 장미가 핀 화단 앞에서 사진을 찍어주었다. 하모니카를 불어주었다. 기타를 치며 노래를 불러주었다. 『파브르 곤충기』를 읽어주었다. 『드래곤 볼』을 함께 읽었다. 버려진 외계 소년이 지구를 구하는 이야기. 모두를 돕는 이야기. 그리고 담배를 피웠다.

담배 이름을 모두 기억한다. 솔, 은하수, 도라지…… 그중 그가 가장 좋아했던 것은 라일락.

"보여줄까?"

그 말이 언제나 신호였다. 나는 으하하하 웃으면서 매번 고개를 끄덕였다. 그래. 나는 그렇게 웃었다. 나중에 학교에 들어갔을 때, 반 아이들이 이상하다고 수군거렸던 웃음소리. 첫 남자친구가 난색을 표하던 웃음소리. "너 꽤…… 터프하구나?" 그러나 나는 그 웃음소리를 바꾼 적이 없다. 왜냐하면 나의 있는 모습 그대로를, 그 웃음소리를 사랑해주는 사람이 있다는 걸 알았으니까. 그가 손가락 사이로 담배 한 개비를 이리저리 옮길 때마다 나는 계속 웃었다. 그러다 어느 순간이 되면 그는 담배를 입에 물었다. 불을 붙이고 연기를 빨아들였다. 입을 동그랗게 오므린 뒤 허공을 향해 호, 하고 내뱉었다. 그러면 도넛 모양의 연기가 공중에 하나둘 떠올랐다. 희미하게 흩어지는 그 연기를 향해 나는 매번 손을 뻗었다.

박윤보는 내가 열일곱 살 때 죽었다.

*

그리고……

*

외할머니는 석당의 제자들 중 한 명이었다. 최근 알게 된 사실은 아니다. 언제나 알고 있었다.

*

정말로 다 옛날 일이다. 지금부터 할 이야기도 모두 다.

*

연말이었다. 오후 세시 무렵 엄마에게서 전화가 왔다. 할머니가 사라졌다고 했다. 가방과 지갑, 핸드폰까지 모두 두고 나간 지 네 시간이 넘었다고 했다. 엄마의 목소리가 불안하게 흔들렸다.

"동네를 다 뒤져봤는데 아무데도 없어. 안 보여."

나는 대수롭지 않게 반응했다.

"뭐, 금방 들어오지 않을까?"

그즈음 나는 치과 개원을 앞두고 있어서 너무 정신이 없었다. 아침에 머리를 감았는지 안 감았는지조차 헷갈릴 지경이었다. 다른 것에 신경쓰고 싶지 않았다. 특히 할머니에 대해서라면 더더욱. 물론 꺼림칙하긴 했다. 지난 몇 년간 할머니는 늘 집에만 있었다. 정기적으로 가는 곳이라고는 은행과 병원뿐이었다. 그녀는 장시간 집을 비운 적이 없었다. 물론 언제나 그랬던 건 아니다. 젊었을 적 할머니는 화장품 방문판매 일을 했는데, 새벽에 나가서 한밤중에 들어오곤 했다. 주말에도 일을 했고, 집에 들어온 후에도 물건을 정리하며 다음날을 준비했다. 지금도 기억한다. 분주하게 나갈 채비를 마친 후 빨간색 립스틱을 바르고 있던 할머니의 모습을. 언제나 그 색깔이 싫었다. 섬뜩했다. 사실 할머니는 내게 언제나 그런 사람이었다. 동그란 얼굴에 머리는 짧게 자르고 진한 화장을 한, 그러나 무서운 인상을 숨길 수 없는 비쩍 마른 중년 여자.

"그런데 네 할머니 요즘 좀 이상해."

엄마가 말했다. 나는 또 심드렁하게 대답했다.

"뭐가?"

"잤으면서 안 잤다고 해."

"무슨 소리야?"

"그냥…… 옛날로 돌아간 것 같아."

나는 그때 처음으로, 뭔가 잘못되었을지도 모른다는 생각을 했던 것 같다. 한창 일하던 시절 할머니는 절대 낮잠을 안 잤다. 밤에도 많이 안 잤다. 하루에 네 시간이나 잤으려나. 가끔 피곤을 이기지 못하고 초저녁에 곯아떨어질 때가 있었는데 그런 날이면 분하다는 듯 온갖 짜증을 내며 말했다.

"나는 게으른 사람이 아니다. 밥값 못하는 사람이 아니야."

그래. 그런 사람이 아니었다.

그러나 은퇴 후 할머니는 그간 제대로 못 잔 걸 보충하겠다는 기세로 무섭게 낮잠을 자기 시작했다. 온종일 잘 때도 있었고 며칠 내내 잘 때도 있었다. 싫었다. 미웠다. 내가 전문의 자격증을 받은 직후였다. 돈 들어갈 데가 없어졌으니 아무것도 안 해도 된다는 심사로 보였다. 사실이었다. 이제 할머니는 더이상 내 학비 때문에 무리해서 일하지 않아도 되었다. 그녀에게는 쉴 자격이 있었다. 그래서 미웠다. 나는 일부러 할머니에게 대놓고 빈정거렸다.

"뭐야 할머니, 이제 밥값 안 해도 된다 이거야?"

그녀는 나를 상대하지 않았다. 특별한 일은 아니었다. 언제나 그랬다. 나는 그녀에게서 제대로 된 대답을 들은 적이 없다. 단 한 번도.

우리의 신경전은 내가 집에서 독립해 나가면서 일단락되었다. 내가 이사하는 날에도 할머니는 정오까지 잠을 잤다. 그때 아주 잠시, 할머니가 우울증을 앓고 있는 건 아닌지 살짝 의심했었다. 하지만 이내 신경을 껐다. 깨어 있는 동안의 할머니는 여전히 명령하기 좋아하고, 그래서 상대를 불편하게 만드는 여자였다. 어린 시절 나를 새벽 여섯시부터 깨워서 영어 단어를 외우게 하던 그 모습 그대로였다. 그래, 잠 좀 많이 자는 게 대수인가. 정신만 멀쩡하면 됐지. 나는 곧장 집을 떠났다. 그게 벌써 칠 년 전 일이었다.

그런데…… 이제 와서 낮잠을 잔 적이 없다고?

나는 엄마에게 할머니를 찾아보겠다고 말한 뒤 전화를 끊었다. 병원에 가봐야 할 때가 온 걸지도 모른다는 생각이 들었다. 어쩌면 이미 늦었는지도 몰랐다.

결국은 그랬다.

그러나 그날, 나는 아직은 괜찮다고 생각했다. 문제는 내가 어디로 가야 하는지 모른다는 것이었다. 차로 이십 분 만에 달려와 동네 사거리에 진입할 때까지, 아니, 그후에도 나는 어디로 가야 할지 몰랐다. 할머니는 어디에 있을까. 아는 바가 없었다. 할머니에 대해서는 늘 그랬다. 무섭거나 짜증나거나. 그뿐이었다. 글쎄. 퍼석한 사과를 좋아한다는 것 정도? 밥값 못하는 인간을 싫어한다는 거? 나는 일곱 살 때부터 내가 다니는 학원의 수강료가 얼마인지 알고 있었다. 학원비 낼 때가 되면 할머니가 나를 불렀기 때문이다. 그녀가 학원비를 주면, 나는 그 앞에서 봉투를 열어 돈을 세었다. 내 밥값이 얼마나 되는지 정확히 세었다.

그런 사람이었다.

아, 다른 돈은 아꼈다. 우리 가족은 외식 한 번 제대로 해본 적이 없었고, 다 함께 여행을 간 적도 없었다. 샴푸와 비누는 무조건 제일 싼 걸 썼다. 첫 생리 때, 할머니는 내게 이렇게 말했다. "완전히 축축해지기 전까지는 생리대 갈지 마라." 택시는 절대 타면 안 되었다. 그렇게 사치스러운 짓은 하는 게 아니었다. 또…… 뭐가 있더라, 내가 아는 것이? 그래. 할머니와 박윤보는 결혼 후 사이가 틀어졌다. 거의 말도 하지 않고 지냈다. 그건 내가 몰랐던 적이 없다. 언제나 알고 있었다. 그래서 박윤보가 죽었을 때 할머니가 눈물 한 방울 흘리지 않는 걸 보고도 그러려니 했다. 장례식이 끝나자마자 곧장 일을 나가며 밥값 운운할 때도 마찬가지였다.

그러나 지금 와서는 이런 생각을 한다. 나는 정말로 알고 있었을까?

박윤보가 죽은 해, 우리집에는 제법 많은 일들이 일어났었고 그때 나는 약간 넋이 나간 상태였다. 솔직히 말해 나는 할머니가 그렇게 행동할 줄 알았다기보다는, 뭘 하든 신경쓰지 않았던 것 같다. 지긋지긋했고 슬펐으니까. 그래. 그해. 그때 내게 들러붙은 감정들. 떨어져나가지 않았다. 지금까지도.

처음에는 나쁘지 않았다. 오히려 좋았다. 그런 일들만 있었다. 새해가 되었고, 열일곱 살이 되었고, 가고 싶었던 고등학교에 입학했고, 1학기 중간고사에서 전교 일등을 했다. 엄마는 좋아했고 할머니는 딱 한마디만 했다.

"유지해."

평화로웠다. 꼭 나 때문만은 아니었다. 우리 가족은 도심에 아파트를 샀다. 아니, 사기로 했다. 계약금을 걸고 거의 확정을 지었다. 모아둔 돈에 대출금을 합하면 충분하다고 했다. 엄마는 또 좋아했다. 자신이 어린 시절부터 살았고, 이혼 후에도 살고 있는 그 오래된 연립주택을 벗어난다는 사실만으로 행복했던 것 같다. 할머니도 그랬다. 아니, 이건 내 추측이다. 그녀가 엄마에게 하는 말들을 듣고 그렇게 생각했다. 이를테면 이런 말들. "위치는 그저 그렇지만 신축이야." "하지만 괜찮아. 도로가 뚫릴 테니까. 그러면 집값이 오르겠지." 할머니의 목소리에서 어떤 기대감이 느껴졌다. "이제 우리도 좋아질 거야." 가끔 그 말투가 생각날 때가 있다. 할머니는 단 한 번도 내게 그런 식으로 말을 건넨 적이 없었다. 생경했다. 언젠가 엄마가 친구들에게 할머니에 대해 하는 말을 들었을 때에도 비슷한 기분에 휩싸였다. "미련해. 엄마는 정말 미련한 여자야."

그래?

훗날 정말로 집값이 껑충 뛴 그 아파트로 우리는 이사가지 못했다. 그리고 한 달 뒤 박윤보가 죽었다. 박윤보. 죽기 전까지 그는 무엇을 했더라. 그래. 담배를 피웠다. 허공에 피어나던 동그란 연기들. 솔, 은하수, 도라지…… 그리고 라일락. 다락방 창문을 열면 항상 라일락 냄새가 났다. 순간, 무언가 머릿속을 빠르게 스쳐지나갔다.

다락방과 창문. 그래. 그 집이 있었지.

가원佳園.

나는 곧장 차를 돌렸다.

가원은 석당의 집이었다. 우리집에서 걸어서 십오 분 정도 떨어진 곳에 일본식 주택이 모여 있는 옛 동네가 있는데, 그 집들 중 하나였다. 박윤보와 할머니가 신혼을 보낸 곳이었고 엄마가 유년 시절을 보낸 곳이었다. 그 집에 가원이라는 이름을 붙인 건 석당의 뜻이었다. 처음에 엄마에게 그 얘기를 듣고 나는 석당이 조금 이상하다고 생각했다. 집에 이름을 붙이는 사람도 있나?

엄마가 말했다.

"네 할아버지 때문이래."

박윤보? 왜? 큰아들도 아닌데? 엄마도 자세히는 모른다고 했다. 사실 엄마도 그게 꽤 궁금했었다고 한다. 부모님과 석당에게 여러 번 질문했지만, 다들 의뭉스럽게 말을 돌릴 뿐 제대로 된 대답을 해주지 않았다고 했다. 그러던 어느 날 석당이 지나가듯 말했다. 보살펴줘야 하니까 그런 거라고. 그 말을 듣고 엄마는 질문을 그만뒀다. 나도 그랬다. 어처구니가 없었다. 석당은 알았단 말인가. 그러니까, 박윤보가 실패한 음악가의 허상을 붙잡고 살게 되리라는 것을? 앞으로도 계속 그렇게 살리라는 것을? 그래서 평생 별다른 직업 없이 담배만 피우리라는 것을?

하지만 그렇다고 해서 석당이 가원을 박윤보에게 물려준 것도 아니었다. 대체 '아름다운 정원'이 무엇을 보살펴준단 말인가.

이제는 그 이유를 안다.

그러나 그날은 몰랐다. 할머니를 찾아야겠다는 생각뿐이었다. 핸들을 꺾자 동네가 눈앞에 드러났다. 골목길 양옆으로 기와지붕들이 늘어서 있었다. 놀랐다. 재개발이 결정된 후 사람들이 다 떠났다는 말은 들었지만 생기가 빠져나간 자리가 그렇게 을씨년스러운 풍경으로 변할 줄은 몰랐다. 빈 동네라는 말로는 부족했다. 거리에는 쓰레기가 가득했고 집들은 금방이라도 쓰러질 듯 위태롭게 그 자리에 서 있었다. 으스스하고 불길한 느낌이 가득했다. 나는 잠시 망설이다 동네 입구 부근에 차를 대고 내렸다. 골목이 좁기도 했고, 어차피 진입금지 팻말 때문에 차로 이동할 수도 없었다. 나는 숨을 한번 들이마신 뒤 골목으로 들어섰다.

막상 길을 걷기 시작하자 오래전 기억들이 밀려오며 약간 뭉클한 기분이 들었다. 사실 나는 가원을 좋아했다. 하얀 타일이 다닥다닥 붙은 담벼락 사이, 굳게 닫혀 있던 초록색 대문이 아직도 기억 속에 선명하다. 그 안으로 들어가면 미닫이문으로 꼭꼭 싸매어진 직사각형 형태의 반듯한 집이 있었다. 그리고 고개를 꺾으면 기와지붕 위에 얹혀 있는 이층의 다락방 창문이 보였다. 상자 위에 또다른 상자가 겹겹이 쌓여 있는 것 같았다. 그래서였을까. 가원으로 들어갈 때면 무언가의 포장지를 슬며시 벗겨내는 은밀한 기분이 들었다. 가원에 머무르는 건 실제로 내게 그런 의미였다. 다락은 내 방이었다. 누구도 허락한 적은 없었지만, 나는 그렇게 생각했다. 그곳에 내 물건들을 가져다놓고, 음악을 듣고, 만화책을 봤다. 그래. 만화책. 내게 주어진 유일한 자유시간. 일요일 낮 두시부터 네시까지. 가원의 다락에 올라가면 박윤보가 몰래 빌려다놓은 만화책들이 있었다. 『슬램덩크』『20세기 소년』『몬스터』『원피스』『바사라』…… 그리고 『드래곤 볼』.

만화책을 보고 있으면 창문 밖에서 담배 냄새가 흘러들어오곤 했다. 가끔 아래층에서 박윤보가 웃음 섞인 목소리로 외쳤다.

"애, 연정아. 보여줄까?"

좋았다.

하지만 할머니는 가원을 싫어했다. 당연히 그럴 수밖에. 그녀는 명절과 제사 때에만 그 집을 찾았다. 평소에는 언급도 안 했다. 내가 거기서 뭘 하는지 묻지도 않았다. 제때 집에 돌아오고 학원 시간만 늦지 않으면 상관 안 했다. 박윤보가 뭘 하는지는 더더욱 관심 없었다. 그런데 생각해보면, 가원이 박윤보를 위한 것이라는 석당의 말은 결과적으로는 어느 정도 들어맞게 되었던 것 같다. 석당이 죽은 뒤, 형제들까지 모두 떠난 빈집을 관리하는 일이 박윤보의 몫이 되었으니까. 그 보상으로 형제들이 보내주는 돈이 박윤보의 유일한 수입이었다. 내게 콘칩을 사주고, 만화책을 빌려다주고, 그가 담배를 사는……

싫었겠지.

할머니가 과연 그런 곳을 찾아갔을까. 가원이 가까워질수록 나는 의심이 들었다. 차라리 인근 경로당이나 슈퍼마켓 같은 곳을 다시 찾아보는 것이 좋지 않을까. 그때 갑자기 전화가 울렸다. 엄마였다. 받자마자 그녀가 물었다.

"할머니 찾았어? 지금 어디야?"

"아니, 지금 가원 찾아가는 길이야."

"아 거기…… 거기를 생각 못했네."

엄마의 목소리에 초조함이 깃들어 있었다. 그녀가 조심스럽게 물었다.

"신고해야 하는 게 아닐까?"

나는 말했다. 몇 시간 사라진 것으로는 신고 못한다고.

"엄마는 알지도 못하면서 그래."

화가 난 게 아니었는데, 이상하게 짜증스러운 목소리가 흘러나왔다. 내 말에 엄마가 자조적인 목소리로 답했다.

"그렇구나…… 나는 그런 거 잘 모르니까."

그러자 이번에는 정말로 짜증이 났다. 엄마는 항상 그런 식이었다. 그녀는 이혼 후 감당하기 힘든 심리적 문제 때문에 나를 할머니와 박윤보에게 맡겨놓다시피 했던 사실에 대해 항상 죄의식을 느꼈다. 때문에 내가 조금이라도 퉁명스럽게 굴면 바로 눈치를 보며 기가 죽었다. 싫었다. 할머니 같으면 기죽지 않았을 것이다. 나를 바로 무시했을 것이다. 아니면 말하는 본새가 어디 그 모양이냐고 일갈하며 머리통을 후려쳤겠지. 물론 그것도 싫었다.

그때, 엄마가 또 물었다.

"너 그런데 안 바빠?"

"아 몰라, 그럼 어떻게 하라고."

결국 쏘아붙이고 말았다. 사실 걱정할 건 없었다. 개원 준비는 잘되어갔다. 선배가 하던 병원을 이어받는 거라서 직원을 새로 뽑을 필요도 없었고, 환자가 없을까봐 걱정하지 않아도 되었다. 나만 잘하면 되었다. 그리고 지금 할머니가 없어졌다는데 개원이 문제인가. 이번에도 엄마가 순식간에 풀이 죽는 것이 느껴졌다. 그 말이 떠올랐다.

'미련해. 엄마는 미련한 여자야 정말.'

바로 그 순간 가원이 눈앞에 나타났다. 녹색 대문은 반쯤 부서져 있었고 담벼락은 아예 보이지 않았다. 하얀 타일은 많이 남아 있었지만, 대부분 지저분했고 심하게 부서져 있었다. 집 역시 형태만 간신히 남아 있었다. 지붕의 기와들은 금방이라도 우수수 떨어질 듯 아슬아슬해 보였고 미닫이문은 거의 다 떨어져나갔거나 창이 깨져 있었다. 나는 자리에 서서 그 옛집을, 아름다운 정원을 바라보았다. 그리고 천천히 고개를 들었다. 다락 창문에 누군가의 얼굴이 비쳤다.

"할머니?"

대답은 없었다.

나는 서둘러 전화를 끊고 집안으로 들어갔다. 복도에 올라섰다. 삐걱거리는 소음이 귓속을 날카롭게 파고들었다. 느낌이 좋지 않았다. 발아래 무언가 기어다니는 느낌이 들었다. 스멀스멀 움직이는 작고 교활한 것들. 그렇게밖에 말할 수 없는 것들. 나는 다시 외쳤다.

"할머니? 이층에 있어?"

이번에도 대답은 없었다. 신경질이 났다. 짜증나는 노인네. 평생 단 한 번도 제대로 된 대답을 해준 적이 없지. 뭘 물어보든, 무슨 말을 하든, 항상 불퉁한 표정으로 내려다보기만 하고 말이야.

나는 빠르게 걸었다. 문득 동네의 좁은 골목을 다시 걷고 있는 듯한 데자뷔가 펼쳐졌다. 복도가 이렇게 길었나? 끝이 없었다. 나는 더 속도를 냈다. 길은 계속 이어졌다. 끝나지 않았다. 그러다 어느 순간, 갑자기 소름이 끼쳤다. 누군가 등뒤에 서 있었다. 돌아보았다. 아무도 없었다. 다시 앞으로 걸었다. 역시 느낌이 이상했다. 하지만 뒤에는 여전히 아무도 없었다. 나도 모르게 앞으로 뛰기 시작했고 거의 도망치는 기분으로 부엌에 다다랐다. 정확히 말하면 원래 이 집의 부엌이 있던 곳. 나는 곧장 입과 코를 틀어막았다. 끔찍한 악취였다. 그제야 이 집이 방치된 채로 아주 오랫동안 버려져 있었다는 사실이 제대로 실감났다. 어떡하지? 올라가? 아니면 돌아가? 어떻게 해? 어떻게 하지? 여기서 내가 뭘 어떻게 해야 하지? 세상에. 그때랑 똑같았다. 할머니가 박윤보에게 욕을 퍼붓던 때. 그래서 어떻게 해야 할지 몰라 허둥대며 눈치를 보던 때. 그럴 때마다 나는 무엇도 어떻게 하지 못했다. 그러니까…… 내가 수행평가 만점을 받아왔을 때, 수학 올림피아드에서 상을 받아왔을 때, 영어 말하기 대회에서 일등을 했을 때, 내가 무언가를 성취해낼 때마다 할머니는 박윤보를 똑바로 쳐다보며 이렇게 말했다.

"얘는 밥값을 아주 제대로 하네. 그렇지?"

나는 아무 말도 못했다.

박윤보도 마찬가지였다. 지금도 기억한다. 일곱 살 어느 날, 나는 박윤보와 가원에 다녀왔다. 할머니가 그렇게 일찍 퇴근했을 줄 몰랐다. 그녀는 박윤보의 손을 잡고 현관으로 들어오는 나를 못마땅한 표정으로 쳐다보더니 물었다.

"구구단 다 외웠어?"

나는 고개를 끄덕였다. 거짓말이었다. 할머니는 잠시 나를 내려다보더니 방으로 들어오라고 말했다. 그러더니 자리에 앉기도 전에 내게 말했다.

"외워봐."

나는 2단부터 구구단을 외우기 시작했다. 3단까지는 수월했다. 하지만 4단부터는 자신이 없었고, 5단은 아예 몰랐다. 목소리가 점점 기어들어갔다. 사사십육. 사오이십. 사륙…… 말을 못했다. 다시 한번 사륙…… 몰랐다. 순간, 팔뚝에 뭔가 날카로운 것이 확 꽂히는 느낌이 들었다. 할머니가 철제 옷걸이를 손에 쥐고 있었다.

"외웠어, 안 외웠어?"

나는 고개를 흔들었다. 한 대 더 맞았다. 눈물을 참았다. 할머니는 구구단표를 내 앞으로 밀어놓더니 이 자리에서 당장 모두 다 외우라고 했다. 할머니가 그렇게 말하면 빠져나갈 도리가 없다는 걸 나는 알고 있었다. 나는 구구단을 외우기 시작했다. 스무 번쯤 반복해서 읽었나, 서른 번쯤 읽었나. 숫자가 어느 정도 입에 붙었고, 다 외운 것 같다는 느낌이 들었다. 나는 어서 이 상황을 벗어나고 싶었고 그래서 할머니에게 다 끝났다고 말했다. 그러자 그녀가 말했다.

"읊어봐."

시작했다. 2단은 순조로웠고, 3단과 4단도. 그리고 칠이십사. 칠삼이십일. 칠사…… 할머니가 옷걸이로 내 팔뚝을 세게 때렸다. 나는 결국 울음을 터뜨렸다. 할머니의 표정에는 변화가 없었다. 할머니는 틀린 걸 다시 외우라고 했고, 다시 읊으라고 했고, 처음부터 또다시 해보라고 했고, 틀리면 때렸다. 맞고, 외우고, 맞고 다시 외우고, 맞고.

나는 계속 울었다.

9단 중간쯤 갔을 때였나, 양쪽 팔뚝이 너무 아팠다. 할머니가 말했다.

"울지 마."

그러더니 구구단표를 옷걸이로 탁탁, 두드리며 말했다.

"다 외우기 전에는 이거 안 끝나. 그러니까 빨리 외워."

"왜?"

순간, 나도 모르게 그 말이 터져나왔다. 하지만 진심이었다. 나는 궁금했다. 왜 학원을 세 군데씩이나 다녀야 하는지, 만화영화를 보는 일이 왜 쓸데없는 짓인지, 친구 집에 놀러가는 것이 왜 말도 안 되는 짓거리인지, 알파벳을 제대로 읽지 못하면 왜 욕을 얻어먹어야 하는지, 아니, 제대로 읽어도 왜 칭찬을 받지 못하는 것인지, 어째서 그것이 당연한 것인지, 나는 알고 싶었다. 하지만 할머니는 대답하지 않았다. 어떤 말도 해주지 않았다. 그녀는 옷걸이로 구구단표를 탁탁 두드리며 이렇게 말할 뿐이었다.

"뭐해? 빨리 해."

그때. 그 마음.

모르겠다. 십 년 뒤 벌어질 일에 대해 알았다면, 그 마음을 조금 덜 간직했을까. 그래, 십 년 뒤 내가 열일곱 살이 되던 해, 박윤보의 형제들이 석당의 집을 팔기로 결정하리라는 사실을 알았다면 말이다. 그의 형제들이 그 돈을 모두 박윤보에게 주면서 "마지막이다. 이 돈으로 제발 무엇이든 해봐라" 이렇게 말하리라는 걸 알았다면? 그래서 엄마와 할머니가 그 돈에 대출금을 얹어 도심에 집을 사려고 했다는 걸 알았다면? 그리고 그해, 박윤보가 몰래 그 돈을 주식에 다 투자하리라는 것을 알았다면? 아니, 다는 아니다. 일부를 남겼으니까. 그는 그 돈으로 기타를 산다! 그리고 한 달쯤 됐을 때, 자신이 투자금 사기를 당했다는 것을 알게 된다. 그걸 수습하겠다고 친구들에게 돈을 빌리고 양육비를 제때 주기 싫어하는 내 아빠에게 전화를 걸고 엄마 명의로 몰래 대출을 받고…… 박윤보는 석당의 셋째 아들이었다. 석당은 도내에서 손꼽히던 서예가였는데, 그 명성은 죽기 직전까지 꺾인 적이 없었다. 박윤보는 생각했다. 아버지는 아버지이고, 나는 나니까. 그는 컨트리 음악에 심취했고, 하모니카를 불었고, 오래된 집의 정원을 가꾸었고, 손녀에게 도넛 모양의 담배 연기를 보여주었고, 기타를 팔지 않았다. 내가 그 모든 걸 미리 알았다면 할머니를 이해했을까. 할머니가 이러는 건 모두 다 나를 위해서라고, 나만은 다른 삶을 살았으면 해서 그런 거라고. 나를 미워해서가 아니라, 그러니까 당신 자식의 발목을 잡은 새끼여서 혹독하게 구는 것이 아니라 정말로 내가 부디 다른 삶을 살았으면 하는 그런 간절한 마음 때문에 이러는 거라고. 그래서 내게는 도저히 미련하게 굴지 못하는 거라고. 그랬다면, 내게 대체 왜 이러는 거냐는 질문을 평생 마음에 묻고 살 필요 없이 바로 알아차릴 수 있었을까. 그러면 그때 그 마음을 덜 간직할 수 있었을까.

박윤보를, 내가 두들겨맞는 동안 문 한 번 열어보지 않은 그 남자를, 덜 사랑할 수 있었을까.

그랬을까, 할머니? 응?

"야, 뭐하냐."
뒤에서 목소리가 들렸다. 나는 뒤를 돌아보았다. 정원이 있던 자리 한가운데에 할머니가 서 있었다. 여름 원피스를 입고 있었다.

*

집으로 가는 차 안에서 할머니는 내내 말이 없었다. 커브를 돌 때 몸이 기울어지자 끙, 하는 소리를 한 번 냈을 뿐이었다. 나는 눈치를 보다 슬쩍 입을 열었다.
"할머니."
창밖을 보던 그녀가 내게로 고개를 돌렸다.
"아까 말이야. 거기는 왜 갔어?"
"어디?"
"가원."
할머니가 피식 웃었다.
"가원은 무슨. 다 무너졌는데."
"그런데 왜 갔어?"

"아, 그냥 갔어. 가면 안 되냐? 가끔 가, 산책하다가."

"진짜? 할머니 산책도 해?"

"어, 해. 그것도 하면 안 되냐?"

"아니, 그건 아닌데…… 할머니 거기 싫어하잖아."

"싫어하면 가지도 못하냐?"

할머니는 더 말하기 귀찮다는 듯 다시 창밖을 쳐다봤다.

"할머니."

"왜, 또."

그녀가 짜증을 냈다. 나는 말했다.

"오늘 원피스 입었네?"

"응."

"여름 원피스네?"

"응. 그런데?"

"지금…… 무슨 계절인지 알아?"

"얘가 왜 이래 진짜."

할머니가 인상을 팍 찡그리며 고개를 돌렸다. 추운 날이었다. 그 대답을 듣고 싶었다. 지금이 어떤 때고, 여기가 어디고, 왜 왔으며 그래서 지금 무엇을 하고 있는지. 하지만 그녀는 입을 다물어버렸다. 언제나 그랬듯이 침묵했다. 달라진 것은 없었다. 그랬기에 나는 더이상 뭘 물어봐야 할지 알 수 없었다. 그때, 엄마에게서 전화가 걸려왔다. 아차 싶었다. 급히 스피커폰으로 전화를 받왔다. 아니나 다를까 잔뜩 걱정이 묻은 엄마의 목소리가 들려왔다. 지금 어디냐고, 아까 전화는 왜 그렇게 끊었냐고. 나는 설명했다. 동네가 너무 허름하다보니 좀 겁을 먹었다고. 그 말에 엄마가 언성을 높였다. 전혀 기죽지 않은 목소리로.

"그러니까 그 동네를 왜 가. 요즘 거기가 어떤지 알아? 얼마나 을씨년스러운데. 지지배가 진짜 겁도 없지. 너 내가 얼마나 놀랐는지 알아?"

엄마는 그렇게 한바탕 쏟아내고는 길게 한숨을 내쉬었고, 그제야 생각났다는 듯 물었다.

"할머니는?"

엄마의 목소리가 차 안을 울렸다. 나는 할머니를 쳐다보았다. 그녀는 엄마에게 직접 대답할 생각이 없어 보였다. 계속 창밖을 쳐다보기만 했다. 나는 엄마에게 대답했다.

"옆에 있어."

그리고 전화를 끊었다. 조용했다. 오래전 부모님이 이혼하고 엄마와 외갓집에 왔을 때 나는 다섯 살이었다. 나는 갑자기 달라진 환경에 겁을 먹었다. 엄마만 찾았다. 잠잘 때 특히 심했다. 엄마 없이 잠드는 건 상상도 못했다. 그러나 아침에 일어나면 나는 늘 박윤보 옆에 있었다. 나중에 알았다. 내가 잠들면 할머니가 엄마로부터 나를 몰래 떼어놨기 때문이었다는 사실을.

"할머니, 안 추워?"

내 물음에 그녀가 고개를 살짝 움직였다. 뭔가 할말이 있는 것 같았다. 나는 천천히 차의 속도를 줄였다. 할머니가 물었다.

"너 병원은 언제 하냐?"

"다음주 수요일에 열어."

"좋냐?"

"좋지."

그리고 나는 잠시 고민했다. 묻고 싶었다. 할머니는 어떠냐고. 지금도 궁금하다. 할머니는 내가 의사가 되어서 좋아? 내가 이 동네를 떠나서 좋아? 밥값을 하는 사람이 되어서 좋아?

좋아? 할머니?

주식 투자금을 받은 박윤보의 친구가 소리소문 없이 사라진 뒤에도 우리집은 마치 아무 일도 없었던 것 같았다. 할머니가 박윤보를 내쫓는 일은 일어나지 않았고 소리 내서 싸우면서 서로를 비난하는 일도 없었다. 그렇게 일상은 유지되었다. 할머니는 새벽부터 화장을 했고 엄마는 출근을 했고 나는 학교와 학원과 독서실을 오갔다. 제일 싼 샴푸로 머리를 감았고 생리대는 몰래 여러 번 갈았다.

그리고 그날 박윤보가 나를 데리러 왔다. 야간자율학습이 없는 날이었다. 학교는 네시쯤 끝났다. 일주일 중 스케줄이 가장 느슨

한 날이었다. 독서실에 들렀다가 영어학원에만 가면 되었다. 그런데 그날 박윤보가 교문 앞에 서 있었다. 그와 눈이 마주친 순간 나는 그가 옛날의 어느 날처럼 양손으로 얼굴을 가리며, 그곳에 없는 척 장난을 쳐줄 것만 같은 기분에 사로잡혔다.

우리는 나란히 걸었다. 그는 외로워 보였다. 많이 지친 것 같았다. 나는 그의 손을 잡을까 말까 고민하다 잡지 않았다. 하지만 나는 별말 없이 그와 함께 걸었다. 머릿속으로는 독서실에 가야 한다고 생각하면서도, 할머니가 알면 난리를 피울 걸 알면서도 말이다. 우리는 석당의 집으로 가고 있었다. 그리고 마침내 그곳에 도착했다. 아름다운 정원. 굳게 닫힌 대문을 밀어 여는 그에게 나는 물었다.

"이 집 팔렸잖아. 들어가도 되는 거야?"

그가 대답했다.

"그럼. 얼마든지 괜찮지."

아무렇지 않다는 듯 천연덕스러운 말투였다. 그때 나는 이미 뭔가를 예감했던 것 같다. 이를테면, 앞으로 내가 그와 비슷한 남자들을 만나게 되리라는 사실을. 자신의 진짜 능력을 제대로 펼치지 못하고 있다고 생각하는 남자들. 어쩔 수 없이 부당한 현실을 감내하며 살아가고 있다고 생각하는 남자들. 기회만 주어진다면, 이번만큼은, 정말이지 이번만큼은 제대로 해낼 수 있다고 믿는 남자들. 그들과 헤어질 때마다 나는 생각했다. 내가 어쩌다보니 겨우 이 정도

얄팍함에 자신을 갖는 남자들만 만난 것일까. 아니면 이 세상에는 이런 남자들만 있는 것일까. 결국 나는 그저 확인하고 싶은 것은 아닐까. 그러니까, 내가 아무리 노력해도 이들 중 누구도 달라지게 할 수 없다는 것을. 그러니까 내 잘못이 아니라는 것을.

그날 벌어진 일도.

우리는 마루에 나란히 앉았다. 그는 그새 손길을 받지 못한 탓에 엉망이 된 정원을 바라보았다. 슬퍼 보였다. 우리는 그대로 한참 동안 앉아 있었다. 그리고…… 그가 내게 말했다.

"보여줄까?"

나는 고개를 끄덕였다. 그가 주머니에서 담배를 꺼냈다. 손가락 사이로 담배 한 개비를 이리저리 옮기다가 입에 물었고, 불을 붙였다. 나는 웃었다. 그가 입을 호, 하고 오므렸다. 공중에 담배 연기를 내뱉었다. 도넛 모양의 동그란 연기가 공중에 피어올랐다. 나는 연기에 손끝을 가져갔다. 라일락 냄새가 났다.

영어학원에 도착했을 때, 나는 가방에 있던 학원비 봉투가 없어졌다는 걸 알았다.

*

이제 할머니는 나를 기억하지 못한다. 엄마도 기억하지 못한다. 요실금 팬티를 자꾸만 벗어놓는다. 생리를 한다고 생각하기 때문이다.

하지만 할머니.

충분히 축축하지 않은걸.

그녀는 나를 더는 무시하지 않는다. 말하는 본새가 그게 뭐냐며 윽박지르지 않는다. 엄마를 귀찮게 하지 말라며 방에서 끌어내지 않는다. 성적이 떨어졌다고 때리지 않는다. 독서실에서 왜 이렇게 일찍 돌아왔냐며 돈 아까운 줄 모른다고 화내지 않는다. 그래서 나는 밥값을 하지 않는 쓸모없는 사람이 된 것 같은 느낌을 받지 않는다. 나는 이제 그녀가 무섭지 않다.

그렇게 된 지 오래되었다. 아주 오래되었다.

박윤보가 내 학원비를 가져갔던 날 저녁, 엄마와 할머니는 안방에 앉아 있었다. 나도 그들 옆에 있었다. 할머니는 내게 영어 단어를 다 외웠냐고, 수학 문제는 다 풀었냐고 묻지 않았다. 나는 그게 무서웠다. 할머니가 내게 소리를 질렀으면 했다. 그러니까 박윤보를 왜 믿었냐고, 그 인간이 어떤 사람인지 아직도 모르겠냐는 소리를 듣고 싶었다. 하지만 할머니는 아무 말도 안 했다. 나는 무서웠다. 정말로 무서웠다. 그렇게 몇 시간을 앉아 있었을까. 시간이 얼마나 흘렀던 걸까. 갑자기 전화가 울렸다. 엄마와 할머니, 누구도 일어나지 않았다. 결국 내가 전화를 받았다. 경찰서에서 온 전화였다. 여기까지가 사실에 가까운 기억. 이어지는 이야기는 뒤섞여 있다. 그러니까 그 무심하고 친절한 경찰관이 말해준 것들. 내가 드문드문 확인한 것들. 얻어들은 것들. 그것들을 하나하나 모아 재구성한 것이다. 그리고 매번 이 이야기를 떠올릴 때마다 나는 허무하다. 그토록 열심히 찾아낸 것들의 조합에서 어떤 의미도 찾을 수 없기 때문이다. 아니, 아주 없는 것은 아니다. 있다. 박윤보는 죽었다. 죽음 그 자체가 있다. 박윤보는 증권회사에 갔고 봉투에서 꺼낸 돈으로 당장 주식을 사겠다고 했고 그 돈은 삼십만원이었는데 일이 잘 진행되지 않았다. 왜냐하면 그런 식으로 진행되는 것이 아니니까. 그는 화를 냈다. 회사의 보안요원들이 다가왔다. 그는 내쫓겼다. 그래서 그는 담배를 사러 갔다. 솔, 은하수, 도라지…… 그중 그가 가장 좋아했던 것은 라일락. 증권회사 옆 편의점에서는 라일락을 팔지 않았다. 그는 화를 내며 직원 앞에서 삼십만원이 든 봉투를 흔들어 보였다. 내가 누군지 알아? 여기 아니면 갈 데가 없을 것 같아? 그리고 건너편의 슈퍼마켓을 향해, 트럭이 달려오는 도로를 가로질렀다.

어땠을까.

기타줄이 끊어지는 순간과 비슷했을까.

신호를 기다리는 동안 할머니의 고개가 살짝 앞으로 쏟아졌다.

조는 것 같았다. 나는 의자를 뒤로 빼주려고 그녀 쪽으로 몸을 기울였다. 할머니가 화들짝 놀라며 깼다.

"왜 그래?"

"등 대고 편하게 자."

내 말에 그녀가 피식 웃었다. 그러더니 필요 없다는 듯, 내 어깨를 살짝 밀며 말했다.

"야, 나는 낮잠 안 잔다."

나는 뭐라고 대답해야 할지 몰라 가만히 있었다. 그게 마음에 안 들었던지, 할머니가 나를 흘겨봤다. 무섭지 않았다. 생경했다. 이전에는 그녀가 나를 그렇게 쳐다보면 마음이 조여오곤 했으니까. 할머니의 마음을 알 수 없었기 때문이다. 나를 사랑하는 건지, 미워하는 건지, 아니면 질투하는 건지. 그것도 아니면 부디 제발 벗어나고 싶어하는 건지.

영영 알 수 없을 것이다.

하지만 하나는 알고 있다. 무엇이 진실이든, 그녀가 온종일 일했기 때문에, 택시를 타지 않고 걸어다녔기 때문에, 내게 윽박지르고 몰아붙였기 때문에, 때리고 실망하고, "유지해"라고 말했기 때문에, 나는 이 동네를 떠날 수 있었다. 내가 원하는 대로 살게 되었다. 누군가를 돕는 일을 하게 되었다. 그것으로 밥값을 하게 되었다. 박윤보와 같은 남자들을 만나고 얼마든지 그들을 떠나고 다시 만나고 잊었다. 그런 사람으로 자랐다. 나만은 그런 사람이 되었다. 그렇게 살게 되었다. 살고 있다. 그래. 정말로 안다. 사실 박윤보는 나의 인생, 나의 삶, 나의 미래를 자신의 무엇만큼 중요하게 생각하지 않았을 거라는 것. 그래서 나의 웃는 모습을 있는 그대로 내버려둘 수 있었던 거라는 것.

"야."

할머니가 나를 불렀다.

"응."

"진짜야."

"뭐가."

"나는 지금껏 낮잠이라는 걸 자본 적이 없는 사람이야."

나는 웃었다. 할머니가 인상을 찌푸렸다. 어두워지고 있었다. 나는 차를 빠르게 몰았다.

하지만, 왜, 어째서.

그 무책임한 남자를 미워하는 것이, 이 미련한 여자를 사랑하는 것보다 힘든 것일까.

왜 나는 항상 이 여자 때문에 미칠 것 같은가.

왜 그때 그 마음이 잊혀지지 않는가.

지금까지도.

계속.

가원佳園은 여자의 호號로 쓰이는 이름이다.

나는 대답했다.
"응, 알아. 우리 할머니는 그런 사람이지."

다 옛날 일이다. 모두.

그치?

손

퍽, 하는 소리에 뒤를 돌아보았다. 아무도 없었다. 잘못 들었나? 나는 고개를 돌렸다. 대문 앞에 다가섰다. 숨이 찼다. 그 순간, 또다시 그 소리가 들려왔다. 퍽. 커다란 돌덩이 같은 것이 벽에 세게 부딪치는 듯한 소리. 나는 빠르게 다시 몸을 돌렸다. 이번에는 무언가 있었다. 작고 앙상한 무언가가 골목길 안으로 순식간에 사라졌다. 스산한 느낌이 가슴 안쪽을 찔렀다. 나는 서둘러 대문을 열고 마당으로 들어갔다. 기다렸다는 듯 날카로운 목소리가 날아왔다.

"야야, 왜 이렇게 늦게 오냐?"

시어머니였다. 나는 말없이 마루에 올라섰다. 일찍 들어오라던 시어머니의 말이 그제야 떠올랐다. 오후에 마을 회의가 있다며 그녀는 아침부터 나를 채근했었다. 메주 빚는 날을 받는다고 했다. 중요한 행사였다. 나도 알고 있었다. 하지만 결국 이렇게 늦어버렸고, 시어머니는 짜증을 숨기지 않고 있었다. 나는 일이 있어서 어쩔 수 없었다는 말을 하려다 관뒀다. 그냥 피곤했다. 오늘도 아이들은 대진이의 속옷이 흠뻑 젖을 때까지 그 아이의 허리춤에 눈뭉치를 집어넣었던 것이다. 누가 시작했느냐고 추궁하다 종례 시간을 훌쩍 넘기고 말았다. 아이들과 대치하듯 한참을 마주보고 있는데, 용우와 시선이 마주쳤다. 5학년이지만 학교에서 가장 덩치가 크고 서글서글하니 잘생긴 소년. 공부도 잘하고 인기도 많은 아이. 그러나 나는 알고 있었다. 모두 저 아이의 주도로 벌어진 일이었다. 용우는 천연덕스럽게 나를 바라보며 싱긋 미소를 지었다.

증거는 없었다. 현장을 발견한 적도 없었다. 그러나 아이들은 용우의 주도로 대진이를 괴롭혔다. 나는 담임교사였고 학생 수는 겨우 일곱이었다. 그런 건 그냥 알 수 있는 거였다. 단 한 번, 용우가 대진이를 밀어 넘어뜨리는 걸 본 적이 있었다. 내가 뭐라 입을 열기도 전에 용우가 먼저 말했다. "선생님, 죄송해요. 실수였어요." 그리고 곧장 대진이에게 말했다. "미안해 대진아. 네가 거기 있는 줄 몰랐어."

나는 넘어가지 않았다. 용우를 방과후까지 남겼고 반성문을 쓰게 했다. 며칠 후 여자 화장실 거울에 커다란 낙서가 적혔다.

'5학년 담임 김미영 미친년.'

내가 대답이 없자 시어머니는 마음이 상한 듯했다. 그녀는 아랫집 연자네는 벌써 한참 전에 출발했다며 못마땅한 기색을 있는 그대로 드러냈다. 그러면 그렇지. 나는 살짝 인상을 찡그렸다. 어쩐지 시어머니가 유독 더 짜증을 낸다 싶었다. 그래, 연자네 때문이었군.

연자네는 마을 허드렛일을 해서 생계를 유지하는 아랫집 할머니로 일도 잘하고 손이 야무져 찾는 사람이 많았다. 딸인 연자 부부가 형편 때문에 맡긴 손자를 홀로 돌보며 지내는데, 하필이면 그 아이가 바로 대진이였다. 그래서인지 나는 연자네만 보면 어쩔 줄 모르는 마음이 들었다. 그러나 시어머니는 툭하면 말했다.

"야야, 그 여편네가 실제로 얼마나 의뭉스러운지 아냐. 불쌍한 척하며 사람들한테 착 달라붙어 있는 거다."

하지만 사실은 이장 때문이었다. 몇 년 전, 이장은 해마다 손 없는 날에 메주를 빚던 마을 풍습을 농한기 사업으로 발전시켰다. 이전에도 이장은 마을 일꾼 섭외며 농산물 납품이며 그 밖의 마을 대소사를 책임져왔는데, 메주 사업 이후로 그를 향한 주민들의 신뢰가 더 깊어졌다. 그가 없으면 마을이 제대로 돌아가지 않을 지경이었다. 시어머니는 평판 좋고 풍채 좋은, 오 년 전 혼자가 된 이 노인을 좋아했다. 그리고 이장은 일거리가 생기면 항상 연자네를 찾았다. 이것이 바로 시어머니가 연자네를 험담하는 진짜 이유였다. 나이를 먹으면 희로애락에 초연해지고 느긋해진다던데, 시어머니를 보면 그것도 아닌 듯했다. 그녀는 어떤 면에서 나보다 훨씬 열정적이고 활발했다. 그녀를 보고 있으면 내가 노년의 삶에 대해 아는 바가 전혀 없었다는 생각에 겸허해지곤 했다. 하지만 그녀는 남 이야기를 하는 걸 너무 좋아했다. 특히, 연자네에 관한 이야기를.

"야야, 안 들리냐."

시어머니가 날카로운 목소리로 말했다. 하지만 여기까지다. 그녀는 내게 화를 내지 않을 것이다. 소리를 지르지도 않을 것이고, 험한 말로 속을 뒤집어놓지도 않을 것이다. 그녀는 그런 시어머니가 아니었다. 하지만 나는 며느리였고 그녀는 내가 당신의 말을 따르는 것을 당연하게 여겼다. 그러니까, 내게 혹시 일찍 들어올 수 있느냐고 물어보는 일은 없었다. 반드시 일찍 오라고 일방적으로 말할 뿐이었다. 나는 시어머니의 말을 무시하고 내 용건을 꺼냈다.

"어머님, 민아는요?"

"민아는 방에서 잔다. 어린이집에서 나올 때부터 애가 슬슬 졸더라."

이게 무슨 소리인가. 분명 며칠 전 그녀와 나는 이야기했다. 민아의 낮잠 버릇을 고쳐보자고. 언제부터인가 민아가 밤에 잠을 안 자서 왜인가 싶었더니, 어린이집에 다녀오면 곧장 낮잠을 잔다는 거였다. 시어머니는 애가 피곤해하는데 그럼 어떻게 하느냐며 무책임하게 대꾸했다. 아이를 그렇게 빡빡하게 키우면 안 된다고, 예민하게 굴지 말라고도 했다. 하지만 시어머니는 낮에 애를 재우고서 이장에게 줄 마른반찬이나 말린 시래기, 고구마 말랭이 같은 걸 만들었다. 밤에 초롱초롱한 눈으로 깨어 있는 아이를 어르고 달래야 하는 사람은 다름 아닌 바로 나였다. 나는 화가 났다. 시어머니가 민아를 봐줄 수 있다고 했기 때문에 이 시골까지 내려온 것이다. 이러면 아무 의미가 없었다. 나는 시어머니에게 진지하게 이야기를 했고, 그녀는 알겠다고 대답했다.

그런데 오늘 또 민아를 재운 것이다. 울컥 짜증이 치밀어올랐다. 그 순간 시어머니가 물었다.

"용우는 오늘도 공부 잘했나? 애가 참 착하지?"

날카롭게 솟았던 감정들이 푹 사그라들었다. 역시 피로했다. 시어머니와 더는 아무 말도 하고 싶지 않았다. 아니, 이제 누구와도 대화하고 싶지 않았다. 그저 쉬고 싶을 뿐이었다.

이 마을에서 살게 된 첫해, 나는 시어머니에게 물었다.

"그런데 어머님, 손이 뭔가요?"

그녀가 대답했다.

"악귀다, 악귀. 마을에 들어와 사람들을 해코지하고 방해하는 년. 그년이 없는 날 귀한 해콩을 삶는 거다."

용우는 이장의 친손자였다.

어젯밤, 인도네시아에 가 있는 남편에게서 전화가 걸려왔다. 파견근무 기간을 한번 더 연장하고 싶다고 했다.

*

마을은 지평선 끝에 있었다. 햇빛 아래 푸르게 빛나는 논밭을 양옆에 두고 도로 위를 달리다보면 감탄은 잠시였다. 끝없이 펼쳐진 평야는 금세 질렸다. 언제까지 이 땅이 계속 나올까 싶어질 즈음 지대가 낮아지며 서서히 길이 좁아졌고, 그 상태로 한참을 달리면 구색을 겨우 갖춘 낡은 상권이 드러났다. 읍내였다. 그곳에서 또 얼마간 달리면 대나무로 빽빽한 숲이 나왔다. 굵은 줄기들이 하늘을 덮다시피 기울어져 있어서 도로가 무척 어두웠다. 컴컴하고 좁은 굴을 통과하는 느낌이 들었다. 바로 그 끝에 마을이 있었다.

산밑에 흐르는 강을 끼고 자리잡은 전형적인 농촌이었다. 도시보다 기온이 한층 낮았다. 시린 공기가 매일 폐 속으로 파고들었다. 요즘 같은 겨울은 말할 것도 없었다. 숨만 쉬어도 몸안이 얼어붙는 듯했다.

"엄마, 염소야!"

민아의 목소리에 나는 고개를 들었다. 우리는 어느새 마을 한가운데를 가로지르는 하천 위 다리에 도착해 있었고, 아이 말대로 흑염소 두 마리가 다리 아래서 느긋하게 풀을 뜯고 있었다. 이 다리는 마을 입구에 들어서면 가장 먼저 보이는 곳이었다. 다리 건너편에는 시어머니가 열성적으로 드나드는 마을회관이 있었다.

개발 시절 지어졌음이 분명한 회관 옆에는 식민지 시대를 연상시키는 일본식 사당이 있었다. 어떻게 지금까지 이 사당이 남아 있을 수 있었는지 전혀 알 수 없었다. 메주 빚는 철이면 꼭 이곳에서 제사를 지내야 한다는 사실만 분명했다. 인상적인 건 그뿐이 아니었다. 마을의 모든 지붕은 하나같이 모양이 똑같은 푸른색 기와지붕이었다. 한동안은 집들이 전혀 구분이 가지 않았다. 마을 전체가 하나의 거대한 저택 같았고, 집들은 그 저택 복도에 주르륵 늘어선 방문 같아 보였다. 금방이라도 스러질 듯 낡고 위태로운 느낌, 그것마저 비슷했다.

"엄마, 염소가 검은색이야."

갑자기 민아가 말했다. 나는 아이의 머리를 쓰다듬었다. 깨워서 밖에 데리고 나올 때만 해도 민아는 온갖 신경질을 다 부리더니, 이제는 언제 그랬느냐는 듯 기분좋은 얼굴로 주위를 돌아다니고 있었다. 그새 말이 더 늘어 검은색이라는 단어를 잘도 발음했다. 민아는 또래보다 말이 빠른 편이었다. 할머니를 따라 마을 여기저기 다니며 어른들 대화를 자주 들어서 그런지 말투도 꽤 다양했다. 여러 사람의 말버릇이 뒤섞여 있다고 해야 하나. 나처럼 말하다 시어머니처럼 말했고, 어느 순간에는 연자네나 건넛집 송씨 아저씨처럼 말했다. 한번은 아이가 누군가를 흉내내는 것 같은 느낌을 받은 적도 있었다. 뒷짐을 지고 어깨를 살짝 구부린 채 걸었는데, 누구인지 영 감을 잡을 수 없었다. 귀엽기도 하고 신기하기도 해서 가만히 쳐다보고 있는데, 아이가 느닷없이 내게 툭 말을 건넸다.

"뭐해?"

순간 묘하게 섬뜩했다. 분명 내 딸의 목소리였지만, 마치 누군가의 말을 대신 하고 있는 듯했다. 한동안 그 기분이 가시지 않았고, 솔직히 좀 두려웠다. 아이를 이렇게 키우는 것이 옳은 걸까. 괜찮은 걸까. 그런 생각들 때문에 머리가 터질 것 같았다. 그런데 남편은 저 먼 곳에서 혼자 뭘 어떻게 하겠다는 걸까. 그를 떠올리면 답답했다. 결국 어제 우리는 싸웠다. 그는 회사에 당장 인력이 없다며, 이대로 돌아가면 자신이 무책임한 사람이 된다고 했다.

"그럼 나는? 민아는? 우리한테는 무책임한 게 아니야?"

내가 따져 묻자 그는 한숨을 내쉬었다.

"내가 자리잡기를 원했던 건 당신이잖아."

사실이었다. 나는 그가 안정되기를 원했다. 하지만 그건 그를 이해하기 때문이었다. 그를 알았기 때문이었다. 그는 자신이 경쟁적인 분위기 속에 홀로 서 있다고 느꼈고, 남들보다 더 많이 노력해야 한다고 생각했다. 때문에 그가 돌을 막 지난 아이를 두고 해외 근무 이야기를 꺼냈을 때, 걱정 대신 응원을 보냈던 것이다. 잘 다녀오라고, 이왕 가는 거 열심히 해서 꼭 자리잡으라고. 그런 의미에서 한 말이었다. 생각해보면 매사 그런 식이었다. 그의 해외 근무가 결정된 후, 잘해보자고 마음은 먹었지만 나 혼자 아이를 키우며 지낼 일이 겁이 났다. 그때 시어머니가 민아를 봐주겠다고 먼저 연락을 해왔다. 이때가 아니면 아이가 언제 할머니와 살아보겠나 싶었고, 어머니를 홀로 두고 있다는 남편의 걱정도 덜어주고 싶었다. 무엇보다 시골 학교라면 학생 수도 적고 잡무도 덜해서 지내기 편할 것도 같았다. 모르겠다. 나는 어떻게 그렇게까지 생각하고 행동할 수 있었을까. 어떻게 그게 가능했을까. 그때는 정말로 그 모든 것이 마땅한 일처럼 여겨졌고, 그러자 모든 면이 합리적으로 느껴졌으며, 심지어 내가 굉장한 일을 하고 있다는 자부심도 들었다. 나는 그와 함께 미래를 만들 수 있다고 생각했기에 결혼한 거였다. 도울 수 있다면 돕고, 잘할 수 있다면 잘하고 싶었다. 그게 우리의 삶이라고 생각했고, 내 인생이라고 생각했다.

그러나 일 년으로 예정되었던 파견이 끝나가던 무렵, 그는 나와 상의 없이 근무 기간을 연장했다.

"야! 염소야! 멍청아! 여기 좀 봐라!"

갑자기 민아가 다리 난간을 손바닥으로 두드리며 큰 소리를 냈다. 얘가 왜 이래? 나는 민아를 난간에서 떨어뜨려놓으며 그만하라고 엄격하게 말했다. 민아는 불만 가득한 표정으로 고개를 저었다. 고집스럽게 앙다문 입술이 제 아빠와 똑같았다. 다시 피로가 밀려왔다. 제대로 꾸중을 해야 할까. 아니면 어떻게든 달래서 말을 알아듣게 해야 할까. 요즘 나는 자주 이런 고민에 빠졌다. 애가 말을 워낙 잘하다보니 자기가 무슨 소리를 하는지 알고 내뱉는 것 같다는 착각이 들 때가 있었던 것이다. 물론 민아는 자기가 하는 말의 의미를 대부분 알았다. 하지만 전혀 모르면서 그냥 귀에 흘러들어오는 대로 말할 때도 많았다.

"엄마, 이 패브릭은 너무 짜잔하다."

"연자네는 너무 촌스럽다. 그치?"

"아니야?"

"엄마."

"……"

"엄마?"

"나한테 왜 이렇게 불손해?"

갑자기, 등뒤에서 퍽 하는 소리가 났다. 나는 깜짝 놀라 뒤를 돌아보았다. 아무것도 없었다. 다리 위에는 민아와 나뿐이었다. 찬바람이 목덜미로 밀려들었다.

그때 민아가 말했다.

"엄마, 저 염소 튀기다."

"뭐?"

나는 민아의 손을 확 끌어당겼다. 주변을 둘러봤다. 다행히 아무도 없었다. 나는 아이에게 조심스레 속삭였다.

"민아야, 그런 말 하는 거 아니야. 하지 마."

"왜?"

"나쁜 말이야."

"왜? 염소 튀기 아니야? 검은색이잖아."

"민아야, 그 말 하지 말라니까."

"왜?"

나는 잠시 눈을 감았다. 속이 울렁거렸다. 이 단어를 오늘 처음 말한 걸까. 아니면 지금까지 계속 말하고 다닌 걸까. 어린이집에서도 말했으려나? 세상에, 다른 아이들 앞에서도 이 말을 했을까? 누구에게 이런 말을 들은 거지?

나는 눈을 떴다.

혹시 시어머니? 시어머니가 한 말일까? 설마?

나는 고개를 저었다. 그녀는 이래저래 다소 피곤하게 굴기는 했지만, 이런 말을 할 사람은 아니었다. 하지만 화는 났다. 애를 제대로 돌보면 이런 일이 없을 것 아닌가. 마을 여기저기 아무렇게나 데리고 다니니 이런 말을 주워듣게 되지 않는가. 그러면서 시어머니는 항상 내가 예민하다고 말했다. 부엌 싱크대를 닦은 행주로 접시와 아기 젖병을 함께 닦고, 립스틱이 묻은 입술로 아기 볼에 입을 맞추면서, 그리고 이제는 아이 입에서 이런 말까지 튀어나오도록 내버려뒀으면서, 내가 유난스러운 사람이라고? 손 없는 날? 지난 이 년 동안 내게는 그런 날이 단 하루도 없었다.

나는 민아를 더 세게 끌어당겼다.

"집에 가자."

그러자 민아가 떼를 쓰기 시작했다. 염소를 더 보겠다고 했다. 바닥에 드러누울 기세였다. 안 되겠다 싶어 나는 아예 민아를 안아 들었다. 아이가 내 품에서 발버둥을 쳤다. 그러다 갑자기 움직임을 멈췄다. 나는 숨을 길게 내쉬었다. 아이를 가르치는 일을 배웠고, 그 일을 하고 있고, 또 내 아이를 키우고 있지만 나는 아이들을 이해할 수 없는 순간이 훨씬 많았다. 민아가 내 등뒤를 향해 말했다.

"엄마, 저기에 튀기가 있다니까."

명치 아래 꽉 박힌 무언가가 터질 듯 움직였다. 나는 민아를 내려놓았다. 아이에게 거의 소리를 지를 뻔했다. 그 순간, 뒤에서 어떤 시선이 느껴졌다. 이번에는 분명했다. 누군가 있었다. 나는 천천히 고개를 돌렸다. 다리 저편, 다섯 걸음도 안 되는 곳에서 낯익은 얼굴이 나를 쳐다보고 있었다. 언제 저곳에 와 있었던 걸까. 나는 마른침을 삼켰다. 그가 이쪽으로 천천히 다가왔다. 나를 불렀다.

"선생님."

나는 애써 미소를 지었다.

"그래, 용우야. 이제 집에 가니?"

"네."

용우의 목소리가 유독 차갑게 들렸다. 민아와 나의 대화를 다 들은 걸까. 들었다면 어디서부터 들었을까. 염소? 검은색? 아니면…… 나는 용우에게 고개를 살짝 끄덕였고, 어서 집에 들어가라고 덧붙였다. 그리고 민아를 다시 안아 들었다. 앞을 향해 빠르게 걸었다. 다행히 민아는 이번에는 조용히 내 품에 안겨 있었다. 골목으로 들어가기 전, 나는 슬쩍 뒤를 돌아보았다. 용우는 여전히 다리 위에 서 있었다. 우리를 지켜보는 것 같았다. 나는 더 빨리 걸었다. 아이에게 속삭이면서. 민아야, 아무 말도 하지 마. 절대 아무 말도 하지 마.

'김미영 미친년.' 화장실에 그 낙서가 적혔던 날 대진이가 혼자 따로 찾아왔다. 그애는 자기가 그 말을 썼다고 했다. 너무 화가 나서 그랬다고 했다. 나는 아이를 물끄러미 바라보다 알겠다고 대답했다. 그리고 아이가 돌아선 순간, 나는 대진이가 다리를 절룩거리는 걸 보았다. 나는 대진이를 불러 세웠다. 무슨 일이냐고 물었다. 아이는 내 시선을 피하며 대답했다. 학교 계단에서 혼자 굴렀다고. 실수였다고.

"정말이니?"

"네, 정말이에요."

용우 엄마는 베트남에서 왔다.

*

한밤중, 대문이 덜컹거리는 소리가 났다. 나는 마루로 나갔다.

우리집은 전형적인 시골 가옥으로, 마당을 사이에 두고 철제 대문과 집이 살짝 떨어져 있었다. 밤에는 대문의 쇠빗장을 걸어 잠그긴 했지만 마음만 먹으면 누구든 넘어올 수 있는 높이여서 안전하다는 느낌은 별로 들지 않았다. 더군다나 집과 대문 사이에는 전등 하나 없었다. 지붕에 달린 형광등은 마루 아래를 겨우 비출 뿐 마당까지 밝히지는 못했다.

"누구세요?"

나는 외쳤다. 대답은 없었다. 하지만 대문이 계속 덜컥거렸다. 보이지 않았지만 나는 알 수 있었다. 무언가가 문을 열고 이쪽으로 들어오려 하고 있었다. 소리는 점점 거세졌다. 쾅쾅, 철문이 부서질 것 같았다. 신고해야 할까. 하지만 경찰이 읍내에서 여기까지 오려면 시간이 꽤 걸릴 것이다.

그때 뒤에서 목소리가 들렸다.

"야야, 거기 왜 서 있냐?"

흔들림이 멈추고 주위가 순식간에 고요해졌다.

"어머님."

"응?"

"안 들리세요?"

"어? 그게 무슨 말이냐?"

나는 어두운 저편을 물끄러미 바라보며 대답했다.

"모르겠어요."

시어머니가 혀를 차며 몸을 돌렸다. 어서 들어가 자라고 했다. 나는 고개를 끄덕였다. 그리고 방으로 들어가려던 때, 그 소리가 또 들렸다.

퍽.

나는 곧장 거실로 들어가 탁상 서랍에서 손전등을 찾아 나왔다. 확인하고 싶었다. 저편에 무엇이 있는지, 이 소리의 정체가 무엇인지. 어차피 문에는 빗장이 걸려 있으니 큰일은 없을 것이다. 문만 열지 않으면 될 것이다. 이상한 낌새가 느껴지면 소리를 지르면 된다. 동네 사람들이 모두 깨어나도록.

나는 손을 조심스레 대문에 가져갔다. 차갑고 딱딱한 느낌이 손바닥에 닿았다. 비릿한 쇠냄새가 코끝을 찔렀다. 그 순간이었다. 대문이 퍽, 하고 무언가에 부딪히더니 거세게 흔들렸다. 나는 짧게 비명을 지르며 뒤로 물러났다. 건너편에서 후다닥, 뛰어가는 소리가 들렸다. 나는 재빨리 문틈에 손전등을 비추어 밖을 보았다. 있었다. 무언가 있었다. 사람의 발뒤꿈치 같기도 했고, 동물의 꼬리 같기도 했다. 그것은 아랫집 연자네 방향 골목 쪽으로 빠르게 이동했고, 순식간에 사라졌다. 나는 숨을 몰아 내쉬었다. 하얀 입김이 문 바깥으로 흩어졌다.

방에 들어오니 시어머니가 민아의 머리카락을 쓸어넘겨주고 있었다. 아이는 곤히 잠들어 있었다. 나는 두 사람을 바라보며 창가에 섰다. 바람소리가 들렸다.

"무슨 일이냐."

시어머니가 물었다. 나는 고민했다. 낮에 있었던 일을 시어머니에게 말해야 할까. 하지만, 그녀와 의논해도 되는 이야기일까. 시어머니는 말이 없는 나를 가만히 쳐다보았다. 뭔가 할말이 있는 듯했다. 혹시, 이미 뭔가를 알고 있는 걸까. 나는 그녀에게 가까이 다가가 앉았다. 시어머니가 말을 꺼냈다.

"요즘 말이다."

"네."

"연자네가 이상하다."

나는 그녀에게서 시선을 돌렸다. 그럼 그렇지. 또 연자네 이야기였다. 하루이틀 들은 험담이 아니었다. 그녀가 무슨 말을 할지는 뻔했다. 골치가 아팠다. 용우의 눈빛이 자꾸 떠올랐다. 불안했다. 그애가 집에 가서 무슨 말을 하지는 않았을까. 혹시 내가 그런 말을 했다고 하는 건 아닐까. 그애라면 그렇게 말할 수 있다. 선생님 딸이 그런 말 하는 걸 들었다고. 선생님이 가르친 말이 분명하다고. 그러면 학교에 소문이 날 테고, 거울에 또다시 글자가 적히겠지. '김미영 미친년.' 민아는 어디서 그 말을 들었을까. 아니, 대체 누가 그런 더러운 말을 입에 담는단 말인가.

시어머니가 이야기를 시작했다.

"연자네가 자꾸 헛소리를 한다."

"네."

"듣고 있으면 아주 민망스러 죽겠다."

"네."

"이장님 이야기를 자꾸 이상하게 하고."

"그래요?"

나는 그렇게 대답했다가 불쑥 고개를 들었다. 다리를 절뚝거리며 나와 눈을 마주치지 못하던 대진이의 얼굴이 떠올랐던 것이다. 나는 시어머니에게 물었다.

"아주머님이 뭐라고 하시는데요?"

그러자 시어머니는 기다렸다는 듯 술술 말을 시작했다. 이장은 연자네를 너무 자주 불렀다. 막상 가보면 이장은 일 이야기는 꺼내지도 않고, 계속 차를 권하고 대화를 시도했다. 연자네는 짜증이 났다. 바빠 죽겠는데 왜 이러나. 그러던 지난달이었다. 이장이 연자네를 또 불렀다. 집에 가보니 식구들은 모두 일을 나가고 아무도 없었다. 이장만 있었다. 또 차를 권하기에, 연자네는 바빠서 가봐야 한다고 했다. 그러자 이장이 미소를 지으며 메주 사업장에 관리자가 한 명 더 필요한데 그 일을 상의하고 싶다고 했다. 연자네는 어쩔 수 없이 방으로 들어갔다. 이장이 자리에 앉은 채 하얀 봉투를 내밀었다. 지난달 도와준 품삯인데 조금 더 넣었다고 했다. 연자네는 두 손으로 봉투를 붙잡고 이장의 맞은편에 멍하니 앉았다. 이장이 이런저런 말을 했다. 네. 그래요. 알겠습니다. 연자네가 힘없이 대답하는데, 이장이 좋은 과자가 들어온 걸 잊고 있었다며 자리에서 갑자기 일어났다. 성큼 연자네 등뒤로 걸어갔다. 그녀 뒤에서 서랍장을 여는 소리가 들렸다. 공기에 먼지가 섞여들며 텁텁한 내음이 콧속으로 간질간질 스며들었다. 재채기가 나올 것 같았다. 연자네는 숨을 참았다. 그때, 이장이 뒤에서 연자네를 끌어안았다.

"세상에."

나는 중얼거렸다. 기가 막혀 말이 안 나왔다.

"그러게 말이다."

시어머니가 한숨을 내쉬며 덧붙였다.

"거들먹거리면서 말하는데 아주 볼 수가 없었다. 시간만 더 있으면 아주 온종일 말할 기세더라."

"네?"

내 생각과 다른 방향으로 흘러가는 이야기에 나는 깜짝 놀랐다. 시어머니는 지금껏 뭘 들었느냐는 듯 답답하다는 표정으로 나를 쳐다보더니 빠르게 말을 이었다. 연자네는 자신이 이장을 꽉 잡고 있다고 말하고 싶어서 그 이야기를 꺼낸 거라고, 주제를 모르는 여편네라고 했다. 이장님이 불쌍해서 잘해주는 줄도 모르고 어디 감히 그런 거짓말을 하느냐고 했다. 그렇게 말을 이어나가는 시어머니의 눈이 반짝거렸다. 신이 나 보였다. 나는 조심스레 물었다.

"어머님, 이 이야기 다른 분한테도 말씀하셨어요? 안 하셨죠?"

시어머니 얼굴에 당혹스러움이 떠올랐다. 순간 나는 눈치챘다.

아직은 그러지 않았지만, 연자네가 얼마나 황당한 여편네인지 사람들에게 얼마든지 이야기하고 다닐 생각이었다는 것을. 나는 시어머니를 달래듯 말했다. 어머님이야 이장님을 워낙 신뢰하니까 당연히 말도 안 된다고 생각하시겠지만, 다 똑같이 생각하는 게 아니에요. 그러자 시어머니는 펄쩍 뛰며 자기가 그렇게 생각 없는 사람이겠냐고 대꾸했다. 나는 확인하듯 조심스레 다시 물었다.

"그런데 어머님, 아주머님이 정말 그런 식으로 말씀하신 건 확실해요?"

시어머니는 결국 버럭 목소리를 높였다.

"넌 내 말을 항상 어떻게 듣는 거냐?"

그러고는 짜증스럽게 덧붙였다.

"너는 그 여편네가 어떤 사람인지 전혀 모른다."

시어머니가 문을 열고 방을 나가버리자, 잠결에 놀란 민아가 끙끙대는 소리를 냈다. 나는 민아의 가슴께를 부드럽게 다독였다. 아이의 숨결이 차분해졌다.

이해할 수 없었다. 연자네는 항상 조심스러운 눈길로 사람들을 바라봤고, 어디서든 늘 조용히 있었다. 누구의 눈에도 띄지 않으려 굉장히 노력한다는 느낌을 자주 받았다. 어떤 구설에도 오르고 싶지 않아하는 것 같았다. 그런데 시어머니에게 그런 이야기를 늘어놓았다고? 왜? 왜 그랬을까? 대진이의 얼굴이 다시 어른거렸다. 그애는 잔뜩 겁먹어 있을 때면 누구와도 시선을 마주하지 않았다. 거짓말을 할 때도 그랬다. 내가 대진이를 구하지 못하는 이유였다. 그애는 단 한 번도 사실을 털어놓지 않았다. 방금 무슨 일이 있었는지, 누가 자신을 넘어뜨렸는지, 옷 속에 눈뭉치를 넣으라고 말한 사람이 누구인지 대진이는 절대 말하지 않았다. 내가 아무리 노력해도 소용없었다. 나는 자주 생각했다.

어째서 저 아이는 나를 신뢰하지 않는 걸까.

시어머니의 말이 떠올랐다. 내가 아무것도 모른다고. 그래. 그것 때문일까. 내가 아무것도 모르기 때문에? 하지만 무엇을? 나는 밀려오는 생각들을 견디며 민아를 내려다보았다. 시어머니가 머리카락을 쓸어넘긴 탓에 툭 튀어나온 이마가 그대로 드러나 있었다. 나를 닮은 부분이었다. 나는 민아가 그 말을 어디서 배워왔는지 여전히 알지 못했다. 연자네는 알까. 학교에서 대진이에게 무슨 일이 벌어지고 있는지. 나는 한숨을 쉬며 아이의 옆에 누웠다. 어쩐지 이대로 가만히 있으면 안 될 것 같다는 생각이 들었다.

연자네를 한번 만나봐야겠다 싶었다.

*

고추 말리는 냄새, 메주 냄새, 시래기 냄새. 마을에서 맡을 수 있는 모든 묵은 내음이 다 이 집에 모여 있는 것 같았다. 연자네는 일요일 아침에 느닷없이 찾아온 나를 어찌 대해야 할지 모르겠다는 표정으로 마주하고 있었다. 침묵이 어색했다. 나는 준비해온 과자 상자를 연자네에게 건넸다. 시어머니와 민아가 아주머님 댁에 자주 놀러오는데, 인사 한 번 제대로 못 드려서 죄송하다고 말했다. 그녀는 손사래를 치며 저야말로 대진이를 맡겨만 놓고 아무것도 못해 미안하다고 수줍게 말했다. 부드럽고 순한 분위기가 주위를 에워쌌다. 평소와 다르지 않았다.

"대진이는 어디 갔어요?"

나는 물었다. 친구들과 놀러 나갔다는 대답이 돌아왔다. 나는 고개를 끄덕였다. 예전부터 대진이가 학교 밖에서도 아이들에게 괴롭힘을 당할지 모른다는 추측을 해왔다. 그러나 이내 안심해버리곤 했다. 왜냐하면 아이들 대부분은 방과후에 읍내의 보습학원에 다녔고, 그렇지 않은 아이들도 보통은 바로 집으로 돌아갔으니까. 설사 무슨 일이 생긴다 해도 심각하거나 위험한 일은 절대 없을 거라고, 나는 그렇게 생각해버렸다. 하지만 대진이가 아이들을 만나러 나갔다는 말을 듣자 역시 마음이 복잡했다. 무슨 말부터 꺼내야 할까.

"선생님, 요즘은 괜찮으세요?"

갑자기 연자네가 물었다. 나는 무슨 말인지 알아듣지 못해 어색한 미소를 지으며 그녀를 바라봤다. 그녀는 염려 가득한 얼굴로 나를 위로하듯 말했다. 요즘 애들이 워낙 천방지축이라고. 그제야 나는 무슨 말인지 알아들었다. 낙서 사건을 말하는 거였다. 그 일

이후, 마을 사람들은 나를 볼 때마다 사과했다. 그러나 이런 식이었다.

"요즘 애들이 문제가 많아요. 그래도 우리 마을 애들이 아주 착해요. 아시죠?"

그 풍경이 다시 떠올랐다. 화장실의 넓은 거울에 큼지막하게 쓰여 있던 글자들. 김미영 미친년. 아이들이 지켜보는 가운데, 나는 교실에서 걸레를 들고 나와 혼자 글자들을 지웠다. 그리고 교실로 돌아가서 한마디도 하지 않았다. 이후 대진이가 내게 고백한 일에 대해 연자네는 모르는 것 같았다.

나는 미소를 지으며 괜찮다고 말했다. 연자네가 내게 나긋하게 말했다.

"다행이네요. 용우가 공부 욕심이 많아요. 다 의욕이라고 생각하셔요."

용우? 이게 무슨 말이지? 아, 순간 잊고 있던 기억 하나가 밀려왔다.

학기초였다. 간단히 쪽지시험을 본 날이었다. 나는 아이들이 틀린 문제들을 짚어주었다. 대체로 어려워하는 문제들이 비슷했다. 그래서 모두가 똑같이 틀린 문제 위주로 해설했다. 다음날 교감선생님이 나를 불렀다. 용우 집에서 전화가 왔다고 했다.

내가 용우의 시험지 뭉치를 들고 서서, 그애가 틀린 문제를 하나하나 읽으며 이렇게 말했다고 했다. 용우는 이것도 틀렸네, 저

것도 틀렸네, 너 사람들이 생각하는 것만큼 공부를 잘하지 않는구나?

그리고 내가 용우의 시험지 한 장을 공중에 흔들어대며 이렇게 말했다고도 했다.

"용우는 특히 국어를 잘 못하는구나? 한국어 공부 좀 따로 많이 해야겠어."

거짓말이었다.

정말 거짓말이었다.

연자네가 왜 갑자기 그때 일을 언급하는 건지 이해할 수 없었다.

"선생님께서 용우를 위해 하신 말씀인 거 다들 알아요."

연자네가 말했다.

"그래도 용우가 참 착해요. 그렇지요?"

자기 손자가 어떻게 지내는지 아무것도 모르면서. 아는 것이라고는 하나도 없으면서. 하나도. 그러자 예상치 못한 말이 목을 긁으며 흘러나왔다. 내 목소리 같지 않았다.

"대진이는 그렇게 생각 안 할 텐데요."

내가 오늘 그녀를 찾아온 건 돕기 위해서였다. 그녀가 겪고 있을지 모를 일에 관해 물어보고, 대진이가 처한 상황을 이야기하고, 그래서 함께 문제를 해결할 방법을 찾기 위해서였다.

진심이었다.

정말 진심이었다.

하지만, 나는 살짝 흥분된 상태로 말을 이어나가고 있었다. 대진이가 다른 아이들과 적극적으로 어울리는 것 같지 않다. 그리고 힘든 일이 있어도 말을 잘 하지 않는 것 같다. 그러다 슬쩍, 그 아이의 이름을 꺼냈다. 용우. 연자네가 눈을 치켜떴다. 기분 탓일까. 그녀의 눈이 차갑게 얼어붙는 것 같았다. 나는 물러서지 않았다. 계속 말했다. 대진이가 용우와 단둘이 있는 걸 어려워하는 것 같다.

"아주머님, 혹시 알고 계셨어요?"

연자네가 나를 가만히 쳐다보았다. 그리고 물었다.

"선생님, 보신 게 정확히 뭐예요?"

나는 말문이 막혔다. 어쩔 수 없었다. 그 이야기를 해야겠다는 생각이 들었다. 마음을 다잡고 다시 입을 열었다. 그날, 대진이가 내게 찾아왔다. 자신이 낙서를 했다고 말했다. 그렇게 고백했다. 하지만 나는 믿지 않는다. 다른 사연이 있을 거라 생각한다. 그날 대진이가 잔뜩 겁에 질려 있었다는 말을 하려는 순간, 연자네가 이상하다는 투로 말했다.

"선생님, 그날 우리 대진이 다리 아파서 학교 쉬었는데요?"

나는 멈칫했지만, 다시 빠르게 말을 이어나갔다. 대진이는 방과 후 시간에 나를 찾아왔다고. 정말이라고, 한번 물어보라고.

진짜였다.

그러나 연자네는 오히려 나를 의심하는 것 같았다. 이해할 수 없었다. 지금 담임교사가 찾아와서 손자에게 벌어진 일을 이야기하고 있는데, 어떻게 이렇게 반응할 수 있을까. 그때 시어머니의 이야기가 떠올랐다. 이장이 그녀를 자주 부른다는 말을 했다고. 그걸 자랑하듯 이야기했다고. 시간만 있으면 온종일 떠들 기세였다고. '너는 그 여편네에 대해 아무것도 모른다.'

나는 물었다.

"아주머니, 요즘…… 이장님하고는 어떠세요?"

대문이 끼익 하고 열리는 소리가 났다. 이어 퍽 하는 소리. 나와 연자네는 동시에 고개를 돌렸다. 반투명한 미닫이문 너머로 어떤 그림자가 어른거리는 모습이 보였다. 그것은 마루 부근에서 움직이고 있었다. 대진이가 돌아온 걸까. 하지만 아이였다면 벌써 방으로 들어왔을 것이다. 그것은, 사람 같지 않았다. 앙상하고 작고 빨랐다.

"아주머니, 저게 뭐죠……?"

나는 뒤로 물러나며 그녀에게 물었다. 그녀는 대답이 없었다. 나는 고개를 바로 했다. 연자네가 주름진 입술을 꽉 깨물고, 흔들리는 눈빛으로 문 바깥을 응시하고 있었다. 그녀는 주먹을 무릎 위에 올린 채 굳어 있었다. 어찌나 꽉 쥐었던지 혈관이 툭 도드라져 있었다. 나는 저 표정을 본 적이 있었다. 바로 그날, 대진이가 나를 찾아왔던 날, 바로 저 눈빛으로 계속 내 시선을 피했다. 거짓말을 했다. 무언가를 숨겨야만 하는 불안한 표정으로. 나는 그녀에게 손을 뻗었다. 연자네의 주먹을 꽉 잡았다. 그녀가 흠칫 놀라며 나를 쳐다봤다.

"아주머님, 괜찮으세요?"

연자네는 내게서 손을 비틀어 뺐다. 그리고 시선을 아래쪽으로 돌렸다. 그러고 보니 내일은 손 없는 날이었다. 맑고 청명하고, 누구의 해코지도 없는 날. 연자네가 방바닥을 바라보며 기어들어가는 목소리로 말했다.

"선생님, 이상하시네요. 왜 자꾸 무슨 일이 있어야 한다는 것처럼 말씀하시고 그러세요."

이제 밖에서는 아무 소리도 들리지 않았다.

*

새벽부터 마을 사당 앞에 나왔다. 콩 삶기 전에 마을 사람들이 모두 함께 제사를 올려야 하기 때문이었다. 여자들은 절을 하지 말라고 했다. 그러나 민아는 남자 어른들 틈에서 절을 따라 하며 작은 몸뚱이로 일어났다 앉기를 반복했다. 그러다가 제사상에 올라간 삶은 달걀 하나를 슬쩍 집어들었다. 사람들이 웃었다. 괜찮다고 했다. 아이는 아직 아무것도 모르니까 뭘 해도 괜찮다고.

민아는 기분이 좋아 보였다. 마주치는 사람들마다 귀엽다는 둥 예쁘다는 둥, 한마디씩 해주며 놀아줘서 그런 듯했다. 나는 민아가 언제 무슨 소리를 할지 몰라 불안했다.

당장이라도 애를 데리고 집에 들어가고 싶었다. 하지만 시어머니 눈치가 보였고 민아가 싫다고 떼를 쓸 게 뻔해서 일단 가만히 있었다. 그렇다고 한쪽에 멀뚱히 서 있는 것 역시 눈치가 보였다. 뭐라도 도울까 싶었지만, 다들 선생님은 아무것도 하지 말라며 손을 내저었다. 모두 배려하듯 말했지만, 사실은 낯설고 서툰 손이 일을 망칠까봐 그러는 거라는 걸 모르지 않았다. 그렇다고 집에 일찍 가버리면 위아래 모른다는 소리를 들을 게 뻔했다. 어디에 있든, 뭘 하든 가시방석이었다. 그냥 조용히 있다가 한창 바빠질 즈음 민아를 데리고 사라져야겠다고 생각했다.

"회관으로 들어가세요!"

이장의 목소리가 들렸다. 불린 메주콩이 수레에 담겨 이쪽으로 밀려들고 있었다. 끝이 없어 보였다. 콩은 한두 시간 삶아서는 소용없었다. 온종일 아궁이 앞에 서서 눌어붙지 않게 불 조절을 해가며 솥 안의 콩이 노랗게 으깨질 정도로 삶아야 했다. 그러다 콩이 적당히 익었다 싶으면 깨끗한 대야에 옮겨 찧어야 했는데, 그때까지도 뜨거운 김이 후끈하게 피어올랐다. 마을이 모처럼 따뜻해지는 날이었다. 나는 민아의 손을 잡고 회관으로 들어갔다. 본격적으로 일이 시작되었으니 모두 분주해질 것이었다. 한 바퀴 대충 돌아보고 슬슬 집에 돌아가면 되겠다고 생각했는데, 민아가 사람들 사이로 뛰어들었다.

"민아야!"

돌아오라고 소리쳤지만 소용없었다. 아이는 어른들처럼 뒷짐을 지고서 여기저기 빠르게 돌아다니며 혼자 시끄럽게 떠들었다. 등에 식은땀이 솟아올랐다. 서둘러 아이를 데려와야겠다 싶어 걸음을 서둘렀다. 앞으로 빠르게 향하는데, 저편에 시어머니와 연자네가 서 있는 모습이 보였다. 연자네가 아궁이 앞에서 허리를 숙인 채 장작을 때고 있었고, 시어머니는 그 옆에 서서 이장과 대화를 하고 있었다. 시어머니는 웃는 낯으로 이장을 올려다봤다. 이장은 시어머니에게 인사를 하고 옆으로 지나갔다. 그러면서 연자네의 허리를 슬쩍 매만졌다. 연자네의 표정이 변했다. 알 수 없었다. 웃는 건가? 아니면 찡그린 건가? 그 순간, 시어머니가 콩을 젓는 긴 주걱으로 연자네의 발등을 콱 쳤다. 그러고는 회관 밖으로 걸어나갔다. 연자네가 몸을 잔뜩 움츠리며 바닥에 앉았다. 그녀는 아프다는 소리조차 내지 않고 있었다. 이게 다 무슨 상황이지? 혼란스러운 생각을 밀어내며 나는 다시 민아 쪽으로 고개를 돌렸다. 열 걸음도 채 안 되는 거리에 내 딸이 있었다.

그리고 용우가 민아의 앞에 서 있었다. 허리를 굽혔다. 아이에게 뭔가 속삭였다.

나는 뛰었다.

두 발자국. 그리고 세번째 걸음. 나는 누군가와 어깨를 부딪혔다. 순식간에 시선이 옆으로 돌아갔다. 정말 찰나였다. 그랬다. 다시 앞으로 고개를 돌렸을 때 민아는 없었다.

나는 소리를 질렀다.

"민아야!"

없었다. 용우도 없었다. 나는 정신없이 애를 찾았다. 민아를 불렀고, 용우를 불렀다. 목소리가 굵게 갈라져 나왔다. 사람들이 나를 쳐다봤다. 나는 아이가 없어졌다고, 방금 전까지 이 앞에 있는 걸 봤는데 없어졌다고 소리쳤다.

"용우와 함께 있었어요!"

누군가 내게 다가와 진정하라고 말했다. 나는 그에게 고함을 질렀다. 그가 내게서 물러섰다. 모두들 내가 이상하다는 듯 쳐다볼 뿐, 내 아이를 찾는 사람은 없었다. 나는 시어머니를 찾았다. 그녀 역시 대답이 없었다. 혼란 속에서 소리를 지르며 민아의 이름을 부르는데, 누군가 내 어깨를 두드렸다.

"선생님."

나는 주먹을 쥐었다 폈다. 용우 엄마였다. 설명할 수 없는 많은 것들이 그녀의 눈에 담겨 있었고, 그것들이 모두 내게 한꺼번에 쏟아져들어왔다. 상관없었다. 나는 물었다.

"용우 어디 있어요?"

그녀는 대답 대신 고개를 양쪽으로 저었다. 나는 그녀의 머리채를 잡고 흔들고 싶었다. 당장 네 아들이 있는 곳을 말하라고, 네 새끼가 지금 내 새끼에게 무슨 짓을 하고 있을지 아느냐고, 무슨 말이든 해보라고 윽박지르고 싶었다. 협박이든 주먹질이든 정말로 무엇이든 할 수 있을 것 같았다. 그때, 건물 바깥에서 익숙한 소음이 들렸다.

퍽.

퍽, 퍽, 퍽.

나는 밖으로 달려나갔다. 소리는 건물 뒤편에서 들려오고 있었다. 소리에 가까워질수록 이상한 냄새가 났다. 퀴퀴하고 음습한 무언가가 썩어가는 냄새. 매캐한 연기가 밀려왔다. 흙바닥에 낡은 옷가지들이 흩어져 있었다. 찢어진 종이 쪼가리들. 타다 만 볏짚. 그리고 으깨어진 삶은 콩 덩어리들. 짓뭉개진 흙더미들. 시큼한 냄새가 코를 찔렀다. 나는 그것들을 밟으며 앞으로 걸어나갔다. 키득대는 웃음소리가 들렸다. 벽면이 연기에 까맣게 그을려 있었다. 보였다. 용우와 대진이가 건물 뒤편의 오래된 아궁이 앞에 앉아 있었다.

퍽!

나는 용우에게 달려들었다. 어깨를 잡고 흔들며 소리질렀다. 민아를 어떻게 했느냐고, 내 아이를 어디로 데려갔느냐고. 용우가 울음을 터뜨렸다. 몰라요, 몰라요. 겁에 질린 목소리였다. 더는 이 연기를 봐줄 수 없었다. 이 아이의 진짜 얼굴을 밝혀내고 싶었다. 그래야 했다. 나는 손을 멈추지 않았다. 그때, 뒤에서 강한 힘이 내 팔을 잡아당겼다.

용우 엄마였다. 그녀는 나를 바닥으로 넘어뜨리고는 자신의 아이를 향해 달려갔다. 그녀는 아이를 끌어안고서 나를 노려보았다. 옆에 선 대진이가 더듬더듬 말했다.

"민아 할머니가 집에 데리고 갔다니까요. 계속 말했잖아요. 할머니랑 이장님이랑 셋이 같이 올라가는 거 봤다니까요."

하지만 대진이의 눈동자는 허공 어딘가를 향해 고정된 채 움직이지 않았다. 나는 알았다. 거짓말이었다. 정말 거짓말이었다. 그런 건 그냥 알 수 있는 거였다. 나는 비틀거리며 자리에서 일어났다. 그애는 여전히 나를 보지 않았다. 그 순간, 아궁이가 터지듯 소리가 울려퍼졌다.

퍽.

퍽.

퍽.

퍽.

퍽.

퍽.

아궁이 안에 밀어넣은 마른 대나무의 텅 빈 마디가 불에 타들어가며 터지는 소리였다. 주위를 에워싼 사람들이 모두 조용해졌다. 그러다 누군가 말했다. 그러게 확인 좀 해보시지. 또다른 말이 이어졌다. 아무튼 유난스러워. 뭐 저렇게 까다로워. 나는 자리에 우두커니 서서 그 목소리들을 들었다. 좋은 날 다 망쳤네요.

아니야.

정말 아니야.

나는 다시 한번 대진이를 쳐다보았다. 이번엔 아이가 내 시선을 피하지 않았다.

정말 아니야?

뒤에서 어떤 목소리가 들려왔다.

"아닌데? 연자네가 애를 데리고 가던데?"

나는 고개를 돌렸다. 떨리는 목소리로 물었다.

"방금 누구세요?"

그러나 아무 대답이 돌아오지 않았다. 시어머니의 표정이, 연자네의 발등을 찧고 슬며시 웃던 그녀의 얼굴이 떠올랐다. 그리고 연자네의 표정도. 이제 기억났다. 그녀는 이를 악물고 있었다. 분명 그랬다.

나는 달려나갔다.

숨이 차오르고 가슴이 쿵쾅거렸다. 자꾸만 무언가가 발목을 잡아끌었다. 나는 땅 위에서 허우적거리며 뛰었다. 불안감이 계속 등에 내리꽂혔다.

연자네 집 대문이 열려 있었다. 나는 집안으로 들어가자마자 외쳤다.

"민아야!"

그리고 곧장 앞으로 넘어졌다. 손바닥 아래 동그랗고 부드러운 무엇이 뭉개지는 느낌이 닿았다. 나는 서둘러 일어났다. 콩 덩어리였다. 거기서 배어나온 물기가 내 옷 앞섶과 바지에 축축이 스며들었다. 콩 비린내가 코를 찔렀다. 나는 민아를 부르며 방안을 둘러봤다. 그러나 어두컴컴한 방안에는 오직 뭉개진 콩 비린내뿐이었다. 벽지에 희끗희끗한 것들이 언뜻 보였다. 방 전체에 곰팡이가 피어 있는 것 같았다. 마치 이 집 전체가 하얀 곰팡이로 뒤덮인 썩은 메주 같았다. 그 썩은 내음은 지난번 연자네와 이야기를 나눴던 구석 쪽에서 유독 심하게 풍기고 있었다. 나는 가까스로 걸음을 뗐다. 그곳에 무언가 있었다. 어둠 속이었지만, 분명 볼 수 있었다.

여자 화장실에 낙서가 적혔던 날, 거울을 닦고 교실로 돌아간 나는 그때부터 아이들에게 한마디도 하지 않았다. 대신, 아이들을 매일 남겼다. 이유는 말하지 않았다. 언제까지 이럴 건지도 말하지 않았다. 모두를 책상에 가만히 앉혀놓고 아무것도 못하게 했다. 한마을에서 나고 자란, 막 빚은 메주처럼 고운 아이들은 군말 없이 가만히 있었다. 그러나 아이들이 서로를 힐끔거리며 눈치를 보는 걸 나는 알고 있었다. 제발 이 상황을 끝내자는, 어떻게든 해결하자는 무언의 대화가 오고가는 걸 알고 있었다. 아이들은 그들 중 누군가에게 책임을 물을 것이고, 그러기 위해서 무슨 방법이든 찾아내리라는 것을. 내 화를 풀기 위해, 그리하여 내 앞에 누구를 내보낼지 결정하기 위해, 뭔가를 의논하리라는 걸 나는 알았다. 그리고 그 일은 결코 대화만으로는 이루어지지 않으리라는 사실도. 왜냐하면 나는 담임교사였고, 학생 수는 겨우 일곱이었다. 그런 건 그냥 알 수 있는 거였다. 그렇게 저녁까지 아이들을 남기던 어느 날, 학부모에게 전화를 받았다. 나는 웃으며 말했다.

"요즘 애들이 문제가 많아요. 그래도 우리 마을 애들이 아주 착해요. 아시죠?"

그런데 이 썩은 내는 어디서 흘러들어오는 것일까. 이 방구석의 냄새일까. 집안 전체에 스며든 냄새일까. 마을 전체에 가라앉은 냄새일까. 아니면, 내 몸에서 풍겨나오는 냄새일까. 나는 양손에 얼굴을 천천히 묻었다. 깊이 숨을 들이마셨다.

어디선가 그것이 소리를 냈다.

뭐해?

서우

실종된 여자들은 모두 마지막에 택시를 탔다. 그들의 행적은 택시에서 내린 이후 끊겼다. 시간대는 새벽 한시에서 두시 사이였고 목적지는 주현동이었다. 지난 일 년 동안 그렇게 네 명이 사라졌다. 이제 나는 택시 앞자리에 앉지 않는다. 오른쪽 뒷좌석, 운전사의 목덜미가 잘 보이는 자리에만 앉는다. 그들의 표정을 쉽게 살펴볼 수 있기 때문이다. 내가 누군가에게 택시 번호를 적은 문자를 보내거나 그에 관한 통화를 할 때, 그들의 옆얼굴이 어떻게 달라지는지 직접 목격해야만 하기 때문이다. 불편한 기색을 숨기지 않는 이들은 두렵지 않았다. 신경을 곤두서게 하는 건, 그래서 긴급 신고 번호를 눌러놓은 핸드폰을 몰래 꼭 쥐고 있게 하는 건, 일말의 불쾌감도 드러내지 않는 매끈한 얼굴들이었다. 물론 그들이 예의를 지킨 것일 수도 있다. 그들에겐 그렇게 기분 나쁜 행동이 아니었을 수도 있고. 그러나 내 생각에 그들은 겉보기와는 전혀 다른 속내를 품고 있기에 그렇게 평온할 수 있는 거였다. 그러니까, 나는 이런 목소리가 들리는 듯했다. 괜찮아. 저년이 무슨 짓을 해도 상관없어. 마음만 먹으면 언제 어디서든 저 손가락을 부러뜨릴 수 있으니까. 어린 시절, 나를 가르친 어떤 선생님은 정직하지 못한 것보다 나쁜 건 매사 핑계를 대는 거라고 말한 적이 있다.

나도 주현동에 산다.

사라진 여자들이 탑승했던 택시는 모두 달랐고 내린 장소 역시 제각각이었다. 운전사들은 전부 남자였는데 다들 확실한 알리바이가 있었다. 경찰은 그들 중 누구도 유력한 용의자로 지목하지 못했다. 범인은 동네로 들어오는 택시를 기다리는 제3의 인물일 가능성이 높다고 했다. 여자들이 차에서 내리면 그때 범행을 저지른다는 것이었다. 그러자 소문이 돌기 시작했다. 택시 운전사 중 한 명이 범인이라고 했다. 운전사가 공범이라고도 했다. 택시 회사에 인신매매를 하는 집단이 있다는 말도 돌았다. 이에 택시 회사가 성명서를 냈다. 어떤 기사들은 범인 취급 받고 싶지 않다며 주현동으로는 아예 운행하지 않았다.

소문의 몸집이 더 불어났다. 택시 회사도 한통속이라 했다. 이때를 틈타 제 뱃속을 채우는 인간들이 한둘이 아니라고 했다. 사장부터 일개 사원까지 이 일에 연루되지 않은 사람이 없을 지경이라고 했다. 심지어 경찰에도 연줄이 닿아 있다는 얘기까지 돌았다. 왜냐하면 사람 장사만큼 돈이 되는 게 없으니까. 늘 비어 있는 뒷주머니는 두둑해지는 순간 바로 헐렁해지기 마련이니까. 때문에 택시를 탈 거면 여자 운전사의 차를 타라고 했다. 그녀들의 택시만이 안전하다고 했다. 여자는 그런 사업에 끼워주지 않으니까. 그래서 여자들은 아무것도 모르니까. 앞으로도 그럴 테니까. 설사 말을 한다 해도 알아듣기는커녕, 겁에 질려 소리만 지를 테니. 이런 말들을 듣고 있으면 소문이란 진실보다는 어떤 바람에 더 가깝다는 생각이 든다. 제발 실제로 그랬으면 하는 마음. 이 모든 일의 원인을 찾을 수 있었으면 하는 소망. 그러면 적어도 무엇을 조심해야 하는지 판단할 수 있다. 언제 마음을 놓아야 하는지 알 수 있다.

누구보다 내가 그랬다. 그래서였다. 방금 전, 나는 이 택시의 운전사가 여자라는 사실을 확인하자마자 핸드폰을 주머니에 집어넣었다.

이렇게 당연하다는 듯 쉽게 마음을 놓아버리는 것도 무례한 일일까. 나는 문득 생각했다. 그러나 이 어색한 죄책감은 아마 좌석에 등을 기댄 채 창밖을 바라보는 익숙지 않은 자세 때문일 것이다. 평소에는 택시 안에서 누릴 수 없는 것이었다. 운전사가 대부분 남자였기 때문이다. 평소에 나는 항상 허리를 꼿꼿이 세우고서 차 안을 주시하기 바빴다. 나 이외에는 주변에 무엇도 존재하지 않는 것 같았다. 하지만 지금 나는 텅 빈 도로를 달리는 택시의 속도와 흔들림을 고스란히 느끼고 있었다. 안정감 있게 몸을 받쳐주는 시트의 깊이를, 등에 와닿는 매끈한 촉감을 새삼스레 깨닫고 있었다. 창밖에서 흘러들어오는 흐릿한 빛도 손끝으로 만져볼 수 있을 것 같았다. 그뿐 아니었다. 거리의 간판들도 눈에 들어왔다. 무궁화맨션, 탄천주차장, 흘러스 미싱, 노일 커피. 이 부근에 저 건물이 있었나. 이 가게가 여기 근처였나. 글자들은 오래된 기억처럼 금세 어둠 속으로 사라져갔지만, 나는 머릿속 잔상이 마저 흩어질 때까지 거리에서 눈을 떼지 않았다. 나는 거의 매일같이 새벽녘에 퇴근했다. 택시를 타지 않고서는 주현동으로 갈 수 없었다. 지난 일 년, 택시 안에서 나는 집으로 돌아간다는 안도감보다는 무슨 일이 생길지도 모른다는 염려를 더 많이 끌어안은 채 앉아 있곤 했다. 오늘처럼 앞좌석 아래까지 다리를 뻗고 창밖을 내다보는 일은 없었다. 나는 불현듯 찾아온 이런 편안한 순간을 지겨운 불안과 맞바꾸고 싶지 않았다. 나는 속으로 중얼거렸다. 가끔은 이렇게 무사한 날도 있는 거라고. 한 번쯤은 이런 걸 누려도 된다고.

그때였다.

"아가씨, 집이 주현동이에요?"

급작스러운 질문에 나는 고개를 돌렸다. 룸미러 속에서 운전사와 시선이 마주쳤다. 그녀가 나를 보며 웃었다. 순간 불빛이 스쳐

지나가며 그녀의 얼굴을 확연히 비췄다. 눈매가 부드러웠다. 나이는 마흔을 조금 넘겼을까. 흰머리가 꽤 많았다. 그러나 원래 머리카락 색도 옅은 편인지 전체적으로 자연스러웠고, 깔끔하게 손질되어 있어서 지저분한 느낌은 없었다. 나는 대답했다.

"네. 주현동에 살아요."

"언제부터요?"

형식적인 반문 같았지만, 어쩐지 조심스러워하는 느낌도 들었다. 최근의 사건 때문일 것이다. 물론 내 기분 탓일 수도 있었다. 어느 순간부터 동네에 대한 질문은 무엇이든 어쩔 수 없이 의미를 지니게 되었으니까. 불쾌하지 않은 것만으로도 충분히 배려받은 기분이 들곤 했다. 지금 운전사의 질문처럼 말이다. 나는 대답했다. 아주 어린 시절부터 주현동에 살았다고. 주현동에 살지 않은 적이 없다고. 그 순간이었다. 운전사의 목덜미가 눈에 들어왔다.

오른쪽 목덜미 아래 부근에 점이 하나 있었다. 엄지손톱보다 약간 컸고 옅게 푸른빛을 띠었다. 어느 부분은 진하고 또 어떤 부분은 흐릿했는데 어두침침한 차 안으로 배어들어오는 바깥 불빛 때문에 더 그렇게 보이는 것 같았다. 특이한 건 모양이었다. 찌그러진 동그라미 같기도 했고 대충 휘갈겨쓴 알파벳글자 같기도 했다. 점이라기보다는 일부러 그렇게 그린 그림에 더 가까워 보였다. 그제야 알아차렸다. 저건 문신이다. 덜 지워진 탓에 색소가 얼룩덜룩하게 남은 것이다. 그러자 그림의 형태가 서서히 제대로 보이기 시작했다. 멀리, 한곳을 응시하며 입을 벌리고 있는 표정. 온몸을 부르르 떠는 듯한 모습. 갑자기 익숙한 기분이 들었다. 나는 어디선가 이 그림을 본 적이 있었다.

"아아, 그래요?"

여자가 웃으며 반문했다. 나는 고개를 다시 창밖으로 돌렸다. 지나가는 간판의 수가 확연히 줄어 있었다. 밖이 어두워지며 차 안도 한층 더 캄캄해졌다. 주현동으로 가는 길은 항상 이런 식이었다. 어둡고 적막하고 무언가를 찾아보기가 힘들었다. 최근에 주현동의 이런 풍경을 화제로 삼은 이야기를 많이 들었다. 주현동 주민들이 안됐다고, 하지만 동네에 문제가 있으니까 그런 일이 계속 생기는 거라고. 사라진 여자들도 다 이유가 있어서 그렇게 된 거라고.

아아, 그래요?

내가 왜 여자의 말투에서 어떤 불편함도 느끼지 않았는지 알 것 같았다. 그녀의 목소리는 이 사건에 말을 얹고 싶어 안달 내거나 두려움을 감추려 자신의 눈두덩을 지그시 누르는 이들의 손짓과는 달랐던 것이다. 그녀의 말은 너무도 익숙한 나머지, 과연 이게 화를 낼 문제인지조차 인식하지 못했던 언급들을 더 닮아 있었다. 그때, 그 선생님이 웃으며 말했었다.

"주현동에서는 무슨 일이든 일어날 수 있지."

농담이라고 생각해서 나도 웃었다. 그러나 그녀가 아이들 앞에서 공공연하게 여러 번 말하는 걸 듣고서야 그게 농담이 아니라는 걸 알았다. 하지만 기분 나빠하지 않았다. 아이들과 함께 킬킬대던 나를 향해 그녀가 "역시 넌 정말 문제 많은 애구나"라고 말하던 순간에도 기분 나빠하지 않았다. 덕분에 주현동이 후미지고 가난한 곳일 뿐 아니라 문제 많은 애들이 득실대는 곳이라는 걸 알게 된 이후에도 화나지 않았다. 뭐랄까, 그냥 당연한 말처럼 들렸고 내가 감수해야 한다고 느꼈다. 노력해야겠다고 생각했다. 얌전해지면, 공부를 잘하게 되면, 그러니까 지금보다 덜 웃으면 선생님이 날 좋아해주겠지. 주현동 사람 같지 않다고 말해주겠지.

사실 그게 그 여자의 교육 방식이었다. 한 아이를 망신 주고 괴롭히면 다른 아이들은 겁을 먹는다. 아이들을 다루기가 쉬워진다. 그런데 그녀의 진짜 특별한 훈육 방법은 따로 있었다. 4교시 수업이 끝날 때 한 아이를 지목해 같은 학교에 다니는 자신의 1학년 딸을 교실로 데려오게 하는 거였다. 우리는 열 살이었다. 그 일에는 대단한 의미가 있었다. 선생님이 지목하는 아이들에게는 어떤 특징이 있었다. 공부를 잘하거나, 집이 잘살거나, 얼굴이 예쁘거나 말을 잘 듣는, 남들이 봤을 때도 착한 아이구나 싶은 학생들. 아이들은 경쟁했다. 내게는 기회가 돌아온 적이 없었다. 그래서 그날 점심시간, 나는 심부름을 가는 반장에게 과자를 잔뜩 사주고 그 일을 대신 맡았다.

"서우야."

이름을 부르자 아이가 돌아봤다. 아무 경계심 없이 나를 따라나섰다. 나를 싫어할까봐 내심 걱정했는데 다행이었다. 심지어 아이가 먼저 내게 손을 내밀었다. 나는 그 손을 꽉 잡았다. 미술 시간이 들어 있었는지 아이의 손에 끈끈한 풀이 조금 묻어 있었다. 끈적거려서 싫었지만 나는 아이에게 좋은 인상을 주고 싶었기 때문에 내색하지 않았다. 하지만 어색했다. 뭘 어떻게 해야 할지 몰라서 그냥 생각나는 대로 질문했다.

"서우야, 손에 든 거 뭐야? 오늘 그린 거야?"

아이가 고개를 끄덕이며 들고 있던 스케치북을 열어 보여줬다. 도화지 속에는 색종이와 잡지, 신문 등을 찢어 붙여 만든 고양이 한 마리가 있었다. 당시 유행하던 문구 캐릭터였다. 새끼 고양이의 윤곽을 물결 모양 곡선으로 그린 점이 특이해 인기가 많았다. 애교 부리며 몸을 떠는 모습을 표현하려 그렇게 만들었다고 했다. 목에는 동그라미 모양의 빨간색 보석 펜던트를 걸고 있었다. 아이들은 그 고양이 캐릭터가 그려진 공책, 필통, 연필 등등의 학용품을 적어도 하나씩은 갖고 있었다. 나는 없었다.

"와. 엄청 잘 그렸다."

나는 과장된 말투로 아이를 칭찬했다. 그러자 아이가 웃으며 새침하게 말했다.

"이거 그린 거 아니야. 콜라주야."

나는 멋쩍었지만 따라 웃었다. 그러자 갑자기 아이의 표정이 냉

담해졌다. 이유를 알 수 없어서 나는 아이의 눈치를 봤다. 아이가 나에 대해 좋게 말해주지 않으면 선생님은 나를 계속 싫어할 것이었다. 어색한 분위기 속에서 3학년 교실로 향하는 계단에 올라서는데, 아이가 느닷없이 교문 밖을 가리켰다. 문구점에 다녀오자고 했다. 점심시간이 거의 끝나가고 있었다. 나는 안 된다고 했다. 아이가 볼멘소리로 중얼거렸다.

"다른 언니들이랑 오빠들은 같이 가줬는데."

그리고 잡았던 내 손을 놓았다. 나는 황급히 아이의 손을 다시 잡으며 말했다.

"그래, 다녀오자."

아이는 문구점에 들어가자마자 과자 한 봉지를 사서는 그 자리에서 뜯었다. 게임을 하는 동안 하얀 설탕을 입에 묻혀가며 과자를 먹었다. 하나 먹어보라는 말을 기대했지만, 전혀 없었다. 아이는 두 판을 내리 졌다. 학교에서 종소리가 울려왔다. 다음 수업 시작을 알리는 종이었다. 나는 어서 가자고 재촉했지만 아이는 한 판만 더 하겠다고 했다. 나는 억지로 아이의 팔을 잡아끌었다. 아이가 아프다고 짜증을 냈지만, 나는 더 세게 쥐고 뛰기 시작했다. 그러나 도착했을 때 학교는 이미 고요했다. 계단을 오르는 동안 가슴 깊은 곳이 조이듯 떨려왔다. 아이가 옆에서 칭얼댔다. 손 아파. 세게 잡아당기지 마. 위층으로 올라갈수록 마음이 급해졌고 아이는 추를 매단 것처럼 무거워졌다. 빨리 올라와. 빨리 좀 걸어.

내가 화를 낸다고 여겼는지 아이는 입을 삐죽이며 토라졌다. 계단 위에 멈춰 섰다. 올라가지 않겠다고 말했다. 나는 아이의 팔목을 다시 세게 잡아당겼다. 아이는 뿌리쳤고, 나는 다시 잡았다. 아이는 그 자리에서 버텼다. 일 분 정도였을까. 나와 아이는 서로를 힘주어 잡아당겼다. 서로를 노려봤다. 내 손바닥이 미끄럽다고 느낀 건 찰나였다. 나는 아이를 잡으려 했다. 하지만 정신을 차렸을 때, 아이는 이미 계단 아래로 데굴데굴 굴러떨어지고 있었다. 그리고 내 옆으로 누군가 빠르게 뛰어내려갔다. 선생님이었다.

"주현동에서 어떻게 계속 살 수 있는지 모르겠어요. 아가씨는 이사할 생각 없어요?"

여자의 말에 나는 살짝 미소를 지었다. 여전히 밖을 바라보면서. 그날, 선생님은 내가 언젠가 큰 문제를 일으킬 거라고 했다. 그 말은 실현되지 않았다. 노력이나 선의와 상관없이 내가 의심받기 쉬운 사람이라는 걸 깨달았기 때문이다. 사람에 대한 선입견이 한번 생기면 거기서 벗어나기가 어렵다는 걸 알게 되었기 때문이다. 이후 나는 사람들이 그날 계단 아래의 선생님과 같은 표정으로 나를 바라볼 일은 없게 하겠다고 다짐하고 살았다. 어떤 일에도 감정을 드러내지 않았고, 사람들에게 필요 이상으로 다가가지 않았다. 해소하지 않으면 견딜 수 없는 감정에 휩싸일 때는, 알아서 처리했다. 무작정 참는 것, 상대에게도 이유가 있으리라 믿어보는 것, 혹은 이해하려 하는 건 내게 효과가 없었다.

대신 마음속에 불편한 감정들을 버릴 수 있는 오물통이 하나 있다고 생각하자 일이 쉬워졌다. 나는 험악한 상상을 했다. 끔찍한 단어들을 읊었다. 그건 이루어질 수 없는 환상이었기에, 나는 그걸 원하는 만큼 즐길 수 있었다. 이후 그것들을 오물통에 차곡차곡 버렸다. 통이 가득찼다 싶으면 뒤집어 비웠다. 모두 쏟아버렸다. 좋았다. 매번 새 물건을 갖는 기분이었다. 그러니까 이번에도, 그럴 것이다.

고개를 돌렸다. 룸미러에 그녀의 얼굴이 비쳤다. 화장기 없는 얼굴 위에 빨간색 립스틱이 선명했다. 여자라는 걸 알아본 이유도 바로 저 입술 때문이었다. 내가 자리에 채 앉기도 전에 저 빨간 입술을 내밀며 "어디로 가요?"라고 물어왔던 것이다. 조수석 앞에 붙은 택시 운전 자격증 속 사진에서도 여자는 시뻘건 입술로 웃고 있었다. 물에 번진 듯 색이 바랜 탓에 사진 속 얼굴을 알아보기는 힘들었지만, 입술만큼은 선명했다. 사진 옆에 '무사고 12년'이라는 스티커가 붙어 있었다. 나는 속으로 웃었다. 십이 년간 운전을 안 했다는 뜻은 아닐까. 비웃음, 경멸, 천박한 단어들, 목소리들이 내 안에서 첨벙거렸다. 어서 더 많이 스며들기를. 빨리 바닥으로 쏟아지기를. 그러다가 자격증에 적힌 택시 번호를 봤다.

4703.

내가 차에 올라타기 전 확인했던 숫자가 아니었다. 내가 기억하는 네 자리 숫자는 6으로 시작했다. 분명했다. 메시지함을 열어

숫자를 적었던 것도 생각났다. 나는 핸드폰을 꺼냈다. 기사가 여자인 걸 알고 그만두기는 했지만, 다른 버튼을 누르지는 않았으니 입력한 숫자가 그대로 남아 있을 것이다. 메시지함을 열었다. 숫자 0만 적혀 있었다.

나는 엄지손가락을 살짝 깨물었다. 내가 틀린 걸까. 잘못 기억하고 있는 걸까. 겨우 십오 분 전에 있었던 일이다. 분명 6으로 시작하는 네 자리 숫자였다. 어떻게 이렇게 까맣게 잊을 수 있는 거지. 나는 기억을 떠올리려 애썼다. 후회되었다. 내가 방심했던 것이다. 평소처럼 긴장을 늦추지 말고 숫자를 전송했어야 했다. 전화를 걸었어야 했다. 한심하기 짝이 없었다. 왜 그렇게 덥석 믿었을까. 어쩌자고 그렇게 쉽게 안심했을까. 나는 고개를 슬며시 들었다. 기사가 뭔가를 눈치챘을까봐 신경쓰였다. 내가 불안해한다는 걸, 그러면서도 아무렇지 않은 척 냉소적인 표정으로 차 안을 둘러보고 있다는 걸 몰랐으면 했다. 하지만 내 시선은 한곳을 오래 바라보지 못하고 자꾸만 흔들렸다. 누가 봐도 이상하다고 생각할 것 같았다. 어떻게든 평정을 되찾으려 애쓰는데, 기사의 찌그러진 동그라미 문신이 자꾸만 눈에 들어왔다.

잘 보이는 곳에 문신을 했다가 지운 건 왜일까. 끝까지 깨끗하게 지우지 않은 이유는 뭘까. 그녀가 고개를 조금씩 움직일 때마다 문신도 함께 일그러졌다 펴졌다. 흉측한 동물이 입을 벌렸다 다물기를 반복하는 것 같았다. 어딘가를 멀리 바라보며 부르르 떠는 모습, 흐리멍덩하게 지워지는 눈빛. 불현듯 기억이 꿈틀대며 무언가가 떠올랐다. 나를 바라보며 파르르 떨던 선생님의 입술. 그 옆에 떨어져 있던 스케치북. 고양이 콜라주. 아이는 고양이의 빨간 펜던트를 붉은 털실로 동그랗게 뭉쳐 만들었다. 그건 툭 튀어나온 심장 같았다. 칼이 박혀 피가 고인 자국 같았다. 실제로 그때 그런 소문이 돌았다. 고양이가 애교를 부리는 모습이 아니다. 죽어가며 몸을 부르르 떠는 모습을 본떠 그린 것이다. 그랬다. 소문에 따르면, 목걸이에 달린 빨간 동그라미는 보석이 아니었다. 검붉은 핏자국이었다. 여자의 문신은 고양이 얼굴을 닮았다.

택시가 커브를 돌았다. 잘못된 방향이었다.

이 길로 다니지 마라.

그늘이 드리운 골목. 먼지투성이 담벼락. 바닥은 늘 젖어 있었다. 시큼하고 비린 냄새가 풍겼다. 여름에는 후텁지근했고 겨울이면 뼈가 시리도록 추웠다. 주현동 사람들은 말했다.

재수없는 곳이야. 근처에도 가지 마라. 거기 사는 사람이냐는 소리 듣는다.

오래전, 이 길 양쪽으로 폐가가 늘어서 있었다. 군데군데 점집이 있었다. 늙은 점쟁이들은 칠이 벗겨진 녹슨 철문을 사이에 두고 서로의 액운을 점쳤다. 그들이 진심을 감추는 순간은 돈을 들고 찾아오는 파리한 얼굴들을 마주할 때뿐이었다. 위로가 필요한 사람들, 마음에 품은 희망을 누군가에게 들켜야만 하는 사람들. 그 길의 마지막 점집을 지나면 멀리 주현동의 유일한 임대 아파트 건물이 보였다. 두 동네는 깍지를 낀 것처럼 겹쳐 있었다. 주현동 주민들은 그 때문에 집값이 오르지 않는다고 믿었다. 도시의 다른 사람들은 이 길에서부터 주현동이 시작된다고 생각했다.

세월이 흐르며 점쟁이들 중 몇 명은 그곳을 떠났고, 몇 명은 남은 채 더 늙어갔다. 폐가들은 스러졌고 가끔 새 건물이 들어서 밤새 불이 켜져 있기도 했지만 곧 어두워졌다. 버려진 건물이 되었다. 재개발이 된다고 했다가 안 된다고 했다가 땅이 팔렸다고 했다가 아니라고 했다. 무수한 소문이 아무렇지 않게 돋아났다가 순식간에 뜯겨나갔다. 자라면서 나는 그 소문들이 주현동에 대한 이야기와 별반 다르지 않다는 걸 깨달았다. 구분 짓고 싶어하는 건 주현동 사람들뿐이었다. 여자들이 실종되기 시작한 이후에도 주현동 사람들은 여전히 이렇게 말했다.

쉿. 다 이쪽 길에서 벌어진 일이야. 그들이 주현동에 뒤집어씌우는 거야. 우리는 모르는 일이야. 내 머릿속 상상, 여자들이 없어지는 순간의 끔찍한 풍경들도 이 길에서부터 시작됐다. 홀로 남은 여자, 가느다란 비명, 두려움 가득한 눈동자, 땀에 축축하게 젖은 피부. 늘 그런 이야기를 들어왔던 것이다. 이 길에 들어서면 그렇게 된다고, 노회한 점쟁이들이 숨겨둔 판잣집 지하로 끌려가게 될 거라고. 사방이 막힌 어둠 속에서 속옷만 입은 채 소리를 지르며 뛰어다니게 될 거라고. 여기서 내보내달라고, 나가게 해달라고 애원하며.

"아가씨, 이사할 생각 없냐고 물었잖아요."

나는 뭐라 대답해야 할지 몰랐다. 실제로 이런 질문에 제대로 대답해본 적이 없었다. 하지만 여자에게는 뭐든 말해야 할 것 같았다. 그러지 않으면, 안 될 것 같았다. 나는 겨우 대답했다. 그럴 생각은 별로 없다고. 택시의 속도가 빨라졌다.

나는 소문을 떠올리려 했다. 여자 운전사의 택시를 탄 여자들은 아무 문제가 없었다는 이야기. 왜냐하면 여자 운전사들은 아무리 애써도 남자 운전사들과 어울릴 수 없고, 그래서 비밀스러운 일에 동참할 수 없으니까. 범인이 기다리는 건 여자들을 태운 남자 운전사들이 보내는 은밀한 신호이다. 덕분에 여자들이 소리소문 없이 사라질 수 있었던 것이다. 여자 운전사들은 아는 게 하나도 없다.

"그런데 며칠 전에, 주현동 아파트 정문에서 시체 하나 나온 거 알아요?"

나는 그런 이야기는 아직 소문으로도 들어보지 못했다. 뉴스에도 나오지 않았다.

"듣고 있어요? 계속 대답을 안 하시네."

여자의 말투가 조금 날카로워져 있었다. 내가 자신을 무시한다고 생각하는 것 같았다. 택시는 낯선 동네로 한참 들어와 있었고, 지금은 새벽 두시가 다 되어가는 중이었다. 밖은 깜깜했고 아무도 보이지 않았다. 나는 이 차에서 내리고 싶었다. 만일 밖에 아무도 없는 게 확실하다면, 언제 어디서 누가 튀어나올지 모르는 게 아니라면, 언제든 내렸을 것이다. 나는 다시 겨우 대답했다.

"어떻게 아세요?"

"시체를 눕혀놓고 수건으로 눈을 가려놨어요."

내 질문과는 전혀 상관없는 대답이었다. 왜 이런 이야기를 하는지 이해가 안 됐다. 지어낸 말인지, 아니면 정말로 뭔가를 알고 하는 말인지도 분간이 안 갔다. 더는 대화하고 싶지 않았다. 하지만 여자는 더 말하고 싶은 것 같았다. 내가 어떤 대답을 하느냐는 중요하지 않을 것이다.

이전에도 이런 운전사를 만난 적 있다. 남자였고, 차 안에서는 오래된 모과 향이 진하게 풍겼다. 머리가 어지러울 지경이라 차창을 조금 열었더니 닫으라고 했다. 기관지가 좋지 않아서 바깥공기를 마시면 안 된다고 했다. 그러고는 혼자 떠들기 시작했다.

베트남전쟁에 참전한 적이 있다고 했다. 얼핏 봐서는 전혀 그 나이대 사람으로 보이지 않았지만, 어쨌든 그는 그렇게 말했다. 새벽이었고 그날도 주현동으로 가고 있었기에 나는 그의 이야기에 더욱 긴장했다. 사람 죽이는 게 보통 일이 아니에요. 아가씨는 모르겠죠. 고문할 때 물을 뿌리는 이유가 뭔지 아십니까. 깨우려는 게 아니에요. 피부가 야들야들해지거든. 뭔지 알죠. 아, 모르시겠지. 맞으면 더 아파요. 전쟁터에서도 그 짓을 하는 놈들이 있었어요. 죽이기 전에 물을 뿌리는 거지. 굳이 시간을 들이는 거야. 그 대목에서 내가 대답했다. 네. 맞아요. 그렇겠죠. 그가 큰 소리로 웃었다. 맞기는, 뭘 맞아. 그런 피부에 칼 들어가는 게 어떤 건지 진짜 알아요? 나는 대답하지 않았다. 그가 나와 대화하고 싶은 게 아니라는 걸 깨달았기 때문이었다. 그는 그저 떠들고 싶은 거였다. 이야기의 구체적 상황이나 주변 묘사, 시간대 모두 어설프고 허황됐다. 반대로 시체가 널브러진 모습이나 살해 장면에 대한 묘사는 장황하고 지나치게 상세했다. 어디서 읽거나 들은 걸 말하는 듯했다. 그러나 우습지 않았다. 자신의 이야기를 듣는 나를 룸미러를 통해 살피고 있다는 걸 눈치챘기 때문이었다. 입술을 핥는 혀끝을, 미세하게 깜빡이는 눈꺼풀을, 그러니까 내 표정을. 그는 흥분해 있었다.

그에게 그만 말하라고 해야 했을까. 그러나 단둘이 어둠 속을 달려가는 중이었다. 나는 얌전히 자리에 앉아 있기만 했다. 그가 무엇을 원하든 그대로 내버려둔 채. 대신 내 안에 떠오르는 장면들을 주워 삼켰다. 그의 이야기에 나오는 대로, 그의 충고를 따라 차가운 물을 뿌려 야들야들해진 그의 불룩한 배 한가운데를 날카로운 칼로 깊숙이 가르는 바로 그 장면을. 그는 말했다. 내장이 몸 밖으로 흘러나와도 인간은 꽤 오랫동안 살아 있을 수 있다고.

"단숨에 죽였을까?"

여자가 말했다. 동조하는 편이 좋을 것 같았다.

"아마도요."

"정말?"

"아닌가요?"

여자가 나지막하게 대답했다.

"내가 어떻게 알아요."

말투가 차가웠다. 그러더니 덧붙여 물었다.

"아가씨도 얼굴 덮어줬을 것 같아요?"

그러나 그녀는 이번에도 내 대답을 궁금해하는 것 같지 않았다. 이어서 중얼거렸던 것이다. 그게 다 죄책감 때문이라더라고. 일을 저지르고 속죄하는 마음으로 얼굴을 가려놓은 거라고. 그 목소리에는 신경질이 묻어 있었다. 범인이 죄책감을 느꼈을 거라고 추측한 사람들을 향한 것인지, 아니면 정말로 죄책감을 느꼈을지 모를 범인을 향한 것인지는 알 수 없었다. 다만 어떤 확신은 느껴졌다. 무언가를 직접 보고 겪은 사람만이 낼 수 있는 목소리.

나는 알아. 죽여본 적이 있거든.

죽은 고양이가 어떻게 생겼는지 다들 한참 떠들어댈 때, 그애가 말했다.

왜 그런 말들만 먼저 떠오르는 건지 모르겠다.

남자애였고 선생님 말에 따르면 문제가 많은 애였다. 그애는 자신의 의견이 받아들여지지 않으면 견디지 못했다. 폭력적으로 변했다. 책상을 뒤집었고 욕을 했고 아이들을 때렸다. 유난히 잔인하기도 했다. 거미를 잡아 다리를 떼어낸 뒤 아이들 책상 위에 올려놨다. 지렁이를 토막 낸 뒤 사물함에 넣었다. 아이들이 많이 오가는 복도에 압정을 쏟아놓았다.

소문이 돌기 시작한 후, 아이들은 학용품을 하나둘 버렸다. 고양이 캐릭터 학용품을 쓰는 아이들은 비난을 받았다. 너 아직도 그거 쓰지? 너 그런 게 좋아? 너도 살인자야. 살인자. 자주 싸움이 일어났다. 죽은 고양이를 본 적이 있다는 아이. 거짓말이라고 윽박지르는 아이. 아이들은 소문의 내용이 진짜인지 가짜인지보다는 죽은 고양이가 어떻게 생겼는지에 더 관심이 많았다. 그때 그 애가 나섰다. 내가 해봤어. 이번에도 내가 고양이를 죽일 테니까 다들 구경해. 놀라운 일이었다. 이후 누구도 죽은 고양이 이야기를 꺼내지 않았다. 누구도 관심 두지 않았고 동참하지 않았다. 그 애는 꽤 상심했다. 정말로 보여주고 싶었는데. 다들 궁금해서 야단이었던 거 아니야? 그래서 보여준다는데 이제 와서 왜 이래? 모두에게 주목받고 싶었는데, 글러버린 것이다. 그렇다고 그만둘 생각은 없었다. 그애는 진짜 할 생각이었다. 누군가 보기만 하면 되었다. 소문만 나면 되었다. 그래서 나를 골랐다.

기억나는 장면은 별로 없다. 다만 목소리가 기억난다.

계속 보고 있어. 고개 돌리지 마. 시키는 대로 해.

지금까지 내가 한 짓들 다 네가 시켰다고 할 거야. 선생님은 널 싫어하니까 나를 믿을 거야.

고양이가 부르르 떨면서 죽어가는 모습이라고 소문낸 사람이 너라고 말할 거야.

사실이잖아.

애들이 다 하나씩 갖고 있는데 넌 없으니까 그렇게 말한 거잖아.

그러니까 시키는 대로 해.

찔러.

너도 찌르라고, 썅년아.

일이 끝난 후, 그애는 운동장 구석 잘 보이는 곳에 고양이 사체를 전시하듯 놔뒀다. 그리고 자리를 떴다. 나는 떠나지 못했다. 차마 그럴 수 없었다. 뭔가 내가 할 수 있는 일이 있을 것 같았다. 나는 고양이 머리 앞에서 서성였다. 뭘 해야 할까. 뭘 해야 이 기분을 밀어낼 수 있을까. 그러다 주머니를 뒤적였는데, 낮에 화장실에서 쓰고 남은 바람에 마구잡이로 쑤셔넣었던 휴지 뭉치가 나왔다. 그제야 내가 뭘 해야 할지 알았다. 내가 왜 여기 남아 있었는지 깨달았다. 나는 휴지를 네모반듯하게 펴서 고양이의 얼굴을 덮었다. 휴지가 빨갛게 물들기 시작했다. 나는 그 광경을 가만히 내려다봤다. 마음이 고요했다. 누군가가 뒤에서 내 목덜미를 거칠게 잡기 전까지는. 선생님이었다. 그녀가 내 옷깃을 꽉 움켜쥔 채 손을 떨었다.

"보기 싫어서 그런 거예요."

여자가 말했다. 나는 물었다.

"뭐가요?"

"얼굴이요. 죽어서도 자기를 똑바로 바라보고 있으니 꼴 보기 싫었던 거죠."

"그걸 어떻게 아세요?"

이번에는 여자가 입을 다물었다. 생각해보니 어떻게 아느냐는 질문을 벌써 두번째 했다. 여자는 답을 피하고 있었다. 차가 서서히 덜컹거리기 시작했다. 자갈이 많은 길인 듯했다. 맞는 방향으로 가고 있는 건지 알 수 없었다. 나는 이 동네를 잘 몰랐다. 어디에 뭐가 있는지, 그래서 거의 다 왔다는 말을 어디쯤에서 할 수 있는 건지 전혀 몰랐다. 여자는 여전히 조용했다. 나는 침을 삼켰다. 물었다.

"어떻게 아세요?"

룸미러 속에서 여자와 다시 시선이 마주쳤다. 여자는 이제 웃고 있지 않았다.

"내가 봤으니까."

차가 또 한번 커브를 돌았다. 어깨가 차창에 부딪혔다. 아프지 않았다. 나는 손을 급히 주머니 속으로 집어넣었다. 핸드폰을 부서질 정도로 꽉 쥐었다. 다른 물건들도 하나씩 차례대로 만졌다. 만일 내게 장난을 치고 싶어서 이러는 거라면, 일 년 동안 네 명의 여자가 연달아 사라진 동네에 사는 내게 겁을 주며 즐기고 싶은 거라면 충분히 했다. 더는 이러지 않았으면 했다. 그런데 만일 장난이 아니라면? 소문에 따르면 여자들이 운전하는 택시는 괜찮다고 했다. 분명 그랬다. 그런데 왜 그런 이야기가 굳이 나돌았을까. 소문에는 늘 진심이 숨어 있다. 그건 사실, 가장 경계해야 하는 사람의 이야기는 아니었을까. 의심스러운 사람의 속삭임은 아니었을까. 내가 항상 뒷좌석 오른쪽에 앉는 이유는 기사의 옆얼굴이 잘 보이기 때문이었다. 연한 목덜미가 그대로 드러나기 때문이었다. 내가 마음만 먹으면 손을 뻗을 수 있는 곳에 있기 때문이었다. 나는 팔에 힘을 주었다. 어깨를 움직였다. 그때, 앞이 환해졌다. 주현동이었다. 불이 환히 켜진 아파트가 보였다.

여자가 말했다.

"훨씬 빨리 왔죠?"

"그러네요."

나는 힘없이 대답했으나 여전히 주먹을 쥐고 있었다. 여자가 또 말했다.

"후문에서 내려드릴게요."

나는 당황했다. 내가 말한 장소가 아니었다. 나는 정문에서 내려달라고 했다. 물론 여기서 후문이 가깝기는 했다. 그러나 나는 후문을 잘 이용하지 않았다. 불이 환히 켜진 정문에 비해 훨씬 어둡고 으슥한 곳이었다. 사람이 많이 오가는 곳도 아니었다. 최근 사건 때문에 더더욱 인적이 드물었다. 무슨 일이 생긴다 해도 누군가 목격할 가능성이 거의 없었다. 나는 조심스럽게 말했다.

"정문으로 가주세요."

여자는 나를 힐끔 쳐다보기만 했다. 나는 기다렸다. 더는 아무 일도 일어나지 않기를, 그래서 이 차에서 무사히 내릴 수 있기를 바라면서. 이제 곧 갈림길이었다. 왼쪽이 정문 방향이었다.

차는 오른쪽으로 돌았다.

"저기요. 기사님."

목소리가 갈라져 나왔다.

"정문에서 내려달라고 말씀드렸잖아요."

"아가씨, 내가 봤어요."

"뭘요?"

대답하는데 갑자기 한기가 느껴졌다. 차창은 열려 있지 않았다. 그때야 나는 뒷좌석 문이 모두 잠겨 있는 걸 발견했다. 잠금장치에 조용히 손가락을 걸었다. 당겨보았다. 열리지 않았다.

"눈을 뜨고 있었어요. 손으로 눈꺼풀을 내려주는데 감기지 않는 거예요. 경직된 거죠."

여자는 지금 허세를 부리는 걸 수도 있었다. 참전하지 않은 전쟁 이야기를 하는 것처럼. 죽은 고양이의 생김새를 안다고 떠들어대는 것처럼. 그냥 이런 이야기를 좋아하는 사람일 수도 있었다. 누구나 환상을 갖고 있다. 조금씩은 그 환상을 실현하며 살아간다. 그 경계는 모호하고 흐릿해서 설사 넘어갔다 하더라도 자신조차 의식하지 못할 수 있다. 그럴 수 있다.

“눈이 감기지 않아서 짜증이 난 거예요. 그래서 수건으로 덮어 놓은 거죠. 그러면 안 보이니까.”

“대체 뭘 보셨다는 거예요?”

여자가 눈썹을 추켜올렸다. 나는 비아냥거리려던 것이 아니었다. 그저 궁금했을 뿐이다.

“제가 봤어요.”

그녀가 대답했다.

나는 고개를 숙였다. 그녀가 계속 나를 응시하는 것이 느껴졌다. 더는 질문할 필요 없다는 생각이 들었다. 예상대로 여자가 천천히 자신의 말을 이어나갔다.

“그 여자요. 수건을 덮어주는 걸 봤어요.”

내 발끝이 보였다. 가지런했다.

“다들 보라고 일부러 환한 곳에 눕혀놓은 거예요. 아가씨, 정문은 위험해요. 내 말 믿어요.”

나는 작은 목소리로 대꾸했다.

“경찰은 목격자 이야기 같은 거 안 했어요.”

그리고 나는 여전히 시선을 아래에 두고서 말했다.

“정문으로 가주세요.”

그녀가 한숨을 쉬었다. 경찰이 숨기고 있다고 했다. 일부러 공개하지 않은 거라고 했다. 범인을 만족시켜주고 싶지 않으니까. 주민들을 불안하게 하고 싶지 않으니까. 사람들이 알면 귀찮으니까. 주현동이 아니라면 진작 알려줬을 것이다. 조심하라고. 부주의하게 돌아다니지 말라고. 하지만 여기는 언제 무슨 일이 생겨도 이상하지 않은 곳이었다. 누군가 한 명 더 사라져도 문제될 것이 없는 곳이었다. 더 나빠질 것이 없는 곳이었다. 하지만 그러면 안 돼. 그러면 안 되지. 여자가 중얼거렸다.

"그래서 도와주려는 거예요. 내가 도와줄 수 있어요."

나는 소름이 끼쳤다. 죽은 여자의 눈꺼풀을 내려주는 손끝이 자꾸만 떠올랐다. 죽은 여자가 시야에서 사라지지 않았다. 왜 이 이야기를 꺼낸 걸까. 왜 말해준 걸까. 정문으로 가고 싶지 않아서 이러는 거라면, 그냥 정중하게 말해주는 편이 좋았을 텐데. 흔한 핑계는 얼마든지 있지 않은가. 차를 돌리기 어렵다거나, 본인에게 더 편한 길이라거나. 그냥 부탁했으면 나는 결국 수긍했을 것이다. 혹시 여기서 내려드려도 될까요. 일이 있어서요. 돌아가기가 복잡해요. 이렇게 말할 수도 있지 않은가. 누워 있는 여자를 목격했다는 말을 할 필요는 없었는데. 그건 너무도 불필요한 경험담이었다. 결코 알고 싶지 않은 소식이었다. 떠올리고 싶지 않은 장면이었다. 속이 울렁거렸다. 간신히 참아온 말들이 입안에서 껄끄럽게 맴돌았다. 나는 마지막으로 부탁했다. 정문으로 가달라고.

"이미 꽤 지났어요. 여기서 가려면 차를 돌려야 해요."

"처음부터 정문으로 가달라고 말씀드렸잖아요."

"아가씨, 거기 위험하다니까요. 경찰이 말하지 말라고 신신당

부했는데, 내가 아가씨한테 특별히 말해준 거예요."

"정문으로 가요."

"거의 다 왔어요."

"정문으로 가주세요."

"괜찮아요. 걱정 마세요."

"정문으로 가라고, 썅년아."

나는 고개를 들었다. 그리고 주머니에서 손을 빼냈다. 여기는 주현동이었다. 사라진 여자들은 많지만 돌아온 여자들은 없는 곳. 소문에 따르면 그랬다. 사라진 여자들은 원래 주현동을 떠날 계획이었다. 새로운 동네에서 새 인생을 시작할 생각이었다. 주현동을 떠나지 못하는 여자들이 화가 났다. 그래서 떠날 여자들을 찾아가 주현동에서 영원히 사라지게 만들었다. 나는 늘 궁금했다. 이 소문의 진심은 무엇일까. 답을 해준 사람은 아무도 없었다. 그저 지금 이 여자처럼 가늘게 손을 떨었을 뿐이다. 여기까지 오는 내내 수다스러웠던 이유는 저 떨리는 손을 감추고 싶어서였을까. 그러니까 내가 무서웠기 때문에, 나를 겁주고 싶었던 걸까.

그 사건 이후, 선생님은 나를 전학 보내려 했다.

따뜻한 우유와 쿠키가 내 앞에 놓여 있었다. 선생님은 나와 눈을 맞추며 따뜻한 목소리로 말했다.

"너를 돕고 싶어서 그래. 네게는 다른 기회가 필요해."

그때까지 그녀는 나를 그런 식으로 바라봐준 적이 없었다. 나는 예감했다. 내가 그녀의 말에 고개를 끄덕이기만 한다면 계속 나와 눈을 맞춰줄 거라고. 드디어 둘이 있게 되리라고.

교장과 교감, 교육청 직원이 함께 있는 그 자리에서 나는 계속 고개를 끄덕였다. 내가 고양이를 잡아왔고, 목뼈를 부러뜨렸다고. 그 남자애를 칼로 위협해서 발길질을 시켰다는 말에 그렇다고 대답했다. 그전에 남자애가 한 다른 짓들도 다 내가 시킨 거라고 말했다. 고양이 사체 앞에 서 있는 나를 발견한 선생님이 목덜미를 잡아당기자 웃으면서 허공에 칼을 휘둘렀다고도 했다. 그러다 하마터면 그녀의 목덜미에 칼을 꽂을 뻔했다는 말에도, 그렇다고 했다. 고개를 끄덕이는 내내 나는 그녀의 이야기에 등장하는 내 모습을 상상했다. 나와 전혀 닮지 않았지만, 그녀가 진짜 나라고 가리키는 그 아이를 물끄러미 바라보았다. 그러자 놀랍게도 그건 나의 진짜 환상이 되었다. 나를 바라보며 어른들은 끔찍하다는 표정을 지었다. 그들이 예사롭지 않은 눈짓을 주고받았다. 나는 귀를 기울였다. 뭔가, 내 생각과 다른 말들이 소곤소곤 들려왔다. 어쩔 수 없다. 감당할 수 없다. 지속적인 관찰, 교화, 상담. 목소리만 낮췄을 뿐이지 그들은 내가 자리에 없는 것처럼 굴었다. 나 같은 아이는 그런 말들을 들어도 상관없다고 여기는 것 같기도 했다. 이내, 전학이라는 단어가 들렸다. 선생님이 그 단어를 말했다. 저는 더 못 가르쳐요. 못해요. 간절한 표정으로 말하는 선생님의 옆얼굴을, 가느다란 목덜미를 나는 바라보았다. 나를 돌아봐주었으면 했다. 그녀가 원하는 걸 지금 내가 했으니, 앞으로도 그럴 수 있다고 말하고 싶었다. 그러나 그녀는 너무 멀리 있었다. 그녀가 나를 돌아보게 해야 했다. 무엇이든 해야 했다. 나는 울음을 터뜨렸다.

"선생님 때문에 그런 거예요. 선생님이랑 이야기하고 싶어서 그런 거예요."

그녀의 얼굴빛이 변했다. 어른들의 시선이 내게서 그녀에게로 옮겨갔다. 의문과 질책이 담긴 눈빛들이 그녀를 에워쌌다. 그녀가 사람들을 빠르게 관찰하는 것이 보였다. 그렇게 놀란 모습은 처음 보았다. 늘 엄격하고 빈틈없는 모습만 보이던 사람이었다. 나는 미안했지만, 한번 터져나오기 시작한 울음은 쉽게 멈추지 않았다. 차에 치인 고양이를 들고 왔어요. 칼로 찌르는 시늉만 한 거예요. 선생님이 걱정해주는 게 좋아서 그랬어요. 잘못했어요. 어른들의 한숨 소리가 들렸다. 선생님이 내 옆으로 다가왔다. 나를 내려다봤다. 하지만 어떻게 해야 할지는 모르는 것 같았다. 나를 믿어야 할지 말지 고민하는 것 같았다. 그래서 내가 먼저 손을 내밀었다. 양손으로 그녀의 팔목을 세게 잡았다. 사람들이 지켜보고 있었다. 그녀는 나를 뿌리치지 않았다. 그러나 떨었다. 죽어가는 고양이처럼, 칼에 찔려 피를 흘리는 작은 허파처럼. 나는 그녀를 끌어안았다. 살아 있는 사람의 온기가 느껴졌고, 그러자 나도 함께 살아 있는 것 같았다. 내가 원하는 만큼 아주 오래도록 그렇게 있고 싶었다. 바로 그 순간, 무언가 희미해졌다.

그러니까, 지금 이건 나 자신일까. 아니면 환상 속의 나인 걸까.

그러나 무언가를 알아채기도 전에, 이미 나는 그녀의 귓가를 향해 고개를 돌리고 아주 작은 목소리로 천천히 속삭이고 있었다.

"선생님, 서우는 지금 어디 있어요?"

택시가 서서히 속력을 줄였다. 후문이 보였다.

오물자의 출현

이 글은 무영출판사 에토스 시리즈의 일곱번째 책 『오물자의 출현』 광고를 위해 작성된 서평이다.

*

오물자, 그것은 전라도 말로 인형이라는 뜻이다.

*

2013년, 여배우 K는 영화 〈비 온 뒤〉 시사회 인터뷰에서 김미진을 비난했다. 그녀가 자신의 직업을 우스워 보이게 한다는 이유였다. "같은 꿈을 반복적으로 꿔요. 아주 오래된 저택이에요. 나는 침대에 누워 있어요. 어두운 방이지만, 촛불 하나가 켜져 있고 주변이 희미하게 보여요. 그때 누군가 내 방으로 들어와요. 소리가 나요. 그르렁거리는, 위협적이고 잔인한 목소리. 희뿌연 시야 속에 붉게 번뜩이는 눈동자가 보여요. 나는 겁에 질렸어요. 움직일 수가 없어요. 옷장 문이 열리는 소리가 들려요. 그리고 뭔가 찢겨 나가는 소리도 들려요. 그건, 다음날을 위해 내가 준비한 옷이에요. 정성스럽게 준비한 내 모든 것이에요. 하지만 그 존재가 내 옷을 찢어요. 엉망진창이 된 옷들은 내 의도와 전혀 다른 것이 되어버려요. 망가져버려요."

그런데 진실을 말해보자면, K는 김미진의 이름을 거론하지 않았다. "허세만 가득한 어떤 사람" 때문에 "악몽을 꿀 만큼 스트레스를 받는다"고 말했을 뿐이다. 문제는 '그 사람'이 김미진을 가리킨다는 사실을 모르는 이가 없었다는 것이다. 당사자인 김미진이 잡지 『마리 앙투아네트』와의 인터뷰에서 (묻지도 않았는데 뜬금없이) 이렇게 대꾸할 정도였으니까. (물론 잡지는 그 발언을 실었다.)

"저는 이 직업이 좋아요. 모두 저에게 관심을 갖잖아요?"

그런데 김미진의 직업은 무엇이었을까. 그녀는 다섯 편의 드라마와 두 편의 시트콤에 출연했다. 가장 알려진 활동은 데뷔작이라 할 수 있는 일반인과 연예인의 가상 연애 프로그램 〈진실을 말해봐〉(2009)였고, 그때 확보한 이미지 덕에 몇 년간 예능 프로그램에 꾸준히 출연할 수 있었다. 그렇다면 그녀는 배우였나. 아니면 예능인이었나. K의 발언을 보면 알 수 있지만 그녀는 배우로서 나쁘지 않았다(그래서 K와 같은 사람의 신경을 긁었던 것이다). 실력이 뛰어나지는 않았지만 그렇다고 형편없지도 않았는데, 그건 예능인으로서도 마찬가지였다. 따라서 양쪽을 자유롭게 오갔다고 말할 수도 있을 것이다. 하지만 그녀는 자유로운 만큼 어느 쪽에서도 두각을 드러낸 적이 없었다. 솔직히 애매했다. 그러나 중요한 것은, 그럼에도 불구하고 그녀가 유명했다는 사실이다. 누군가 자신의 명예에 먹칠한다고 생각할 만큼. 그래서 공개적으로 짜증을 낼 만큼 말이다.

이 년 전 가을, 그녀가 죽었다.

이마리는 그녀의 직업을 어느 쪽으로도 분명하게 정의하지 않았다. 지금 같은 시대에 그런 구분이 별 의미가 없기도 했지만, 김미진의 유명세는 직업과 큰 상관이 없었기 때문이다. 그러나 저 인터뷰에서 김미진은 자신의 "직업"을 언급했다. 이마리는 바로 이 점에 의문을 던졌던 것이다. 김미진은 과연 자신을 무엇으로 정의했나.

이 질문이 그렇게 중요한가? 중요했다. 이마리가 김미진의 일대기를 블로그에 연재하기 시작했을 무렵, 그러니까 그녀가 죽은 후 많은 것들—분위기, 평판, 아무튼 그 사람을 정의하는 많은 것들—이 달라졌기 때문이다. 김미진이 살아 있던 당시에는 누구도 이런 변화를 예상하지 못했다. 그녀가 자신을 어떻게 생각하느냐고? 당연히 누구도 아무 관심이 없었다. 그저 김미진이 언급한 "모두"가 남자라고 생각했을 따름이다.

그랬다. 그녀는 열애설로 유명했다. 데뷔했던 스물네 살 무렵부터 결혼을 결정한 서른 살까지 그녀가 만난 남자, 그러니까 열애설이 난 남자는 열일곱 명이었고, 저 인터뷰는 열세번째 스캔들이 나기 직전에 이루어졌다. 그 시절 사람들이 그녀를 뭐라고 불렀는지 대부분 기억하고 있으리라 생각한다. 그 단어는 여기 적지 않겠다.

1

김미진은 이진오를 다섯 번 거절했다. 〈진실을 말해봐〉에만 해당하는 횟수이다. 평생 동안 그녀가 그를 몇 번 거절했는지 정확히 아는 사람은 없다(알다시피 그는 열일곱 번의 스캔들에 포함되지 않는다). 그러나 첫번째 거절이 언제였는지는 모두 알 것이다. 그렇다. 바로 〈진실을 말해봐〉 제2화를 녹화했던 날이다. 당시 김미진은 지방에서 막 상경한 작가 지망생으로 소개되었는데, 이것은 사실이었으나 바로 그 때문에 논란이 되었다. 간단히 말하면 그녀는 작가 지망생치고는 예뻤지만, 동시에 작가 지망생치고는 별로 지적이지 않았던 것이다. 문화비평가 W는 일간지 칼럼에서 이것이 바로 작가에 대한 대중의 편견을 보여주는 사례라고 지적하며, 글의 말미에 미녀 작가들의 명단을 나열했다. (이후 그는 한국 작가들에 대한 정보가 필요한 기사마다 전문가로 등장했다.) 물론 이런 해프닝은 〈진실을 말해봐〉 방영 기간 내내 벌어진 진짜 논란에 비하면 아주 사소한 일에 불과했다. 그 논란의 중심에는 역시 김미진이 있었다. 그녀가 남자를 거절하는 방식이 문제였던 것이다. 그러니까, 그녀는 상대에게 미안해하는 일이 거의 없었다. 도대체 그녀는 주눅드는 법이 없었다. 때문에 방송이 끝나면 김미진을 하차시키라는 시청자들의 요구가 빗발쳤다. 제2화의 그 사건이 이 길고 긴 논란의 시작이었다.

"아, 글쎄요? 재미가 없네요."

이 멘트를 기억하는가? 그날 방송을 본 이들이라면 모두 알 것이다. 설사 방송을 보지 않았다 해도 저 멘트를 모르기는 어렵다. 유명한 인터넷 짤방으로 지금까지 회자되고 있으니까.

〈진실을 말해봐〉의 콘셉트는 남자와 여자가 번갈아가며 데이트를 신청하는 것이었는데, 그날은 남자가 신청할 차례였고 이진오는 김미진을 선택했다. 그는 김미진과 세트장 밖으로 나오면서 기쁨을 감추지 못했다. 제1화에서 김미진은 첫번째 데이트 상대였던 아이돌 가수 S에게서 애프터 신청을 받았다. 하지만 김미진은 S를 거절하고 이진오의 데이트 신청을 받아들였다(지독한 악연의 시작이었다). 당시 이들의 관계는 (지금과 다른 의미로) 흥미로웠다. 〈진실을 말해봐〉의 인기 요인이기도 했다. 당시 이진오는 정말로 김미진을 좋아하는 것처럼 보였던 것이다. 그는 방송 기간 내내 그 태도를 한 번도 바꾸지 않았다. 그는 심지어 세 번 거절당하면 탈락한다는 규칙 때문에 실제로 방송에서 하차하기까지 했다. 하지만 패자부활전으로 복귀한 이후에도 그는 계속 김미진에게 마음을 내비쳤다. 그는 빛이 났다. 연기를 하는 것 같지 않았다(사실 그는 그렇게 뛰어난 연기자가 아니었다). 사람들은 김미진을 향한 그의 시선에 자주 설렜다. 서울대 미학과에 다니며 연기활동을 할 만큼 (뛰어나지는 않지만) 성실하고, 청량한 이미지의 훤칠한 신인 남배우가 평범하기 짝이 없는 여자를 좋아했다. 전국민에게 그걸 숨기지 않았다.

반면 김미진은 어떠했던가.

제2화의 그 장면을 한번 되감아 보기로 하자. 그날 그는 그녀를 이태원의 어느 한적한 바에 데려갔다. 주인은 프랑스인이었다(나중에 드라마 〈꽃보다 남자 3〉 아틀란티스 에피소드에 외국인 친구로 등장한 배우라는 것이 밝혀졌다).

그가 두 사람에게 (굳이) 영어로 물었다.

"무슨 사이인지 물어봐도 될까요?"

이진오가 대답했다.

"그녀의 마음을 얻으려고 노력하는 중이에요."

김미진이 미소를 지었다. (사람들은 그녀가 알아듣는 척했을 뿐이라고 또 논쟁을 벌였지만.)

그녀를 바라보는 이진오의 얼굴에 수줍은 표정이 떠올랐다. 그는 무슨 말을 할 듯 말 듯 망설였다. 그러다 아주 조심스러운 말투로 이야기를 꺼냈다.

"요즘 읽고 있는 책이 있어요."

그건 꽤 어려운 철학 이론서였는데, 정의할 수 없는 정의에 대한 정의를 논증하는 뭐 그런 내용이었다. 그걸 이야기하는 이진오의 표정은 살짝 상기되어 있었다. 약간 주저하면서도 분명한 목소리로 자신의 생각을 말하는 그의 태도는 시종일관 차분하고 진지했다. 어쩌면 다소 유치할 수 있는 발언이었고, 시청자들에게 반감을 살 수도 있었지만 그는 별로 신경쓰지 않는 것 같았다. 그는 자신의 (진정한) 무언가를 그녀에게 전달하고 싶어했다. 실제로 시청자들은 그에게 호감을 느꼈다. (이때의 이미지는 그의 커리어에 큰 영향을 미쳤다.) 그는 거만하지 않았다. 공부를 막 시작한 (젊고 잘생긴) 남학생에게서 느껴지는 치기와 용기가 있었다. 매력적이었다. (그래서였을 것이다.) 그가 이야기하는 동안 김미진은 희미한 미소를 짓고 있었다. 그리고 그의 이야기를 경청하며 시선을 조금씩 움직였다. 그의 눈과 코, 입술과 속눈썹, 도톰한 귓불을 아주 천천히 그러나 자세히 들여다보았다. 뭐랄까, 어떤 근사한 작품을 감상할 때의 태도와 비슷했다. 그녀가 자신의 이야기에 흥미를 느낀다고 생각했는지 그의 목소리에 조금씩 자신감이 실렸다. 그리고 진짜 어려운 이야기를 꺼냈다. 실제 문학작품과 이론을 엮어 말하기 시작했던 것이다. 텍스트는 윤동주였다.

바로 그 순간, 김미진이 그의 셔츠 소매를 잡았다.

"있잖아요."

그녀가 그를 올려다보며 말했다. 그가 따뜻한 시선으로 응시했다. 그녀의 말을 기다리는 것 같았다. 그녀가 미소를 지었고, 조용히 덧붙였다.

"저는 그런 거 관심이 없어요."

그의 얼굴에 무안함이 잠시 떠올랐다 사라졌다. 그는 약간 이해할 수 없다는 말투로 물었다.

"미진씨가 작가가 되고 싶다고 하길래요."

"아, 맞아요."

"그래서 이런 이야기를 좋아할 줄 알았어요."

"아, 맞아요."

"좋아해요?"

"아, 글쎄요?"

그녀가 코를 찡긋거리며 미소를 지었다. 이날의 방송분에 대해 김미진은 생전에 딱 한 번 이야기한 적이 있다. "어떤 연출도 없었다. 제작진은 나의 진솔한 모습을 담고 싶어했고 나도 그러기를 원했다. 그날 방송의 매 순간마다 나는 매우 진실했다."

세트장으로 돌아온 김미진은 이진오를 차버렸다.

사람들이 김미진을 싫어하기 시작한 순간이었다. 돌이켜보면 이례적이었다. 사실 그들의 관계는 괜찮은 구도였던 것이다. 평범한 여성이 특별한 남성의 사랑을 받는다는 것. 남자가 여자의 마음을 얻지 못해 쩔쩔매는 것. 시트콤이나 드라마에서 많이 다룬, 사람들이 다 알면서 즐기는 흔해빠진 구도였다. 그런 서사의 여주인공은 사실 스타가 되어야 마땅했다. 주눅들지 않는 당찬 성격이라면 더더욱. 하지만 김미진은 미움을 받았다. 그 이유는 무엇이었을까. 이마리는 이렇게 정리한다. "허락된 털털함을 기준으로 살펴보면 김미진은 당차다기보다는 나대는 쪽에 가까웠다."

김미진은 이진오를 거절한 이유를 간단명료하게 설명했다. 전혀 주눅들지 않은 채, 잔뜩 폼을 잡은 목소리로. 그러니까 매우 허세 넘치는 말투로.

"아, 글쎄요? 재미가 없네요."

2

그러나 김미진은 이진오와 결혼했다. 다시 말하면, 이진오는 결국 김미진과 결혼했다. 누군가는 매우 놀랐지만, 누군가는 전혀 놀라지 않았다. 특별한 이유가 있다기보다는…… 글쎄, 원래 가십이라는 것이 그렇지 않은가. 다만 그들의 결혼으로 드러난 진실이 하나 있었다. 열일곱 명의 스캔들. 남자가 수없이 바뀌는 와중에도 김미진이 꾸준히 만난 사람은 이진오 한 명뿐이었다는 사실이다. 그는 결혼식을 앞두고 어떤 인터뷰에서 말했다. "그녀가 이틀을 만난 남자도 있었고, 석 달을 만난 남자도 있었다. 하지만 나는 신경쓰지 않았다. 매번 아내가 내게 돌아오리라는 사실을 알고 있었기 때문이다." 여러모로 인상적인 이야기였다. 배우자에 대한 확신으로 가득한 남자의 어떤 면모를 그대로 드러내기 때문이기도 했지만, 오래전 〈진실을 말해봐〉 때와 달라진 점이 없었던 것이다. 프로그램의 애청자였던 이들은 일종의 데자뷔를 경험했다. 김미진을 따라다니는 다정한 시선, 애정표현을 전혀 부끄러워하지 않는 솔직한 미소. 그는 이전과 똑같았다. 게다가 이렇게까지 말하지 않았던가.

"이제 나는 아내가 꿈을 이루도록 도울 것이다."

아내의 꿈이라. (여전히 연기파는 아니었지만) 스타의 삶을 지속한 이진오와 달리, 김미진은 애매한 위치에서 애매한 역할을 전전했다. 사람들에게 그녀는 적당히 살면서 비슷비슷한 연애를 계속하며, 천천히 나이 먹어가는 여자였다. 그의 발언은 아내의 연예인 커리어를 돕고 싶다는 말처럼 들렸다. 그러나 김미진은 결혼과 함께 활동을 접었고, '그 사건' 이후에는 아예 은퇴했다. 만일 그것이 정말로 아내의 커리어를 염두에 두고 한 말이었다면 결국 그의 의도는 어긋난 셈이다. (여배우 K는 이에 대해 또 코멘트를 했지만 이전만큼 화제가 되지는 않았다.)

이진오의 발언은 아주 잠시 주목받았을 뿐이었고, 쉽게 잊혔다. 별로 자극적인 말이 아니어서 그랬던 것 같다. 게다가 이진오의 이미지는 이미 충분히 좋았다. 김미진만 계 탔다는 수군거림이 잠시 떠다녔을 뿐이다. 이 발언이 다시 주목받은 건, 이마리가 블로그에서 이렇게 말한 이후부터다.

"그것은 일종의 폭로였다."

결혼 직전, 김미진의 집에서 난동을 부려 체포된 남자가 있었다. (별 소문이 다 돌았지만) 그 남자는 그녀의 남동생으로 밝혀졌다. 김미진이 더는 그의 사업을 도와줄 수 없다고 하자 화가 나서 쫓아온 것이었다. 이마리는 당시 김미진의 경제 상황을 조금 더 자세히 서술한다. 그녀의 집에는 빚이 있었고, 그녀는 가장이었다. 그때 사람들이 김미진을 싫어했던 이유 중 하나는, 그녀가 소설가 지망생이라면서 결국 연예인이 되었기 때문이었다. 리얼리티 프로그램을 이용해 대중을 우롱했다고 여긴 것이다. 이마리는 진실을 간단하게 정리해 이렇게 말한다.

"그 집에서 돈을 버는 사람은 김미진밖에 없었다."

그리고 그녀가 계속 돈을 벌 수밖에 없었던 이유를 설명한다. 장녀로서의 책임감, 무능하지만 안타까운 부모, 온 가족의 기대를 받고 자랐지만 도무지 재능이 뭔지 알 수 없어 계속 투자해줘야 하는 장남. 뭔가 익숙하지 않은가. 그렇다. 클리셰. 역사를 뚫고 전해지는 유구한 서사시 그 자체다. 김미진은 진부한 집안을 책임졌다. 소설가 지망생치고는 예쁜, 제법 '오물자' 같은 외모로 말이다. 문제는 끝이 없었다는 것이다(역시 전형적인 집안 갈등의 내용은 생략하기로 한다). 간단히 말하면, 가족들은 김미진이 더 버텨주기를 원했고 김미진은 더 버티고 싶어하지 않았다. 그래서 김미진은 어떻게 했는가.

이진오를 선택했다. 오랜 시간 자신에게 애정을 표현했지만, 어쩐지 마음에 들지 않았던 남자. 그래서 열일곱 번을 들었다 놓으며 망설였던 바로 그 남자 말이다. 이마리는 김미진의 결혼을 일종의 도피라고 명명한다. 가족에게서 달아나고자 했던 그녀에게 이진오는 훌륭한 상대였다. 참 이상하다. 그렇지 않은가. 이제는 많은 것이 달라졌고, 때문에 누구도 김미진을 이전처럼 생각하지 않는다. 하지만 확신하건대 지금도 여전히 많은 사람들에게 익숙한 김미진의 얼굴은, 고된 생활에 지쳐 달아나는 여자의 표정이 아니다. 코를 찡긋거리며 카메라를 쳐다보는 얼굴, 허세 가득한 바로 그 표정이다. 물론 허세는 허세였으니, 거짓은 아니었던 셈이지만.

그러나 모두가 알다시피 그 결혼은 육 개월 만에 끝났다. 이마리는 여기에 흥미로운 사실 하나를 덧붙인다. "육 개월간, 그녀는 소설을 썼다. 그중 한 편이 소설 공모전의 최종심에 올라갔다." 그리고 익명으로 제출한 그 소설의 심사평을 인용한다.

"끔찍한 가족에게서 탈출했다고 생각했으나, 그보다 더 지독한 덫에 걸리는 운명에 대한 이야기." 제목은 '지옥'이었다. 탈락 이유는 간단했다.

"진부하다."

그들이 결혼한 지 사 개월이 되어가던 때였다. 여름이었다. 경관 두 명이 연희동의 한 주택으로 출동했다. 주민 신고 때문이었다. "누군가 소리를 지르고 있어요. 두들겨맞는 것 같아요." 그러나 집주인은 문을 열어주지 않았다. 그는 이런저런 핑계를 댔다. "별일 아닙니다. 오해입니다." "물건을 고치고 있습니다." "신경 쓰실 일이 아닙니다."

마지막 말이 끝나기도 전에, 집안에서 비명소리가 들렸다. 여자의 목소리였다.

경관들은 말했다. 당장 문을 열지 않으면 강제로 들어가겠다고.

문이 열렸다. 경관들은 조심스레 현관으로 들어섰다. 조용했다. 거실은 깔끔하고 깨끗한 느낌의 가구들로 채워져 있었다. 널찍한 공간에 소파와 텔레비전, 좌탁이 여유 있게 배치되어 있었다. 하지만 뭔가 이상했다. T경관은 그렇게 생각했다. 집안이 온통 연두색뿐이었던 것이다. 소파, 텔레비전 장식장, 벽지, 커튼, 카펫 모두 연두색이었다.

"안 계십니까?"

경관이 물으며 거실 안쪽으로 더 깊이 들어갔다. 여전히 조용했다. 다섯 걸음쯤 걸었을 때 발에 뭔가 밟혔다. 그는 고개를 숙였다. 매우 얇고 납작한, 손톱만한 크기의 물건이 떨어져 있었다. 빛에 비추자 여러 색깔이 빠르게 스쳐지나갔다.

"자개 조각 같네요."

옆에서 동료가 말했다.

"자개?"

경관은 반문하며 바닥을 훑어보았다. 비슷한 조각은 더이상 발견되지 않았다. 대신 눈에 띄는 것이 있었다. 소파 건너편, 텔레비전 장식장 옆자리가 휑하니 비어 있었던 것이다. 처음부터 아무것도 없었던 것 같지는 않았다. 허리 높이를 기준으로 위아래 벽지 색깔이 묘하게 차이가 났다. 부피 큰 물건이 그 자리에 놓여 있었던 것이 틀림없었다.

그때 뒤에서 목소리가 들렸다.

"오셨군요?"

경관들은 그제야 집의 주인이 누구인지 알게 되었다. 이진오였다. 그가 특유의 서글서글한 미소를 지으며 두 사람에게 다가왔다.

"죄송합니다. 오해가 있었던 것 같아요. 아내가 지하실에서 청소를 하고 있었거든요. 그러다 갑자기 정전이 되어서 놀랐나봅니다."

이진오는 연두색 니트에 하얀 면바지를 입고 있었다. 매우 깨끗

했다. 보푸라기 하나 없었다. 그런데 눈길을 끄는 점이 있었다. 이진오가 한쪽 팔꿈치를 계속 매만지고 있었던 것이다. 뭐라 물을 필요도 없었다. 그가 먼저 팔꿈치를 흔들며 말했으니까.

"저쪽에 오래된 자개 장식장이 있었는데요, 그걸 수리하다 긁혔어요. 꽤 아프네요."

이진오가 가리키는 곳은 방금 전 T경관이 살펴본 곳이었다. 그의 대답에는 망설임이 없었다. 그러나 T경관은 계속 이상하다고 느꼈다. 설명할 수 없지만, 뭔가 이상했다. 경관은 물었다.

"아내분은 어디 계신가요?"

"자고 있어요. 많이 놀랐는지 쉬고 싶다고 하더라고요."

이번에도 이진오의 대답은 막힘이 없었다. T경관은 손끝으로 매만지고 있던 자개 조각을 바지 주머니에 집어넣었다. 이상하다면 조사하면 될 일이었다. 그는 진실에 관한 순진한 믿음이 있었고, 그런 믿음을 갖고 산다는 걸 자랑스럽게 생각하기도 했다. 그는 절차에 따라 앞으로 던질 질문들을 떠올렸다. 그때였다. 옆의 동료가 갑자기 앞으로 뛰어나가며 외쳤다.

"저쪽에서 소리가 나요!"

경관도 뛰었다. 그들은 이진오를 지나쳐 뒤에 보이는 복도로 들어갔다. 동료 말대로 안쪽에서 소리가 들렸다. 아득한 신음. 뒤에서 이진오가 소리쳤다. 무단침입이라고 했고, 사생활 침해라고 했다. 변호사가 올 거라고도 했다. 그러나 경관들은 물러서지 않았다. 문 앞에 도착했다.

동료가 문고리를 꽉 쥐었다. 그 순간 T경관은 고개를 돌려 이진오를 바라보았다. 텔레비전에서는 한 번도 볼 수 없었던, 이진오라는 사실을 믿을 수 없는 얼굴이었다.

문이 열렸다. 경관은 잠시 숨을 멈췄다. 김미진이 바닥에 쓰러져 있었다. 자개 조각 수백 개가 그녀의 온몸에 흩뿌려져 있었다. 뒤에서 이진오가 소리를 질렀다.

"아니야! 아니라고! 나는 아니야!"

*

그런데 말해두고 싶은 것이 있다. 김미진의 죽음은 미디어 탓이 아니다. 절대 아니다.

*

이마리는 그날 일을 상세히 서술했다. T경관을 인터뷰했고, 비명소리를 들었다는 신고자도 만났다. 그런데 막상 글 전체를 다 읽고 나면, 이마리가 전력을 다해 묘사한 건 다른 부분이라는 걸 알게 된다. 바로 최종심에 올라간 김미진의 소설 『지옥』에 관한 것이다(그 소설이 김미진의 작품임을 확인하고, 출판사에 찾아가 해당 심사위원을 만나 이야기를 듣는 과정은 거의 추리소설에 버금갈 정도이다). 이마리는 그 소설에 공포에 떠는 여성이 등장한다고 설명한다. 그리고 덧붙인다. "그 인물은 김미진의 페르소나이다." 자세한 설명을 위해 이마리의 글에 인용된 심사위원의 기억을 그대로 옮겨보겠다.

"어떤 여자가 집안에 갇혀 있다. 주위에 아무도 없지만 누군가가 자신을 감시한다는 걸 느낀다. 여자는 집요하게 주변을 둘러보며 상황을 파악하려 애쓴다. 매일 집안을 돌아다니며 물건들을 뒤져보지만 혼란스러워질 뿐이다. 점점 기억이 희미해지는 걸 느낀다. 어떤 기억을 잃어간다는 건 확실하다. 마지막에 여자는 거울 속의 자신을 들여다보며 겁에 질린다. 자기가 누구인지 기억할 수 없기 때문이다."

가족에게서 벗어나고자 했지만, 새로운 가족에게 속박되어버린 삶. 이마리에 따르면 김미진은 자신을 갉아먹는 상황에서 영원히 벗어나지 못하리라는 생각 때문에 두려워했다. 그 와중에 글쓰기를 멈추지 않았는데, 자신이 누구인지 기억할 수 있게 하는 유일한 방법이었기 때문이다. 그 익명의 행위야말로 진짜 김미진에 가까운 삶이었다. 그것이 비극이었다. "본명으로 산 삶은 오직 연기뿐"이었기 때문이다. 이러한 관점은 김미진이 결국 이진오를 떠난 이유를 설명해준다. 그리고 무엇보다 떠나지 못한 이유를 말해준다.

그날로 돌아가보자. T경관은 그녀가 의식이 거의 없었다고 증언했다. 처음에 이진오는 그녀에게 손끝 하나 대지 않았다고 말했다. 그러다 말을 바꿨다. 오해가 있어서 다퉜고 그러다 '서로' 격렬한 '터치'를 했다고 말이다. 그녀가 제풀에 지쳐 바닥에 누워 잠든 것이라고 했다. 뻔한 변명이었으나 구체적인 증거가 없었다. 무엇보다 충격적이었던 건 김미진이 그의 말에 모두 동의했다는 사실이다. 그녀는 연예 프로그램과의 전화 인터뷰에서 아주 발랄한 목소리로 전부 다 실수였다고, 걱정할 필요 없다고 말했다.

"별일 아니라는데 왜들 그러시는지 모르겠네요."

그때 그녀는 코를 찡긋거리고 있었을까. 당연히 그랬을 것이다.

그런데 이마리는 왜 김미진의 삶을 조사했을까. 어떤 보수도 없는 그 일에 왜 매달렸던 것일까. 이마리는 그 이유를 밝힌 적이 없다. 그렇다고 의도를 알 수 없는 건 아니다. 오히려 그 의도와 방향은 선명하게 빛이 난다. 이마리의 글은 김미진이라는 사람의 진짜 모습을 밝혀냈다. 이마리의 글에는 호소력이 있었다. 사람들은 그녀가 원한 것, 실패한 것을 마주했고, 그녀의 좌절과 기쁨을 이해했다. 그녀가 죽은 지 일 년도 채 되지 않은 시점이었기 때문에 감정의 농도는 더욱 짙었다. 하지만 비판도 있었다. 이진오 때문이었다. 사실 이진오에 대해서는 지금도 많은 부분에서 의견이 갈린다. 그는 정말로 그런 사람이었을까. 그렇게 형편없는 남자였을까. 이진오를 옹호하는 이들은 이마리가 편협한 관점으로 김미진을 신비화하고 이진오에게 오명을 뒤집어씌웠다고 생각한다. 대표적인 인물이 김지우다.

김지우는 문학작품에 드러난 인간과 사회의 병리적 상태를 주제로 박사논문을 쓰던 도중 김미진에게 관심을 갖게 되었고, 논문의 내용을 확장해 책을 썼다. 그 책의 주요 챕터인 제3장이 바로 김미진을 다룬 것이다. 김지우는 이마리를 비판하면서 글을 시작한다.

"공포에 떠는 여성은 김미진 소설 전반에 등장하는 시그니처이다."

김지우가 조사한 바에 따르면 김미진은 결혼 기간에만 글을 쓴 것이 아니었다. 그녀는 〈진실을 말해봐〉를 촬영하던 시기부터 (본격적으로) 글을 썼다. 프로그램이 끝나고 활발히 방송활동을 하던 때, 이진오와의 결혼을 준비하던 즈음, 열일곱 번의 스캔들에 휩싸였던 때, 그녀는 언제나 소설을 썼다. 김지우는 김미진의 가족과 오랜 친구들을 인터뷰했고, 그들이 보관하고 있는 작품들을 분석했다.

"김미진이 그려내는 억압된 상황은 가족이나 남편을 은유한 것이 아니다. 그것은 다름 아닌 바로 자기 자신이다."

그리고 한 가지 흥미로운 일화를 소개한다.

그 사건이 일어나고 이 개월 뒤, 김미진은 갑자기 기자회견을 열었다. 요란했다. 아침부터 사람들에게 긴급하게 연락을 돌려 만든 자리였다. 신상의 변화에 대해 할말이 있다고 했다. 김미진에게 관심 있는 사람은 많지 않았지만, 기자들이 많이 왔다. 이진오 때문이었다. 김미진이 그날 있었던 일을 제대로 밝히고 어떤 조치를 취하리라, 그 이야기를 공개하리라 기대했던 것이다. 이진오는 정말로 폭력을 휘둘렀는가. 데뷔한 이후 단 한 번도 스타가 아니었던 적이 없는 남배우. 친절하고 다정하기로 유명한 남자. 한 여자만 바라보다 결국 결혼에 성공한 남자. 그의 모든 것이 정말로 거짓이었는가.

김미진은 약속 시간에 오 분 정도 늦었다. 그녀는 기자회견장 안으로 천천히 걸어들어왔고, 차분한 시선으로 기자들을 바라보았다. 평소답지 않았다. 곳곳에서 카메라 플래시가 터졌다. 아슬아슬한 긴장감이 회견장 안을 채웠다. 모두 김미진을 주목했다. 몇 분 후, 그녀는 입을 열었다.

"이혼을 결심했습니다."

순간 회견장 분위기가 살짝 싸늘해졌다. 아쉽게도 기자들이 원하던 이야기는 아니었던 것이다. 정확히 말하면 어느 정도 예상하기는 했지만 딱히 듣고 싶었던 말은 아니었다. 하지만 뒤집어 바라보면 그것은 이진오의 이혼 발표라고도 할 수 있었기 때문에, 정적은 아주 잠시 머물렀을 뿐이다. 그들은 김미진에게 질문을 퍼붓기 시작했다. 그날 이진오는 정말 당신을 폭행했는가. 그날 무슨 일이 있었는가. 이진오와의 결혼생활은 어떠했는가.

김미진은 고개를 살짝 들어 먼 곳을 바라보았다. 그리고 덤덤한 목소리로 말했다.

"이제 그럴 때가 된 것 같아요."

그것이 끝이었다. 그녀는 아무 말도 하지 않았다. 김지우는 바로 그 순간, 그러니까 먼 곳을 응시하는 김미진의 얼굴을 담은 사진에 집중했다. 특별할 것 없는 사진이었다. 그녀는 연두색 블라우스와 검은색 스커트를 입었고, 갈색 구두를 신었다. 화장을 거의 하지 않은 얼굴이었다. 하지만 금방 샤워를 마치고 나온 사람처럼 피부결이 매끄러웠다. 다만 안색이 좋지 않았다. 전체적으로 조금 야위었고 볼에는 엷은 홍조가 있었다. 시선이 살짝 올라간 덕에 긴 속눈썹이 도드라지기는 했지만, 그 바람에 충혈된 눈이 강조되어 보였다. 김미진이 공개적으로 찍힌 사진 중에 가장 어두워 보이는 표정이었고, 평소답지 않은 그 묘한 분위기 때문인지 유독 아름다워 보이기도 했다. (이 사진은 결국 영정사진으로 쓰였다.) 김지우는 그 사진, 김미진의 그 얼굴을 가리키며 이렇게 말했다.

"이것은 알코올중독자의 얼굴이다."

그리고 이어지는 김미진의 행적은 우리가 누군가를 안다고 말하는 것이 얼마나 무색한 일인지를 실감하게 한다.

그녀가 술에 의존하기 시작한 건 방송에 데뷔한 2009년 무렵이다. 그녀는 세간의 비난을 잘 견디지 못했다. 불면증이 찾아왔다. 자기 전에 소주를 한 잔씩 마셨고, 그 양은 점점 늘어났다. 술을 끊기 위해 병원에서 수면제를 처방받기도 했지만, 그녀는 약과 술을 함께 먹었다. 가족들은 그녀가 술에 빠져드는 걸 막지 못했다. 거기에는 다소 복잡한 이해관계가 얽혀 있었다. 이마리가 주장한 것처럼 김미진은 집안의 경제를 책임졌다. 이 역시 불면증의 원인이었기에, 가족들은 김미진이 그 스트레스를 견디기 위해 또다른 지옥을 선택하는 것에 대해 발언할 자격이 없었다. 김지우에 따르면 김미진은 저 홀로 가족들을 먹여 살리고 있다는 사실을 당사자들 앞에서 자주 강조했고, 그에 걸맞은 대우를 받고 싶어했다. 이것은 이마리와 상반된 견해였다. 그녀가 원한 건 여러 가지였지만, 그중에서도 가장 자주 저지르고, 무조건 이해받아야 한다고 여겼던 건 (당연히) 술주정이었다. 이 대목은 매우 놀랍다. 왜냐하면 이마리의 글을 읽으면서 김미진에게 이입했던 모든 것이 뒤바뀌는 경험을 하기 때문이다. 김미진의 상황을 상상하며 느꼈던 모든 감정적 상태는 그녀 가족들을 위한 것이 된다. 그런데 김지우는 이 부분에서 예상치 못한 정보 하나를 추가한다. "김미진이 불면증에 시달리기 시작할 무렵, 술을 마시고 잠자리에 들어보라는 조언을 한 사람이 다름 아닌 이진오였다." 그리고 주장한다. "이진오는 김미진의 알코올 의존에 죄책감을 느꼈다. 김미진은 그것을 알고 있었다." 그녀는 이진오가 자신을 책임져야 한다고 말했다. 그것은 처음에는 정서적인 배려를 의미했지만, 시간이 지나면서 경제적 지원이 되어갔다. 일을 해야 했지만 대중들 앞에 서는 일이 끔찍했고 자신이 없었다. 술에 의존할수록 실수가 늘었다. 그녀는 자주 지각했고, 대사를 틀렸다. 이미지도 식상해졌다. 그녀는 어떤 것도 제대로 하지 못했다. 이진오는 그런 김미진을 진짜로 책임졌다. 그가 할 수 있는 방식으로. 모두 알고 있는 그 방법으로.

물론 약점은 있었다. 김지우의 이야기는 대부분 주변의 증언을 통해 완성한 것이었다. 그녀의 알코올 문제가 어느 정도였는지 진단한 기록 같은 건 없었다. 특히 촬영 스태프들의 증언이 빈약했다. 그들은 김미진을 잘 기억하지 못했다. 기억한다 해도 대부분 멀쩡한 모습을 떠올릴 뿐 촬영에 방해가 된 적은 없었다고 말했다. (사실 김지우의 이야기는 이진오와 그 변호사들의 주장을 거의 그대로 받아들인 것이었다.) 김지우는 이마리의 견해가 추론에 불과하다고 비판했지만, 본인의 주장 역시 그 수준에서 벗어나는 것은 아니었다. 대신 김지우는 다른 증거 하나를 제시한다. 바로 T경관에 대해서였다.

"그는 믿을 수 없는 증인이다."

김지우는 T경관이 근무태만으로 징계를 받은 적이 있다는 걸 밝혀냈다. 사건이 일어나던 그해, T경관은 야간순찰 근무를 여러 차례 빠졌다. 근무를 연속으로 세 차례 빠진 뒤 순찰을 나간 날, 뺑소니 차량을 검거하는 과정에서 범인을 놓쳤다. 김미진의 집에 출동했던 무렵 그는 이미 서에서 요주의 인물이었다. 물론 이런 근무 태도와 능력을 증언의 신뢰성과 결부시키는 건 올바른 판단이 아닐 것이다. 그럼에도 불구하고 김지우가 T경관을 물고늘어진 건 결정적인 이유가 있었기 때문이었다. "그는 현장에 늦게 도착했다." 신고를 받고 출동하던 중 그는 동료에게 잠시 급한 일이 생겼다며 먼저 가라고 말했다. 김미진과 이진오의 집이라는 걸 알았다면, 그런 사건이 일어날 줄 알았다면 결코 그러지 않았을 테지만, T경관은 잠시 경로를 이탈했다. 뒤늦게 도착한 그가 본 것은 연두색의 가구들이나 자개 파편이 아니었다. 술을 마시고 난동을 부리는 아내를 달래다 무심코 밀쳐버린, 그래서 쓰러진 김미진을 보고 다급하게 소리를 지르던 이진오였다.

김지우는 주장한다. "그녀는 알코올중독과 오래도록 싸웠다. 그건 통제할 수 없는 상황, 나약한 마음, 지독한 자기혐오와 싸우는 일이었다. 그녀의 공포는 다름 아닌 자기 자신이었다."

그녀는 자신이 사랑하는 사람들을 잃어간다는 걸 알고 있었다. 가족들이 그녀를 견디고 있다는 걸 알고 있었다. 특히 이진오의 인내심이 한계에 다다랐다는 걸 알고 있었다. 그녀는 그래서 무엇을 어떻게 했나. 아무것도 하지 않았다. 대신 글을 썼다. 무작정 썼다. 진짜 문제와 대면하는 대신 가면 뒤로 숨었다. 자신이 만들어낸 이야기, 그 속에서 움직이는 사람들, 그들의 가면을 쓰고 그녀는 비명을 질렀다. "자신에 대한 공포가 투영된 것이다." 그리고 김지우는 이마리의 의견에 드디어 동의한다. "어쨌든 김미진에게 있어서 글쓰기는 진짜 자신을 표현하는 행위였다."

당연한 말이지만 이마리는 김지우의 책을 비판했다. 이마리는 김지우가 김미진이 처해 있던 구조적 폭력을 축소하고 개인의 문제로 바꿔버렸다고 지적했다. 그리고 T경관이 현장에 늦게 나타났다고 해서 김미진이 쓰러져 있던 사실이 변하는 건 아니라고 했다. 또한 실수였다 해도, 경관이 찾아올 때까지 아무 조치 없이 그녀를 방치한 건 엄연히 폭력적인 행위라고 주장했다. 김지우는 반박했다. 김미진이 계속 소리를 질렀기 때문에 이진오가 그녀에게 다가가지 못한 거라고 말이다. 이 뚜렷한 대비 때문에 두 사람의 글은 화제가 되었다. 독특한 현상이었다. 그들의 글을 읽고 누군가는 김미진을 안타깝게 여겼고 누군가는 넌더리를 냈다. 재미있는 건 이런 반응들이 김미진이 살아 있을 때 받았던 관심의 내용과 크게 다르지 않다는 것이었다. 급기야 이마리의 글은 『김미진 전기: 지옥에서의 삶』이라는 책으로 출판되어 나왔다. 김지우의 책은 다른 부분은 거의 언급이 되지 않았고 제3장만 주목받았다(제3장의 스캔본은 지금도 인터넷에 돌아다니고 있다). 어쨌든 두 사람의 책은 한 달 동안 베스트셀러 1, 2위에서 엎치락뒤치락했다. 아마 언제까지고 계속될 수 있었을 것이다. 김미진의 소설 『천국』이 출간되지 않았다면 말이다.

3

이제 이 이야기를 마무리할 때가 왔다. 김미진은 과연 누구였는가. 어떤 사람이었는가. 대체 그녀의 정체는 무엇이었는가. 소설 『천국』이 출간된 이후, 그 모든 난리는 종식되었다. 지금은 바로 그 이후의 시간이고, 여러분은 모든 것을 알고 있다. 이마리와 김지우의 꼼꼼한 분석, 그 집요한 추론과 성실한 조사가 무의미해졌다는 것을 말이다. 왜냐하면 소설 『천국』은 그녀의 자전적 소설이었기 때문이다.

그 이야기를 접하지 못한 이들을 위해 『천국』의 마지막 챕터를 요약하고자 한다.

*

나는 나의 오물자다.

*

다 지나간 일이다. 하지만.

그것은 사랑이었다.

*

이것은 소설이다.

*

처음 만났을 때부터 알고 있었다. 정확히 말하면 만나보고 알았다. (보자마자 판별할 줄 알았다면, 나의 미래는 많이 달라졌을 것이다.) 그가 내게 가장 많이 한 말은 "너를 사랑해"가 아니라 "네게 실망했어"였다. 그는 여자의 죄책감을 자극해서 자기가 원하는 방식대로 관계를 유지했다. 그런 남자였다! (불행히도) 그건 내게 효과가 있었다. 알면서, 다 알았으면서!

"네게 실망했어." 그 말은 나에게서 "예스"라는 대답을 꺼내는 버튼이었다.

네게 실망했으니까, 그가 연락을 안 해도 예스. 그가 화를 내도 예스. 그가 다른 여자를 만나도 예스.

예스! 예스! 예스!

나는 매번 온몸에서 피가 다 빠져나가는 분노를 느꼈다. 동시에 흥분했다. 나를 지배한다고 생각하는 그를 떠올리면, 정말로 흥분이 됐다. 그 느낌은 그와 하는 섹스보다 훨씬 좋았다.

나는 가끔 상상했다. (진짜로 이런 일이 일어났으면 싶기도 했다.) 내가 있는 방에 그가 여자를 데리고 들어온다. 그가 내게 나가라고 말한다. 나는 용기를 내 항의한다. 내가 뭐가 부족하지? 내가 무엇을 잘못했지? 그가 역정을 낸다. 이러면 곤란해. 어른스럽지 않아. 나를 실망시킬 생각이야? 실망? 실망이라고? 나는 밖으로 나온다. 가슴이 미어진다. 손이 떨린다. 나는 손등으로 입을 막고, 몸의 떨림을 느낀다. 그를 안고 싶다. 당장이라도 문을 열고 들어가고 싶다. 그때, 눈앞에 둥근 나무 기둥이 보인다. (왜 기둥이 있는지는 모르겠다. 앞에 그냥 보인다.) 나는 기둥을 꽉 끌어안는다. 그의 허리처럼 길고 단단한 기둥을. 빌어먹을, 팔자 사납게 이런 남자를 사랑하게 된 건가? 사랑. 그래, 이건 사랑이다.

아아, 나는 그를 계속 사랑할 것이다.*

그런 상상을 너무 많이 해서일까…… 실제로 그를 보면 별로 흥분이 되지 않았다. 그래서 얼굴을 가만히 들여다봤다. 깨끗하고 하얀 피부와 쌍꺼풀이 진 커다란 눈을, 가느다란 턱선과 매서운 콧날을 지그시 바라보곤 했다. 잘생겼군. 그러면 아직은 괜찮다는 생각이 들었다.

그러나.

그날 밤, 나는 집에 혼자 앉아 있었다. 그가 나를 버려뒀기 때문이다. 무슨 일이 있었던가. 그래, 나는 가지 말라고 말했고, 그는 내가 신경쓸 일이 아니라고 대꾸했다. 그때 나는 청소를 하고 있었다. 청소기를 붙든 채 그에게 부탁했다. "이것만 마무리하고 같이 나가자." 그가 뭐라고 대답했던가. 기억나지 않는다. 귀찮게 하지 말라고 했던 것 같기도 하고, 어떻게 느닷없이 나를 데리고 나가겠느냐고 했던 것 같기도 하고, 말없이 핸드폰만 쳐다보며 고개를 가로저었던 것 같기도 하다. 그가 현관에서 신발을 신던 모습만 분명하게 기억난다. 나는 길고 묵직한 다이슨 청소기를 질질 끌며 그를 향해 걸었다. 그러나 문은 눈앞에서 쾅 하고 닫혔다. 그날 밤 그는 집에 들어오지 않았다.

나는 소파에 앉아 그대로 밤을 새웠다. 다이슨 청소기를 다리 사이에 끼우고 그대로 자리에 앉아 있었다. 내 마음에 큰 구멍이 뚫리는 것이 느껴졌다. 그 안으로 나의 많은 시간들이 빨려들어가는 것을 느꼈다. 나는 깨달았다. 사실 그에게 인정받고 싶었다는 것을. 그가 나를 사랑해서, 그의 삶이 바뀌었다는 말을 듣고 싶었다는 것을. 결국 그런 것이었다. 나를 지배하는 너를 바라보는 일은, 그 일을 계속 괜찮다고 생각하기 위해서는, 결국 너의 동의와 허락을 얻어야 한다는 것. 그리고 고개를 들었는데 해가 떠오르듯 눈앞에 해태가 나타났다.

그래. 해태.

해태는 현관 옆 자개 장식장의 문양이었다. 앤티크 숍에서 간신히 찾아냈다며 그가 애지중지하는 물건이었다. 손님들이 올 때마다 그는 해태 장식장을 자랑했다. 얼마나 귀한 물건인지, 얼마나 조심스레 다루고 있는지. 그러나 장식장을 매일 깨끗이 닦는 사람은 나였다!

나는 일어났다. 그리고 청소기를 들고 해태를 향해 달려갔다. 망설이지 않았다. 누구도 나를 막을 수 없었다. 나는 청소기로 자개 장식장을 내리쳤다. 영물의 얼굴을 내리치고, 또 내리쳤다.

(잠깐, 나 이 대본을 어디선가 봤던 것 같은데?)

그 순간, 누군가가 내 팔목을 잡았다. 그였다.

"야! 너 미쳤어?"

머리는 헝클어졌고, 얼굴에는 취기가 남아 있었다. 그러나 여전히 그대로였다. 부드러운 눈썹, 가느다란 콧날, 도톰한 입술, 모두가 사랑하는 다정한 얼굴. 이 잘생긴 새끼.

나는 이를 악물고 청소기를 꽉 붙들었다. 그리고 체중을 실어 그를 힘껏 밀어냈다. 역부족이었다. 그는 미동도 없었다. 나는 고개를 쳐들고 그를 노려봤다. 그가 나를 내려다보며 피식 웃었다. 그 순간 나는 청소기를 확 놓아버렸다.

"어어, 야!"

그가 소리를 지르며 바닥으로 넘어졌다. 그가 여전히 내 팔목을 잡고 있는 바람에 나도 함께 쓰러졌다.

나는 바닥에 엎드린 채 이제 모두 끝이라는 생각을 했다. 그를 진짜 떠나야 한다고 생각하자 마음이 아팠다. 구멍이 커다랗게 늘어나는 것 같았다. 그를 떠나는 건 나의 인생 일부분을 잘라내는 것과 같았다. 어떻게 그걸 다 버리지. 어떻게 그걸 다 잊지. 기억 속에서 나는 나름대로 행복했다. 그는 친절할 때는 세상 누구보다 다정하고 부드러웠다. 나는 안다. 그는 내게 진심이었고…… 나는 손바닥으로 바닥을 쓸었다. 작은 가루들, 부스러진 자개 조각들이 손바닥에 묻었다. 그 순간 문득 이상한 느낌이 밀려왔다. 마치 꿈속에 있는 것 같았다. 바닥에 누워 있는 내 모습이 눈앞에 보였던 것이다. 나는 나를 바라보며 중얼거렸다.

"이제 내게는 사랑하는 사람이 없다."

그러자 마음속 구멍이 펑, 하고 터지는 것 같았다. 깨달음이 밀려왔다. 그래. 아직 아니다. 나는 그를 떠날 준비가 되지 않았다. 나는 소스라치게 놀랐다. 내가 그를 이렇게까지 사랑하는지 몰랐다. 한 번도 느껴본 적 없는 감정이었다. 나는 자리에서 급히 일어났다.

"당신을 사랑해."

"뭐?"

그가 어처구니없다는 듯 나를 쳐다봤다. 그리고 고개를 저었다.

"아니, 우리는 끝났어. 너는 너무 문제가 많아."

"내가?"

그가 지긋지긋하다는 듯 한숨을 푹 내쉬며 나를 쳐다봤다.

"그래! 지금 장난해?"

나는 애원했다. 당신이 얼마나 소중한지 몰랐다. 잠시 정신이 나간 것 같다. 나는 가슴을 치며(이래야 할 것 같았다) 말했다. 당신을 사랑한다. 사랑한다. 사랑한다.

그가 손을 내저으며 말했다.

"알았어, 알았어. 잠깐만. 기다려봐."

그가 깊이 한숨을 내쉬었다. 심장이 타들어가는 것 같았다.

한참 후에 그가 입을 열었다.

"지금 답할 수는 없어. 시간이 필요해."

"얼마나?"

"글쎄…… 일주일?"

나는 알겠다고 대답했다. 하지만 그 순간부터 끔찍한 고통이 밀려들었다. 생살을 칼로 저미는 듯했다. 밥도 먹을 수 없었고, 잠도 잘 수 없었다. 그의 얼굴이 자꾸만 떠올랐다. 혹시 그가 나를 거절하면 어떻게 되는 걸까. 불안해진 나는 몰래 다른 남자를 소개받았다. 술집에서 만난 남자와 하룻밤을 보냈다. 끔찍했다. 그를 잊을 수 없다는 사실만 깨달았을 뿐이었다. 아아, 나는 나쁜 여자였다. 다른 남자를 만나면서 또다른 남자를 떠올리다니. 옳지 않았다. 사랑이 이런 걸까. 이렇게 걷잡을 수 없이 마음에 번져가는 걸까.

마치 저주에 걸린 것 같았다. 지독한 운명에 얽힌 비극의 주인공이 된 것 같았다. 그래. 비극. 나는 정해진 길에서 벗어나기 위해 몸부림치고 있었다. 그러나 운명은 나를 놔주지 않았다. 내가 안간힘을 다할수록 나를 묶고 있는 거친 사슬이 더 세게 옥죄어 오는 것 같았다. 나는 두 눈을 찌르고 싶은 충동을 느꼈다. 그리고 외치고 싶었다.

보아라, 신이여! 이것이 인간이다. 운명에 맞서는 인간의 모습이다!

마지막날, 그에게서 연락이 왔다. 나는 연두색 블라우스에 검은색 치마를 입고, 베이지색 베레모를 쓰고 카페로 나갔다. 그를 처음 만난 날 입었던 스타일과 비슷했다. 그날 내가 얼마나 행복한 여자였는지 기억하고 있었다.

내가 자리에 앉자 그가 안부인사를 건넸다. 나와 달리 그는 안정되어 보였다. 그는 정말 많은 생각을 했다고 말했다. 나를 용서할 수 없다고, 이해할 수 없다고 생각했다고 말했다.

"하지만 사람은 실수를 하니까."

그가 다정하게 말했다. 나는 고개를 끄덕였다. 눈물이 솟아올랐다.

"다시 시작해보자."

그 말을 듣고 나는 결국 울음을 터뜨렸다. 그리고 고개를 저었다.

"미안해. 그렇게 할 수 없어."

"뭐?"

그가 황당한 얼굴로 나를 보았다.

"당신을 기다리는 시간이 너무 길었어. 너무 힘들었어. 나는 운명에 혼자 맞서야만 했어."

도저히 더는 말을 이을 수 없었다. 마음속에 어떤 잔물결이 일렁이고 있었다. 나는 그 느낌을 가만히 음미했다. 그 바람에 그가 자리에서 일어나는 것을 눈치채지 못했다. 그는 내게 아무 말도 하지 않고 그대로 밖으로 나가버렸다. 정신을 차렸을 때, 그의 자리가 비어 있다는 걸 알았다. 나는 눈물을 닦았다. (몸의 떨림을 느끼기 위해 손등으로 입술을 꽉 눌렀다. 생각만큼 많이 떨리지 않았다.) 그리고 한 시간쯤 지났을 때, 그러니까 마음속의 파도가 잠잠해졌을 때, 갑자기 나는 깨달았다.

지금 내가 무슨 짓을 한 거지?

나는 그에게 다시 연락했다. 그가 소리질렀다.

"너 미쳤어?"

"응, 미쳤어. 너한테 미쳤어. 제발 용서해줘."

"야!"

나는 애원했다. 진심을 말했다. 운명을 거스르고 싶었어. 맞서고 싶었어. 하지만 나는 나약한 인간이야. 당신도 이해하잖아. 잎새에 이는 바람에도 괴로워하는 그 마음을 당신은 알잖아. 누구보다 당신이 이 시를 제일 잘 알지 않아? 나는 두려웠어. 내가 당신의 일부가 되어버릴까봐. 나 자신을 잃어버리게 될까봐. 하지만 확실한 건 이것뿐이야. 나는 당신을 사랑하고, 당신을 떠날 수 없다는 거. 알잖아.

그러나 그는 전화를 끊었다.

나는 곧장 그의 집으로 달려갔다. 그는 문을 열어주지 않았다. 나는 문을 두드리며 애처롭게 울었다. 내 울음소리가 아파트 전체를 울렸다. 옆집 아주머니가 문을 열고 내다보았다. 나는 그녀를 향해 흐느꼈다.

"제가 잃어버렸어요. 제가 잃어버리고 말았어요."

그러자 그가 문을 열었다. 하지만 나를 받아들인 것이 아니었다. 현관에 내 짐이 있었다. 그가 자신만만한 목소리로 말했다.

"나는 더이상 못해. 여기서 그만하자."

나는 그의 바짓가랑이를 붙잡았다.

"사랑했잖아. 우리가 사랑했던 시간이 있잖아."

(이건 어디 대사였더라.)

기대만큼 감정이 올라오지 않았다. 그래서 나는 눈을 감았다. 영화에서 아이를 잃어버린 부모가 울던 장면을 생각했다. 눈물이 밀려들었다. 나는 가슴을 치며 끅끅 소리를 냈다.

"당신을 이렇게 보낼 수 없어. 이건 아니야."

"야, 진짜. 너."

그가 짜증이 가득 담긴 목소리로 말했다. 하지만 나는 그 순간, 그가 갈등하고 있다는 걸 눈치챘다. 그럴 수밖에 없었다. 그는 내가 그를 사랑한다는 걸 알고 있었다. 나만큼 그를 사랑하는 사람이 없다는 걸 알고 있었다. 나만큼 "예스"를 외친 사람이 없다는 것을, 그러니까 나만큼 그를 감당할 사람이 없다는 것을, 그는 알고 있었다. 때문에 어쩌면 내가 앞으로 영원히 모든 일에 예스, 라고 말하게 될 수도 있다는 것까지. 예스. 예스. 예스.

그가 내 앞에 앉았다. 내 어깨를 부드럽게 어루만졌다.

"정말 잘할 수 있어?"

나는 고개를 끄덕였다. 그가 말했다.

"네 기대와 다를 수도 있어. 정말 괜찮아?"

나는 울먹이며 대답했다.

"알고 있어. 실망시키지 않을게."

"그럴 수 있겠어?"

"반드시 그렇게 할게."

가슴이 벅차올랐다. 그때, 그가 나를 끌어안았다. 아아, 우리는 함께 있었다. 정말이지 그의 몸은…… 딱딱했다. 거대한 돌덩이를 안고 있는 것 같았다. 그가 나를 안은 팔에 더 힘을 줬다. 그 바람에 내 턱이 그의 어깨에 걸쳐졌는데, 철봉에 매달린 기분이 들었다. 나는 슬쩍 몸을 뒤로 뺐다. 그가 미소를 지으며 내 머리를 쓰다듬었다. 손가락에 거스러미가 일어났는지, 그가 만질 때마다 이마가 긁히는 기분이었다. 나는 애써 미소로 화답했다. 그러자 그의 입술이 내 입술로 다가왔다. 순식간에 그의 앞니가 내 앞니에 부딪혔다. 쨍, 하는 소리가 내 귓속에서 울렸다. 키스를 하는 내내 그 소리가 메아리쳐 울렸다.

한 시간쯤 지난 후(뭘 했겠나, 뻔하지) 나는 집밖으로 나왔다. 볼일을 보고 들어와 그에게 저녁을 해주겠다고 말한 터였다. 어느새 계절이 바뀌어 있었다. 나는 하늘을 바라보았고, 숨을 크게 들이마셨다. 등이 배기고 목이 뻐근했다. 가랑이가 따가웠다. 그 순간, 나는 깨달았다. 나는 울고 있지 않았다. 드디어 끝나버린 것이다. 불에 올린 프라이팬의 물기가 순식간에 사라지는 것처럼, 그를 향한 감정이, '그와 함께하는 나'에 대한 열정이 메말라버린 것이다. 그와 함께 있는 내가 더는 상상되지 않았다. 나는 그에게 헤어지자는 문자를 보냈다.

다음날, 온종일 그에게서 음성메시지가 왔다.

"정말 실망이다."

"네게 기대하지 말았어야 했어."

"야, 잘할 수 있다며?"

"어디야."

"장난해?"

"진짜, 씨발. 야!"

"야!"

나는 거울을 바라보며 전화기를 귀에 대고 있었다. 그의 목소리를 듣는 내 얼굴이 보였다.

손끝으로 그 얼굴을 더듬었다. 아름다웠다. 나는 그에게 문자메시지를 보냈다.

'응, 앞으로도 당신을 영원히 사랑할게.'

*

이것이 이야기의 끝이다. 지금 당신이 느끼고 있는 감정이 김미진에 대한 정확한 정의다. 그런데 중요한 것은, 이 결론 역시 그녀의 소설을 통해 얻게 된 어떤 해석에 불과하다는 사실이다. 새롭게 확신하게 된 것, 판단하게 된 것, 앞뒤를 짜맞춰 알아낸 것, 그런 것들이다.

만일 그 관점을 뒤집을 다른 이야기가 있다면 당신은 어떻게 할 것인가. 읽을 것인가? 아니면 지나칠 것인가. 『오물자의 출현』은 올해 초 발견된 김미진의 일기를 편집한 것이다. 2009년부터 죽기 직전인 이 년 전 가을까지 쓰인 이 기록에는 지금까지의 해석을 뒤집는 새로운 이야기가 있다. 무엇보다 이 책에는 그녀의 죽음에 대한 진실이 담겨 있다. 느닷없이 닥쳐온, 무엇보다 놀라웠던 죽음에 관한 이야기. 단언컨대, 이 책의 비밀과 진실은 김미진에 대한 모든 평가를 또다시 뒤집어놓을 것이다.

그런데 누군가는 이렇게 물을지 모르겠다. 대체 김미진이 뭐길래? 뭐가 그렇게 대단한 사람이길래? 수많은 인간 연예인 작가 딸 누나 연인 아내 여자 오물자, 그것들 중 하나에 불과한 그녀가 대체 무엇이길래?

글쎄. 굳이 대답을 해보자면, 가십은 모든 것이고, 모든 것은 가십에 불과한 법이니까. 알면 됐고, 모르면 또 됐고, 뭐 그런 거 아니겠나.

* 강신재의 단편소설 「젊은 느티나무」의 마지막 문장을 변용했다.

화이트 호스 White Horse

1

가장 먼저 기억나는 건, 내가 그 집에 들어갔을 즈음 테일러 스위프트는 더이상 신인가수가 아니었다는 사실이다. 이선아는 그로부터 몇 년 전, 그러니까 테일러 스위프트가 데뷔한 해에 실종됐다. 물론 그해 가장 주목받은 가수 중 한 명이긴 했지만, 그래미상을 휩쓸고 온갖 뮤직 차트에 이름을 올리는 그런 영향력 있는 작곡가는 아직 아니었던 바로 그때 말이다. 이선아도 실종되기 직전까지 그 집, 레지던스에 입주해 있었다. 장편소설을 구상하던 중이었다.

테일러 스위프트 이야기를 꺼낸 이유는, 당시 이선아가 컨트리 음악에 빠져 있었다는 소문 때문이다. 그녀는 거의 매일 밤을 새워 인터넷 음악 사이트를 뒤지고 관련된 책들을 찾으며 시간을 보냈다. 밥 딜런의 노래는 물론이고 컨트리에 영향을 줬다는 동요까지 흥얼거렸다. 그녀는 그 외에 다른 생각이 별로 없어 보였다. 그래서였을까. 그녀가 실종된 후 사람들은 말했다. 아마 이선아의 두번째 소설은 컨트리 음악에 관한 이야기였을 것이다. 그리고 만일 그녀가 실종되지 않았다면, 그래서 그 소설이 완성되기만 했다면 매우 대단한 작품이 되었을 것이다. 분명 그랬을 것이다. 그건 어느 날 갑자기 사라져버린 젊은 소설가를 향한 동정 어린 평가가 아니었다. 진실한 기대였다.

특히 내게 그랬다.

습작 시절 나는 항상 이선아를 흉내냈다. 그녀처럼 쓰기를 원했다. 그리고 매번 실패했는데, 그때마다 그녀처럼 쓰는 작가는 오직 이선아 한 명뿐이라는 사실을 깨닫고는 했다. 그래서 나는 등단한 후에도 이선아가 내게 얼마나 중요한 작가인지, 얼마나 많은 가능성을 가르쳐줬는지 말하고 싶었다. 실제로 그렇게 했다. 그리고 곧 관두게 됐다. 왜냐하면 우선, 좋아하는 작가 이야기를 뭘 그렇게 하는지 모르겠다며 자의식과잉이라는 말을 들었고, 다음에는 자신만의 특별한 독서 목록을 감추기 위해 이선아를 이용하고 있다는 말을 들었으며, 또 그다음에는 과대평가된 이선아를 좋아하는 걸 보니 안목이 의심스럽다는 말을 들었기 때문이다.

흠.

그래서 나는 좋아하는 작가가 없다고, 책에 관해서는 할 이야기가 없다고 말하게 됐다. 그러자 또 이런 말을 들었다.

아무것도 모르는 척, 순진한 척, 교묘한 전략으로 사람들을 속이고 있다고.

이후 나는 정말로 책이나 작가에 관해서는 어떤 말도 하지 않게 되었다. 상처를 입어서 그런 건 아니었고…… 내가 전략적인 인간이라는 표현이 마음에 들었기 때문이다. 그때껏 들은 말 중 가장 그럴싸해 보였다.

아무튼.

그 집에 대해 이야기해보자면, 식민지 시절 지어진 백 년 넘은 고택이었다. 최초의 주인이었던 미국인 의사 부부는 전염병으로 죽었다. 집을 물려받은 하인은 여러 명의 첩을 뒀고, 그중 가장 어린 소녀를 목 졸라 죽였다. 그로부터 시작된 소문인지 아니면 세월이 꽤 지난 후, 그러니까 그 집에 입주하는 사람마다 사고를 당하거나 죽기 시작하면서 나돌기 시작한 이야기인지는 모르겠으나, 집에 원한 가득한 귀신들이 들러붙어 있다고 했다. 붉은 벽돌로 쌓아올린 굴뚝과 삼각형 모양의 녹색 지붕, 이층의 커다란 창문 두 개와 칠이 벗겨진 외벽, 원형 기둥 네 개가 받들고 있는 낡은 포치의 천장과 널찍한 테라스, 문이 삐걱거리는 옷장과 곰팡이가 피어오른 벽지, 먼지 쌓인 옛 책들과 쓰다 만 노트들. 그 곳곳에 망자들의 혼이 스며들어 있다고 했다.

이선아도 망자들 중 하나가 되었다고 했다.

"그래서, 유령으로라도 만나보고 싶다, 뭐 이런 거야?"

전략이 소용없었던 모양이다. 내가 그 레지던스에 입주하게 되었다는 말을 꺼내자마자 친구가 그렇게 대꾸했으니까. 실제로 그 집에는 이선아의 물건이 많이 남아 있었다. 그녀의 이름이 적힌 책과 노트, 옷가지 몇 벌과 슬리퍼 등등. 이선아의 흔적을 목격한 사람들이 꽤 있었고, 심지어 사진을 찍어온 사람들도 있었다.

"사진이라니. 나 같으면 그냥 가져왔을 텐데. 톨스토이 기념관도 아니잖아!"

내가 말하자 친구가 그 집의 또다른 소문을 전해줬다.

"망자들은 평소에는 아주 조용해."

그러나 누군가 집안 물건에 손을 대면, 사람들을 해치며 자신들의 존재를 드러낸다고 했다. 집의 주인이 누구인지를 증명하기 위해서 말이다. 집을 떠나지 못하기에, 이곳에 영원히 남게 되었기에…… 이선아가 실종된 직후, 가족들은 그 집에 있던 그녀의 물건을 모두 치웠다. 그러나 곧 다시 가져왔다. 매일 악몽에 시달리고, 몸 어딘가를 계속 부딪히고 넘어져 다치는 바람에 어쩔 수 없이 돌려보냈다고 했다. 나는 이해하지 못했다. 겨우 그런 이유로 가족의 물건을 버린단 말인가. 상처와 악몽에 무슨 의미가 있다고. 그때 친구가 내게 했던 말을 지금도 종종 생각한다.

너도 결국 물건들에 의미가 있다고 생각하니까 그 집에 가려는 것 아니냐. 남겨진 것들의 흔적에서 무언가를 찾을 수 있다고 생각하니까 그러는 것 아니냐. 어떤 의미를 계속 찾아 헤매고 다니지 않느냐. 언제나 그것을 원하지 않느냐.

나는 어떤 대답도 하지 않았다. 전략적이었던 건 아니고, 그냥 맞는 말이라 그랬다.

하지만 정말로, 꼭 이선아의 흔적 때문에 입주했던 것만은 아니다.

"착각하신 것 같은데요."

지금도 그 탁하고 낮은 목소리를 기억한다. 말이 별로 없고 무뚝뚝한 여자였다. 구불거리는 긴 머리카락을 한데 묶어 틀어올리고 다녔다. 뭐랄까, 항상 나를 못마땅하다는 듯 쳐다보곤 했는데, 햇빛에 비친 그 눈동자에는 노란빛이 섞여 있었다. 나이는 나보다 조금 많은 듯했다. 어쩌면 어렸을지도 모른다. 집을 수리한다는 이유로, 딱딱한 말투로 전문적인 단어를 늘어놓는다는 이유로 막연히 나보다 연상일 거라고 생각했던 거니까.

그 여자는 이선아가 실종된 후 집주인이 다급히 채용한 관리인이었다. 원래도 오래된 집인 만큼 녹물, 누수, 보일러 고장, 정전 등 이런저런 문제가 많았는데 입주해 있던 사람까지 실종되니 꽤 당황했던 모양이다. 부정을 탔다고 생각한 걸까. 집주인은 일종의 부적처럼 그녀를 고용했다. 무슨 일이 있으면 곧장 집으로 찾아와 문제를 해결할 수 있도록 말이다. 쉬운 일은 아니었다. 마을은 시가지에서 버스를 세 번이나 갈아타야 할 만큼 멀리 떨어진 곳에 있었고, 그 마을에서 또 한참 걸어가야 나오는 숲 한가운데에 바로 그 집이 있었으니까. 이건 뭐, 거의 헌신에 가까운 근무조건이 아닌가 싶었고, 그래서 처음에 나는 그녀가 소문의 집주인일지 모른다고 살짝 의심했다. 사택을 레지던스로 개조해 오직 소설가들에게만 개방한 사람, 한 계절에 단 한 명만 머무를 수 있게 했다는 사람, 그러나 문단의 누구도 만난 적 없다는 바로 그 집주인 말이다. 누구도 대화해본 적이 없으니 그 집을 레지던스로 개방한 이유나 다소 특이한 운영 방식이 세워진 배경에 대해서도 알려진 바가 없었다. 모든 것이 은밀했다. 의미가 있어 보였다. 그래서 나는 몇 번의 만남 끝에 그녀가 집주인일지도 모른다는 의심을 폐기해 버렸다. 그녀에게는 비밀스러움이 없었다. 전혀. 완전히.

그날도 한밤중에 불려왔다는 것에 대한 짜증을 거의 숨기지 못하고 있었으니까.

물론, 그에 대해서는 나도 할말은 없다. 나 역시도 매우 신경질이 났으니까.

"아뇨, 착각 아니에요. 저는 손도 안 댔어요. 제멋대로 소리 나는 거라구요."

인터폰이 말썽이었다. 며칠 내내 밤마다 느닷없이 벨이 울렸는데, 초인종만 문제였다면 상관없었겠지만, 위급시에 관리인을 호출하는 벨까지 한꺼번에 울려서 사람을 곤란하게 했다. 인터폰이 문제를 일으킨 첫날, 그녀는 접촉 불량인 것 같다고 설명해줬지만, 다음에는 사무적인 태도로 다녀갔다. 세번째에는 인터폰에는 문제가 없다며 나를 가만히 쳐다봤다. 그다음날에는 아예 찾아오지 않았고, 그날은 이렇게 말했다.

"실수로 벨을 누르신 거 아닐까요."

맹세코 아니었다. 나는 인터폰에 손도 대지 않았다. 그러자 그녀가 냉담하게 대꾸했던 것이다.

"착각하신 것 같은데요."

내가 일부러 그러는 것 같다는 말투였는데, 당연히 아니었다! 나는 어린 시절에도 초인종을 누르고 도망치는 장난 따위는 안 했다. 그런 장난은 뒷감당에 아무 관심이 없는 애들이나 저지를 수 있는 거였다. 잡혀도 상관없고, 아니면 잡힌 다음 상대를 더 약올리고 싶은 애들 말이다. 나는 그런 유형의 아이가 아니었다. 물론 후회는 된다. 뒷감당 따위 하지 않아도, 혼나고 망신당하면서도 빙글빙글 웃을 수 있다는 걸 몰랐던 거니까. 그때는 세상이 무너지는 줄 알았지. 지금은 초인종 좀 누르고 도망친다고 해서 망가질 세상이라면 그냥 망가지는 게 낫겠다 싶지만, 물론 그렇다고 해서 이제 와 그런 장난을 치고 싶은 생각은 전혀 없었다. 내가 대체 왜, 관심도 없는 사람을 밤중에 왔다갔다하게 만들겠나! 그것도 매일매일! 나는 혼자 있고 싶은 사람이었다. 그것이 내가 그 집에 들어간 진짜 이유였다.

하지만 그녀는 나를 믿는 것 같지 않았다. 나를 슬쩍 흘겨보고서 한숨을 쉬더니, 인터폰을 지나쳐 거실 안쪽으로 발걸음을 옮겼다. 지긋지긋하다는 태도가 역력했다. 나는 뒤에서 그녀를 노려보았으나 아무 말도 못했다. 지금까지도 이해가 안 되는 사실이고, 그래서 억울하기 짝이 없는 일인데, 갑자기 그날 밤 욕실 벽에서 물이 새기 시작했던 것이다. 인터폰에 이어 갑자기 욕실 누수라니. 내가 생각해도 참…… 신뢰할 수 없는 화자였다.

거실을 가로질러가던 그녀가 갑자기 멈추더니 몸을 옆으로 살짝 비켜 세웠다. 그 바람에 나도 함께 멈춰 섰다. 왜 그런가 했더니, 소파와 좌탁 근처가 너무 지저분해서 어디에 발을 디뎌야 할지 몰라 망설이고 있는 거였다. 그곳에는 페디큐어 제품들과 보디로션, 비타민, 귀걸이 한 짝과 읽다 만 책들, 립스틱, 아이섀도, 지저분한 손수건, 뭉툭한 연필과 두툼한 노트 등 내 살림살이들이 펼쳐져 있었다. 바닥에도 물건들을 어지럽게 늘어놓은 상태였다. 나는 이층 침실까지 올라가는 게 귀찮아 소파에서 잠드는 날이 많았고, 그래서 언젠가부터 필요한 물건들 대부분을 다 근처에 갖다 뒀다. 원래 정리정돈을 잘 안 하기도 했지만 내 집이 아니라는 생각에 더 무심하게 지냈던 건데, 그래도 낯선 사람에게 너저분한 모습을 보이니 약간 창피하긴 했다.

지금이라도 바닥을 좀 치울까. 나는 속으로 생각하며 그녀의 눈치를 살폈다. 그러다 그녀가 어딘가를 뚫어지게 보고 있다는 걸 알았다. 나는 그 시선을 따라 고개를 돌렸다. 책들이 있었다. 먼지 가득한 벽장에서 꺼내 늘어놓은, 바로 이선아의 책들이었다.

하지만 내가 잘못 본 걸까. 어느새 그녀는 책과 잡동사니들을 넘어 빠르게 앞으로 걸어갔고, 욕실로 들어가 문을 쾅 닫았다. 따라 들어갈 생각도 없었는데 눈앞에서 문이 그렇게 닫히자 살짝 민망했다. 그래서 보는 사람이 아무도 없는데도, 나는 아무 일 없었다는 듯 태연하게 뒷걸음질쳤다. 그러다가 바닥에 놓인 클립 상자를 밟았다. 클립들이 쏟아져나왔고, 나는 한숨을 쉬며 엉거주춤한 자세로 바닥에 주저앉았다. 그 순간 현관에서 지직거리는 소리가 들렸다. 매일 밤 인터폰이 저절로 켜지면서 들려오던 소리. 주파수를 잘못 맞춘 라디오에서 흘러나올 법한 소리. 곧 초인종이 울릴 차례였다. 나는 황급히 욕실 문을 두드렸다.

"봐요! 인터폰에서 소리가 나잖아요!"

하지만 그녀는 반응이 없었다. 나는 욕실 문손잡이를 잡았다. 마음이 급했다. 그녀에게 벨소리를 직접 들려줘야 했다. 민요 같기도 하고 동요 같기도 한 그 멜로디를.

그때였다. 누군가 현관문을 두드렸다. 나는 인터폰 앞으로 다가갔다.

"누구세요?"

답이 없었다. 누구세요? 여전히 답이 없었다. 인터폰은 옛날식이라 화면이 없고 마이크와 스피커만 있었다. 밖을 확인하는 방법은 현관문의 외시경을 들여다보거나 직접 문을 열고 나가보는 것밖에 없었다. 귀찮아 죽겠네. 나는 중얼거리며 현관문으로 다가가 외시경에 눈을 가져갔다. 역시 밖에는 아무도 없었다. 어둠뿐이었다.

그 순간 쾅쾅하는 소리와 함께 현관문이 흔들렸다. 나는 깜짝 놀라 뒤로 물러섰다. 문밖에서 웃음소리가 들렸다. 그리고 어딘가로 후다닥 달아나는 소리. 이 동네 아이들이 틀림없었다. 초인종을 누르고 도망가는 것이다. 아, 어쩌면 이 아이들일지 모른다. 어떻게 했는지는 모르겠지만 얘들이 인터폰을 건드린 것이다. 이 자식들, 뒷감당에 아무 관심이 없지? 내가 감당하게 해주마.

나는 벌컥 문을 열었다.

아무도 없었다. 아이들은 이미 멀리 도망간 듯했다. 조용했다. 밤바람에 풀잎이 흔들리는 소리만 났다. 숲의 송진 냄새가 콧속으로 밀려들었다. 나는 그 냄새를 맡으며 잠시 가만히 서 있었다. 그리고 소리쳤다.

"한 번만 더 그러면 가만 안 둔다!"

그리고 돌아섰는데 그녀가 나를 빤히 바라보고 있었다.

나는 설명했다. 아이들이 장난을 친 것 같다. 아무래도 그애들 때문에 벨이 계속 울리는 것 같다. 나는 사실을 이야기할 뿐이었는데, 어쩐지 변명하는 느낌이 들었다. 그녀가 심드렁한 말투로 내게 대꾸했다.

"이 밤중에 애들이 여기까지 왔다구요? 착각이시겠죠."

그해 여름, 나는 그 집에 갔다.

이선아의 흔적을 찾고 싶었다.

사람들은 그렇게 생각했고 나는 부정하지 않았다. 완전히 틀린 말은 아니었으니까.

덕분에 지난 일 년간, 내가 단 한 줄도 쓰지 못했다는 사실을 숨길 수 있었다.

누구에게도 들키지 않을 수 있었다.

2

이선아의 물건은 대부분 추리소설이었다. 애거사 크리스티, 코넌 도일, 존 딕슨 카, 윌리엄 아이리시, 그리고 G. K. 체스터턴. 거의 반백 년도 더 전에 인기를 누렸던 작가들의 번역본들이 집 한 켠에 잔뜩 쌓여 있었다. 그 외에 오르골, 연필깎이, 손목시계, 이가 빠진 찻잔 같은 것들도 있었지만 서명이 없어서 이선아의 물건이 맞는지 확신할 수는 없었다. 상관없었다. 어차피 내가 궁금한 건 책이었다. 체스터턴의 책이 가장 많았다. 그가 쓴 가장 유명한 추리소설인 브라운 신부 시리즈 외에 시집과 평론집, 에세이, 전기문까지 있었다. 이선아는 그를 꽤 좋아한 모양이었다. 그중 시집들은 한눈에 봐도 희귀 서적이라는 사실을 알아챌 만큼 오래된 원서였고, 평론집과 에세이도 마찬가지였다. 그에 대한 국내 학술 자료와 영어 논문까지 있었다. 이선아는 컨트리 음악이 아니라 체스터턴에 대한 이야기를 쓰려 한 것 같다는 생각이 들 정도였다.

관리인이 집을 떠난 직후, 그러니까 욕실 누수가 생각보다 심각해서 공사를 해야 할 것 같다는 심란한 말을 하고 사라지자마자 나는 거실 소파에 앉아 체스터턴의 『고백』을 마저 읽기 시작했다. 브라운 시리즈의 마지막 권이었다. 이야기는 뒤로 갈수록 흥미진진해졌다. 브라운 신부가 사건의 정황을 그려내기 시작했을 때부터는 책에서 거의 눈을 뗄 수 없었다. 그가 우산 끝으로 바닥을 두드릴 때면 더더욱 그랬다. 그가 중요한 말을 한다는 예고였기 때문이다. 날카로운 시선으로 상황을 파악하고 용의자를 가려내 숨겨진 진실을 드러낼 거라는 뜻이었다.

또다시 브라운 신부가 우산으로 바닥을 두드렸다. 나는 아랫입술을 깨물었다. 드디어 동기가 밝혀질 것이다. 왜 이런 일이 벌어졌는지, 어쩌다 이렇게 된 건지 알 수 있을 것이다.

그러니까, 나는 사실 슬럼프 자체는 별로 괴롭지 않았다. 원래 영감이 미친듯이 샘솟는 유형의 작가도 아니었고, 많이 쓰는 편도 아니었다. 그러면서도 사람들에게 사실을 털어놓지 않은 이유는, 오만하다, 거짓말하지 마라, 허세 부리지 마라, 이런 말들이 되돌아올 것 같았기 때문이었다. 상상만 해도 싫었다. 왜냐하면, 그래, 솔직히 허세가 아닌 건 또 아니었거든.

아니, 글이 안 써지는 건 어차피 즐거운 일이 아닌데 굳이 그 속내를 들켜가면서까지 스트레스를 받아야 하나……? 어차피 내 고통인데 굳이 누군가와 공유를 해야 하나……? 다들 대신 써줄 것도 아니잖아? 그래서 다음 장편소설을 준비한다는 핑계로 석 달을 놀았다. 같은 핑계로 석 달을 더 놀았고, 이후 석 달을 또 그렇게 했다. 그러자 장편소설은 어떻게 되어가냐고 묻는 사람들이 늘어났다. 빚 독촉을 받는 기분으로 지내는 건 진짜 좀 괴로웠기에, 그 집으로 도망쳤던 것이다. 사람들을 만나지 않아도 되는 곳, 혼자 있을 수 있는 곳. 덕분에 나는 매일 아침 고요히 일어나 시간을 보낼 수 있었다. 샤워를 마치고 거울을 보며 주문 외우듯 중얼거릴 수 있었다. 이것도 삶이다! 쓰지 않아도 내게는 삶이 남아 있다! 문학은 삶의 전부가 아니다! 물론 몇 분 후에는 그 비장함을 모두 잃어버린 채 거울에 비친 얼굴의 뾰루지를 바라보며 이렇게 중얼거리고 있었지만.

이것만 없으면 완벽한데. 음. 진짜 아름다워.

그때, 초인종이 울렸다. 나는 고개를 들었다. 노랫소리가 요란했다. 새벽 두시였다. 이 시간에 애들이 또 장난을 친다고? 나는 현관문으로 다가섰다. 그러나 이번에는 밖을 내다볼 필요도 없었다. 노랫소리가 툭 끊어졌던 것이다. 가위로 리본을 잘라낸 것처럼 소리는 순식간에 쓱 사라졌다. 나는 다시 소파로 돌아와 책을 집어들었다. 집중이 되지 않았다. 노래가 계속 머릿속에서 맴돌았다. 어디선가 들어본 것 같기도 했고, 새삼스럽게 낯설기도 했다.

나는 『고백』의 책장을 스르륵 넘겨보았다. 페이지가 가벼운 바람을 일으키며 반대편으로 넘어가다가 역자가 쓴 해설 부분에서 멈췄다. 읽던 페이지로 되돌아가려던 나는 그 글의 한 구절에 시선을 멈췄다. 밑줄이 그어져 있었다.

"체스터턴은 평생 자신을 시인이라고 생각했다. 그럼에도 불구하고 사람들은 그를 브라운 신부 시리즈의 작가로 기억한다."

그리고 그 문장 옆에 작은 글씨로 이렇게 쓰여 있었다.

'화이트 호스white horse'

어라? 문득 생각나는 것이 있었다. 나는 바닥에 나뒹구는 책들을 뒤적였다. 역시 있었다. 『더 발라드 오브 더 화이트 호스*The Ballad of the White Horse*』.

체스터턴의 시집들 중 하나였다. 아마도 그 메모는 이 시집을 가리키는 듯했다.

그런데 이선아는 왜 이런 문장에 밑줄을 쳤을까. 이 의견에 동의

했던 걸까? 대체 무슨 의미가 있는 거지? 나는 시집을 심각하게 들여다보다 피식 웃었다. 됐어. 무슨 상관이야. 체스터턴에 대한 평가는 저 문장이 다가 아닐 터였다. 그를 시인으로 생각하는 사람들도 무수히 많을 것이다. 그리고 언제부터 이런 글귀에 신경을 썼다고.

나는 시집을 내려놨다. 그럼에도 불구하고, 나는 그 시집에서 눈을 떼지 못했다. "그럼에도 불구하고". 그 구절이 자꾸 마음에 걸렸다.

그때로부터 일 년 전, 그러니까 슬럼프가 오기 전 나는 장편소설 한 권을 출간했다. 고속버스 휴게소에서 버스를 놓친 여자의 이야기였다. 휴게소에 들어오는 다음 버스를 찾아 어떻게든 집에 돌아가려 벌이는 소동극이었다. 쓰는 내내 즐거웠다. 끊임없이 농담을 늘어놓는 기분이었고, 가능하다면 그 기분이 오래 지속되기를 바랐다. 나는 그 소설이 좋았다. 제법 괜찮은 소설이라고 생각했다. 그러나 모든 것은 내 예상과 달랐다.

그 이후부터, 나는 한 줄도 쓸 수 없었다.

나는 계속 책을 뒤적였다. 혹시 화이트 호스의 의미를 알 수 없을까? 누군가 연구한 사람이 있지 않을까. 그러나 『더 발라드 오브 더 화이트 호스』는 한국어 번역본이 없었다. 혹시 이것도 농담인가…… 대신 나는 한국어 논문 두 편을 발견했다. 체스터턴이 '화이트 호스'라는 시어를 어떤 식으로 활용했는지에 대한 내용이었다. 당연히 재미없어 보였고, 그래서 결코 읽고 싶지 않았지만 영어사전을 뒤적거리며 시집을 더듬더듬 읽어나가는 것보다는 나을 것 같았다. 그리고 어쨌든 논문이라면 똑똑한 사람이 썼을 테니, 내가 어설프게 독해하는 것보다야 낫겠지. 나는 읽기 시작했다. 그리고 오 분도 지나지 않아 지루해졌다. 한 번도 들어본 적 없는 철학 이론과 도저히 해독할 수 없는 도식이 계속 등장했는데, 이게 문학 논문인지 공학 논문인지 알 수 없었다. 한국어 논문인지조차 의심스러워서 중간에 표지를 두 번이나 확인했다. 아, 진짜, 진심으로 무슨 말인지 전혀 알아들을 수 없었다. 그래도 간신히 이해한 걸 요약하면 다음과 같았다. 화이트 호스는 하늘에서 내려온 영적 존재, 혹은 구원이나 선물을 의미하는 것으로 체스터턴은 그 뜻을 활용하여 시를 썼다.

전통적이고 신화적인 발라드.

그러나 이 결론만으로는 이선아가 책 속 밑줄 옆에 왜 '화이트 호스'라는 메모를 적었는지 알 수 없었다. 어떤 힌트도 되지 않았다. 백마 탄 왕자님의 의미만 쓸데없이 깊이 알게 된 것 같았다.

다음날, 이른아침 산책에서 돌아오자마자 문 앞에서 그녀를 만났다. 그녀에게서도 물기 가득한 풀냄새가 났다. 나는 새벽에 초인종이 또 울렸다는 이야기를 했다. 그녀는 무관심한 표정으로 인터폰을 대충 한번 쳐다보며, 욕실에 있을 테니 만일 벨이 울리면 불러달라고 했다. 그때 다시 보겠다고 말이다. 인터폰이 저절로 작동하는 걸 직접 보기 전에는 내 말을 믿지 않겠다는 뜻이었다.

나는 기분이 좋지 않았지만, 따져보면 그럴 만하다고도 생각했다. 저 사람 입장에서는 소설가랍시고 들어와 있는 사람이 멀쩡한 인터폰을 타박하고, 동네 애들을 흉보고 있었으니까. 옛날 책들을 꺼내 바닥에 늘어놓은 채 빈둥대고, 정리정돈은 물론 청소도 하지 않고.

흠.

내가 생각해도 그녀가 굳이 나를 믿을 이유는 없을 것 같았다. 오해를 바로잡을 방법은 현장을 보여주는 것뿐이었다.

"그래, 그거야 어렵지 않지."

나는 중얼거리며 거실 소파에 누웠다. 나는 사실을 말하고 있었고, 벨은 조만간 또 울릴 테니 말이다. 그때를 기다려야 했다. 그녀는 그전까지 나를 절대 믿지 않을 것이 분명했다. 타인에 대한 판단을 끝낸 사람에게는 이런저런 설명을 해봤자 아무 소용이 없다는 걸 나는 알고 있었다.

첫 장편소설을 출간할 즈음, 나는 꽤 긴장해 있었다. 그 작품에 나름대로 자신이 있었지만 혹평을 피할 수 없다고 생각했다. 나는 이미 몇몇 문예지의 리뷰 코너에서 등단작인 단편소설에 대한 거센 비판을 마주한 적이 있었다. 남자 두 명이 폐쇄된 도시의 방안에 갇혀서 죽어가는 설정이었는데, 죽음을 다루는 태도가 지나치게 낭만적이라고 했다. 남자 캐릭터를 그런 식으로 사용하는 건 정치적으로 올바르지 못하다나. 어떻게 등단했는지 의아할 지경이었다. 그래서 장편소설을 쓴 후에도 비슷한 이야기를 듣게 되리라 생각했다. 내가 열심히 쓴 작품을 다른 사람들도 소중하게 여겨주면 좋겠지만 세상살이가 뭐 그렇게 돌아가는 건 아니니까. 그래서 장편소설을 출간하며 바짝 긴장했던 것이다. 이런저런 경우의 수를 따져가며 상처받지 않을 준비를 했다. 나는 생각했다. 사람이 어떻게 칭찬만 받고 사니. 소설가가 작품 좀 비난당했다고 유치하게 화내면 안 되지. 소설가라면 자고로 대범해야지. 그릇이 커야 돼. 그리고 또 생각했다. 왜 화를 내면 안 되는데! 열받는 건 열받는 거지. 내가 무슨 보리수나무 밑에 앉아 있나. 필요 없어. 데스 노트를 쓸 거다. 매일 밤 부두 인형을 끼고 춤을 출 거다.

그러나 이런 생각을 하고 나면 고상하지 못한 짓을 한 것 같기도 하고 죄책감도 들어서 도서관에 가 철학책 같은 걸 대출하곤 했다. 『소수자의 문학을 위하여』나 『작가의 영도』 같은 책, 그리고 '저자의 죽음' 같은 표현이 난무하는 그런 책들. 물론 끝까지 읽은 적은 한 번도 없었지만. 어쨌든 책이 나오던 시기, 나는 나름대로 생각이 많았다. 툭하면 다짐하듯 되뇌었다. 그 소설에 대해 나보다 더 많이 생각한 사람은 없다. 나보다 더 많이 고민한 사람은 없다. 나는 쓰고 싶은 이야기가 있었고, 내게 진실된 이야기였고, 그래서 썼다. 이 이야기의 의미는 나만이 안다. 내가 뭘 했는지 나는 안다. 이건 내 것이다. 그러나, 정말로 모든 것은 내 예상과 달랐다.

사람들은 내 소설을 지나치게 좋아했다.

그 순간, 초인종이 울리기 시작했다. 나는 소파에서 벌떡 일어나 인터폰 앞으로 달려갔다.

"누구세요?"

대답이 없었다. 걸렸군, 걸렸어. 나는 욕실 문을 두드렸다.

"벨이 울려요!"

그녀는 안에서 뭘 하는지 답이 없었다. 나는 다급히 욕실 문을 밀어 열었다. 그리고 잠시, 멍하니 눈앞의 광경을 바라보았다. 타일을 뜯어낸 벽 표면에 축축하게 젖은 검은 곰팡이들이 가득했다. 퀴퀴한 냄새가 공기를 꽉 메우고 있었다. 이 사람 뭐하는 거야? 이런 상황에서 문을 닫고 일한단 말이야? 그러나 지금 당장 중요한 건 그게 아니었다. 나는 그녀를 불렀다.

"지금 소리 난다니까요!"

이번에도 그녀는 답이 없었다. 나는 그녀의 어깨를 손끝으로 탁탁 가볍게 쳤다. 그녀가 고개를 돌렸다. 귀에 이어폰이 꽂혀 있었다. 그제야 음악소리가 내게도 전해졌다. 엄청 시끄러운 음악 같았다. 빠른 박자와 리듬으로 쉴새없이 몰아붙이는 노래였다. 초인종 소리는 이미 멎어 있었다. 내 표정이 좋지 않았는지, 그녀는 군소리 없이 밖으로 나와 인터폰을 살폈다. 훑어보고 버튼 여러 개를 눌러보더니 플라스틱 본체를 떼어냈다. 심상한 표정으로 안쪽을 바라보던 그녀가 중얼거렸다.

"별문제가 없는데……"

"아니에요."

나는 설명했다. 분명 소리가 들렸다. 밖에 아무도 없었다. 내가 확인했다. 분명 인터폰에 문제가 있다. 그냥 벨소리도 아니고 동요인지 민요인지 알 수 없는 멜로디가 계속 반복된다. 제대로 좀 봐달라. 그리고 강조해 덧붙였다. 관리인 호출 벨도 이런 식으로 느닷없이 울린 거다. 그러나 그녀는 여전히 무덤덤한 표정으로 나를 보고 있었다. 나는 슬슬 화가 났다. 이렇게까지 말하는데도 믿지 않는단 말인가. 뭐라고 한마디 쏘아붙이려는 순간, 그녀가 말했다.

"이 집 초인종은 신호음이에요. 노래는 안 나와요."

그녀가 인터폰 안쪽의 장치를 눌렀다. 딩동, 하는 벨소리가 짧게 울렸다.

노래는 들리지 않았다.

입맛이 없었다. 부엌에 악취가 가득했다. 욕실에서 흘러나오는 냄새 때문이었다. 하지만 진짜 문제는 냄새가 아니라 소리였다. 대체 그 노래는 뭐란 말인가.

나는 늦은 점심으로 먹으려 식탁에 차려놓은 커피와 식빵을 내려다보다 인상을 찡그렸다. 악취가 커피 향과 섞이며 더 괴상한 냄새를 풍기고 있었다. 나는 커피를 싱크대에 버리고 빵만 챙겨 거실로 나왔다. 바닥에 늘어놓은 책들이 보였다. 순간, 살짝 섬뜩했다. 혹시 이선아?

내가 자신의 물건을 건드려서 화가 난 걸까. 노래는 내게 보내는 경고였던 걸까. 더는 건드리지 말라고, 아무 짓도 하지 말라고.

하지만,

나는 소파에 등을 기댔다. 좌탁에 발을 올렸다. 빨갛게 칠한 엄지발톱이 형광등 불빛에 반짝였다.

"귀신치고는 어설픈데?"

겁을 주고 싶었다면 진작 눈치채게 했어야지. 한 달 동안 음악 소리만 듣게 하다니 귀신이 너무 물러터진 거 아닌가. 가위에 눌리거나, 오밤중에 물벼락을 맞거나, 그 정도는 되어야 무섭지. 아닌가? 다른 현상들도 있었는데 내가 못 알아챈 건가? 욕실에서 쿵쿵대는 소리가 들려왔다. 나는 양손으로 얼굴을 감싸쥐었다. 누수 공사에 대해 전혀 아는 바가 없으니 뭐라 따질 말도 없었다. 그러자 문득 그런 생각이 들었다. 어쩌면 이 모든 것이 다 저 관리인의 계략일지도 모른다. 나를 내쫓기 위해 일부러 인터폰에 이상한 장치를 심은 것이다. 그렇게 관리실 인터폰이 시도 때도 없이 울리게 하고, 이상한 노래가 들리게 하고…… 이러다 나중에는 저 형광등도 깜박이고 천장에서 이상한 소리도 나고 그림자도 왔다갔다하고 그러는 거 아니야? 그래서 내가 이상하다고 말하면 그녀는 아니라고 하겠지. 이렇게 말하겠지. 너무 예민하신 것 같아요.

재밌네.

그러자 갑자기 식욕이 확 돌았다. 나는 다 식은 빵을 한입 베어 물었다. 퍽퍽하고 질겨서 맛은 없었지만, 먹기 시작하니 괜찮았다. 나는 빵을 재빨리 먹어치운 뒤 좌탁에 올려둔 노트북을 집어 들었다. 진짜로 그런 일이 가능한지 찾아보기 시작했다. 먼저 가짜 인터폰을 검색했다. 별다른 내용은 없었다. 다음으로는 노래가 나오는 인터폰을 검색했다. 부동산 매매와 관련한 결과들만 떠올랐다. 그러다 인터폰에 얽힌 도시 괴담 몇 편을 발견해서 정신없이 읽었다. 이런 내용이었다. 집 초인종이 울리는데 인터폰 화면에는 아무것도 보이지 않고, 벨소리는 계속 이어지고. 딩동, 딩동, 딩동, 딩동, 딩동, 딩동.

그 외에는 별것이 없었다. 검색어를 바꿔가며 찾아봤지만 정말로 이렇다 할 결과가 없었다. 포기하고 노트북을 덮으려는 순간, 갑자기 의문이 들었다. 그런데 하필이면 왜 그 노래지? 왜 그 노래만 들리는 거지?

나는 동요를 검색했다. 당연히 엄청나게 많은 결과가 쏟아졌다. 민요로 검색어를 바꿨다. 역시 마찬가지였다. 제목도 가사도 없이, 일부 멜로디만으로 노래를 찾기란 불가능했다. 나는 눈을 감고 그 멜로디를 떠올렸다. 단순하고 반복적이고, 박자는 빨랐다.

어릴 때 멋모르고 따라간 교회나 성당에서 들었을 법한 노래.

나는 영어 동요를 검색했다. 결과는 비슷했다. 다만 범위를 정했기 때문인지 처음보다는 수월했다. 이 멜로디가 들어맞는 어떤 것 하나만 찾아내면 될 것 같았다. 어딘가 분명 하나쯤은 있을 것이었다. 나는 웹 사이트와 블로그 여기저기를 돌아다녔다. 그러다가 홈페이지 하나를 찾아냈다. 영어 동요들이 A부터 Z까지 제목별로 다 정리되어 있었다. 수천 곡은 되는 것 같아서 보기만 해도 기가 질렸다. 하지만 어차피 할일도 없었다. 나는 노래를 하나씩 클릭해서 듣기 시작했다. 몇 초를 듣고 창을 닫았다. 다음 노래를 듣고 닫고, 다음 곡을 듣고, 또 닫고. 목이 뻐근해지고 노래들이 뒤섞이며, 어떤 노래가 어떤 가락인지 모르겠고 내가 기억하는 노래가 대체 뭔지도 모르겠다는 생각이 들 무렵, 익숙한 멜로디가 귀에 들려왔다. 나는 노래 제목을 확인했다.

She'll Be Coming Round the Mountain.

분명 이 노래였다! 이 노래의 멜로디가 계속 반복되어 들리고 있었다. 나는 'She'll Be Coming Round the Mountain'을 따로 검색했다. 미국의 전래동요였다. 가사도 찾을 수 있었다. 나는 설명을 조금 더 읽었다. 지역 민요, 포크송, 그리고……

컨트리 음악?

나는 슬며시 고개를 들었다. 기분 탓이겠지만 어쩐지 주위가 썰렁하게 느껴졌다. 나는 다시 모니터로 시선을 돌렸다. 노래의 가사를 읽었다.

그녀는 산으로 돌아올 거라네.

그녀는 여섯 마리 화이트 호스를 타고 돌아온다네.

돌아온다네. 돌아온다네.

화이트 호스.

우연치고는 지나치게 자주 보는 단어였다. 나는 좌탁 아래 내팽개쳐둔 체스터턴의 시집을 집어들었다.

'더 발라드 오브 더 화이트 호스'

소설을 쓰기 전까지, 그러니까 등단을 해서 이쪽 업계의 추상적인 언어들이 머릿속에 밀려들기 전까지 내게 있어 '발라드'는 그저 '노래'라는 뜻이었다.

나는 키보드를 눌렀다.

"여섯 마리 화이트 호스" 그리고 "노래".

다시 한번 많은 노래들이 눈앞에 쏟아져나왔다. 어젯밤 그 논문에 따르면 화이트 호스는 전통적으로 고정된 의미를 지닌 단어였다. 당연히 수백 곡이 있을 터였다. 우리도 '임'을 찾는다는 노래라면 셀 수 없이 많으니까. '화이트 호스'가 등장하는 시와 노래를 연이어 찾아낸 건 그렇게 유난스러운 일이 아닐 것이었다. 그저 우연에 불과했다. 정말 우연일 것이었다. 분명히……

그때 눈에 들어오는 내용이 있었다.

밥 딜런, 〈Absolutely Sweet Marie〉.

컨트리 뮤직. 컨트리 음악가. 나는 빠르게 페이지를 아래로 스크롤했다. 역시나 익숙한 표현들이 눈에 들어왔다. 저항과 젊음의 상징, 노벨문학상, 혁명의 시. 나는 그 정보들을 빠르게 넘겼다. 그가 어떤 가수인지는 나도 대충 알았다. 내가 알고 싶은 건 이 노래의 가사였다. 설마, 이 노래에는 없겠지. 없을 거야. 나는 중얼거리며 페이지를 넘겼다. 그리고 손가락을 멈췄다. 드디어 가사가 보였다.

당신이 약속한 여섯 마리 화이트 호스. 오늘밤 당신은 어디에 있지?

"선생님."

나는 흠칫 놀라 고개를 들었다. 먼지투성이의 그녀가 눈앞에 서 있었다. 그녀가 내게 말했다.

"이쪽으로 좀 와보세요."

무섭지 않다는 말을 하기에는 약간 늦은 것 같았다.

욕실 벽에 구멍이 나 있었다. 검고 흉측하고 심란했다. 뭔가 악독한 것이 이쪽으로 흘러들어올 것만 같았다. 그녀가 말했다. 근원지를 찾다보니 이렇게 됐다고. 자기도 이런 상태를 예상하지 못했다고.

"아무래도 시간이 꽤 걸릴 것 같아요."

공사를 완료하는 데 일주일 정도 걸릴 것 같은데, 누수 발생 지

점이 욕조 옆이라 샤워를 하기는 어려울 거라고 했다. 변기는 쓸 수 있지만, 때에 따라 화장실에 못 들어가는 경우도 생길 거라고 했고, 벽을 다 들어내고 배관을 고쳐야 하기 때문에 매우 지저분하고 복잡할 거라고도 했다. 집에 머무르기 불편할 거라는 이야기였다. 지금 생각해보면, 그녀는 나름대로 나를 배려했던 것 같다. 만일 계속 집에 남아 있는다면 소음과 먼지, 탁한 공기를 감수해야 한다는 사실을 말해줬던 거니까. 하지만 그 시기 나는 정체를 알 수 없는 음악소리에 시달리고 있었고, 내 말을 믿지 않는 그녀에게 어느 정도 감정이 상해 있었기 때문에 그저 모든 것이 거슬렸다. 만일 남아 있기를 선택한다면 어떤 불평도 하지 말라는 말로 들렸던 것이다. 어차피 마음에 드는 선택지는 없었다. 나는 대답했다.

"저는 괜찮으니까 수리해주세요."

천천히 해주셔도 된다거나, 저는 신경쓰지 않으셔도 된다는 빈말은 덧붙이지 않았다. 빨리 처리해줬으면 좋겠다는 말만 했다. 뻔뻔해 보였으면 좋겠다는 생각으로 건넨 말이었는데, 그녀는 별 반응이 없었다.

이후 며칠은 그녀의 예고대로였다. 화장실 바닥에 물을 흘리지 말라거나 변기 사용을 자제해달라거나 마른 수건으로 세면대를 닦고 나오라거나, 그런 것들은 대체로 적응할 만했다. 녹슨 배관이 드러난 벽 안쪽의 광경도 처음 봤을 때만큼 흉측하지는 않았다. 그렇다고 해서 거슬리지 않는 건 아니었다. 변기에 앉아 오줌을 싸고 있을 때면 그 휑한 구멍에서 바퀴벌레나 쥐가 기어나올 것 같은 음습한 상상이 밀려들곤 했으니까.

견디기 힘든 건 소음이었다. 드릴로 벽과 바닥을 부수는 소리가 머릿속을 함께 흔들었다. 이틀이면 된다고 했지만 소음은 나흘째까지 이어졌다. 드릴 소리가 멈추면 뭔가를 쾅쾅 두드리는 소리가 났고, 그 소리가 멈추면 다시 드릴 소리가 났다. 그리고 모두 멈췄다 싶은 순간, 어딘가를 박박 긁는 소리가 들려왔다. 그래도 나는 조금만 참으면 된다는 생각으로 견뎠다. 그렇게 닷새째가 되자 어느 정도 보상이 돌아오는 듯했다. 소리는 멎었고, 욕실에는 벽이 다시 생겼다. 그녀가 이제 누수 점검만 하면 끝난다는 말을 했을 때, 나는 그녀를 거의 끌어안을 뻔했다.

그러나 다음날 오후, 나는 벽이 부서지는 소리에 낮잠에서 깼다. 그녀가 욕실에서 피곤한 표정으로 나를 맞이했다.

"무슨 일이에요?"

"물이 또 새고 있어요."

그녀가 대답했다.

"네? 왜요?"

나는 다급히 물었다. 그러나 그녀는 대답하지 않았다. 피곤한 얼굴로 나를 한번 쓱, 쳐다보더니 눈앞에서 욕실 문을 탁 닫았다. 이어 벽을 부수는 소리가 들려오기 시작했다. 나는 머리끝까지 화가 났다. 나야말로 그녀를 믿을 수 없었다. 분명 일주일이면 된다고, 다 끝났다고 아무렇지 않게 말하더니 이제 와서 다시 물이 새고 있다고? 그녀에게 따져야겠다고 생각했고, 나는 욕실 문손잡이를 거세게 잡아 쥐었다.

그 순간, 현관문을 쾅쾅 두드리는 소리가 났다. 그리고 웃음소리. 낮고 괴상한, 장난기 가득하지만 어쩐지 잔인하게 느껴지는 웃음소리. 나는 천천히 걸음을 뗐다. 문 앞으로 다가섰다. 심호흡을 했고, 외시경에 눈을 댔다. 아무도 보이지 않았다. 누구도 없었다. 그래서 조심스레 뒤로 한 발짝 물러선 순간, 〈She'll Be Coming Round the Mountain〉의 멜로디가 들려오기 시작했다.

돌아온다네. 돌아온다네. 돌아온다네!

귓속이 온갖 소음으로 가득찼다. 웃음소리. 노랫소리. 쾅쾅 두드리는 소리. 바닥이 흔들리는, 집이 무너지는 듯한 이명. 돌아온다네. 돌아온다네. 화이트 호스. 정말로 더는 참을 수 없었다.

나는 문을 열고 밖으로 나왔다.

햇빛은 강하고 뜨거웠다. 얼마나 걸었는지 모르겠다. 정수리 한가운데가 뜨겁다는 생각뿐이었다. 숲 깊은 곳으로 들어갈수록 송진 냄새가 진해졌다. 나는 계속 심호흡을 하며 걸었다. 여름 숲의 싱그러운 향기가 몸안으로 밀려들었다. 소나무 냄새가 상쾌했다. 하지만 그것으로는 역부족이었다. 머릿속이 시끄러웠고, 여전히 화가 났다. 일주일이면 다 해결된다고? 인터폰에는 문제가 없다고? 나는 신경질적으로 팔을 휘둘렀다. 나뭇잎들이 손끝에 마구

스쳤다. 이젠 정말로 도저히 참을 수가 없었다. 나는 그저 집에 가만히 앉아 시간을 보내고 싶었을 뿐이다. 내가 바란 건 겨우 그것뿐이었다. 대체 뭐가 문제지? 뭐가 그렇게 잘못된 거지?

그때 손바닥에 끈적끈적한 것이 달라붙었다. 송진이었다. 나는 짜증이 치밀었지만 급한 대로 바닥에서 마른 나뭇잎을 찾았다. 그러나 그 나뭇잎도 끈적거렸다. 결국 양손에 송진이 잔뜩 묻고 말았다. 나는 신경질적으로 손을 털었다. 그러다가 오른손을 어딘가에 부딪혔다. 돌아봤을 때는 이미 늦은 뒤였다. 와장창 소리와 함께 떨어진 그릇이 땅바닥을 뒹굴고 있었다. 송진과 더러운 빗물, 먼지와 새똥으로 가득한 그릇이었다. 그제야 주변 풍경이 눈에 들어왔다. 숲속의 소나무들 모두 수피가 조금씩 벗겨져 있었는데, 그 자리마다 구멍이 파여 있었다. 그 구멍 아래 받쳐놓은 그릇으로 송진이 흘러내리고 있었다. 흘러넘친 점액이 그릇을 타고 떨어지며 허옇게 굳는 바람에 땅바닥도 지저분했다. 송진에 들러붙은 벌레들이 더듬이와 다리를 흔들고 있었다. 숲속의 청량함은 진작 날아가버렸다. 송진 냄새가 피비린내처럼 느껴졌다. 헛웃음이 나왔다. 어떻게 이렇게 다 괴상한 풍경들뿐이지? 기가 막혔다. 이런 곳에 숨어 있으려 했다니. 이런 곳에 내 시간을 숨겨두려 했다니. 나는 고개를 저었다. 쓸데없이 반성적이고 교훈적인 기분이 드는 것까지 어처구니가 없었다. 뭐랄까, 사람들이 내 소설을 보고 사유를 추구하는 윤리적 자세를 운운했을 때와 비슷한 기분이었다. 현대인의 복잡한 내면을 그려냈다는 이야기를 들었을 때와 똑같은 심정이었다. 물론 그때도 말이 안 된다고 생각하지는 않았다. 해석의 가능성은 무한한 법이니까. 그리고 나는 운이 좋았다. 누군가는 좋은 소설을 쓰고도 혹평을 받았고, 누군가는 아예 관심조차 받지 못했다. 잘 쓴다고 해서 모두 소설가가 될 수 있는 것도 아니었고, 버티다못해 사라지는 작가들도 수두룩했다. 대체 무엇이 작가를 작가로 만드는 것일까. 그건 대체 무엇일까. 알 수 없었다. 다만 내가 운이 좋다는 건 알았다. 나는 정말 운이 좋았다. 뭐랄까. 그래. 그건 화이트 호스였다. 백마 탄 왕자님이었다. 그럼 어떻게 한단 말인가. 느닷없이 찾아와서 나를 공주처럼 대하는데*, 굳이 아니라는 말을 할 필요가 있나. 알아서 내 발을 털어주며 손을 잡아 계단 위로 이끄는데**, 엉덩이를 붙이고 있어야 되나. 물론 나는 작은 컵케이크를 만들었을 뿐이지만, 사람들이 그걸 10단짜리 대형 케이크로 생각하는 걸 굳이…… 해명해야 하나?

문제는, 어울리지 않는 옷을 입고 돌아다니는 건 좋았는데, 가끔 내가 진짜로 그런 사유를 추구하는 작가라는 생각에 휘말릴 때가 있었다는 것이다. 예를 들면 혼자 카페에 앉아 에스프레소를 시켜놓고 그런 생각을 하는 거였다. 예술은 고결한 작가에 의해 만들어지는 것인가. 아니면 작품이 훌륭할 때 그 작가도 함께 고결해지는 것인가. 고결함은 읽어낼 수 있는 것인가. 아니면 자연스럽게 읽히는 것인가. 에스프레소를 다 마시고 나면 위가 쓰렸고, 그런 나날

들이 이어지면서 점차 소설을 쓰기가 어려워졌다. 화이트 호스. 정말 대단한 선물이었다. 약속된 구원. 기다림. 오늘밤. 그러면 밥 딜런의 화이트 호스는 무엇이었을까. 어떤 의미였을까.

그도 원하는 것이 있었겠지. 그러니까 저항했겠지. 자신을 둘러싼 것들이 부당하다고 느꼈기 때문이었을 것이다. 화이트 호스는 저항의 대가로 받으려 한 것일 수도 있고, 그를 구슬리기 위해 상대가 약속한 것일 수도 있다. 그렇게 생각하자 뭔가 다르게 느껴졌다. 숨겨진 의미가 있는 것 같았다. 체스터턴에게 그랬듯 화이트 호스는 밥 딜런에게도 여전히 선물이었다. 하지만 밥 딜런에 이르러서는 그 노래의 품에 맞는 의미의 선물이 됐다. 그는 선물이 필요했고, 약속을 받아야만 했다. 그는 화이트 호스를 가져야만 했다.

이선아도 찾아 헤맸던 걸까. 흙투성이가 된 손바닥을 털며 나는 생각했다. 어쩌면 그녀는 찬사에서 벗어나 자신만의 무언가를 갖고 싶었던 건 아닐까. 다른 이들이 어떻게 생각하든, '그럼에도 불구하고', 스스로를 정의할 수 있는 것들. 노래를 부르는 사람, 쓰는 사람, 그러니까 오직 뭔가를 만드는 사람만이 바꿔낼 수 있는 새로운 의미, 그런 화이트 호스를.

흥분이 밀려들었다.

가슴이 두근거렸다. 이마의 땀이 식었다. 엄청난 걸 발견한 기분이었다. 아니, 발견한 것이 맞았다. 어쩌면 지금까지의 이야기를 바꿀 수 있을지 몰랐다. 바로 내 이야기를! 글을 쓰고 싶다는 충동이 일었다. 이럴 수가, 일 년 만이었다. 마음이 급해졌다. 메모를 해야 했다. 이 기분이 날아가기 전에, 이 느낌이 사라지기 전에 뭔가를 기록해야 했다. 나는 빠르게 발을 내디뎠다. 그 순간, 신발 밑창에서 질퍽한 무언가가 뭉개지는 느낌이 온몸으로 전해졌다. 나는 발을 들어올렸다. 흙과 함께 뭉쳐진 송진 덩어리가 신발에 끈적하게 들러붙어 있었다. 나는 길게 한숨을 쉬며 그 자리에 섰다. 다시 짜증이 밀려들었고, 뭘 쓰고 싶었는지 전혀 기억이 나지 않았다. 아무것도 쓰기 싫었다. 그저 빨리 돌아가 씻고 싶을 뿐이었다.

됐어.

뭐 살다보면 생각나겠지. 진짜라면.

내가 진짜를 발견한 게 맞는다면.

그러기 위해서는 일단 집에 돌아가야 했다.

3

숲에서 돌아왔을 때, 집안에는 정적이 감돌았다. 그녀를 불렀다. 조용했다. 나는 욕실로 갔다. 그녀는 없었다. 벽에 처참한 구멍이 다시 뚫려 있었다. 나는 금방이라도 무언가 튀어나올 것 같은 그 구멍을 잠시 바라보고 서 있었다. 그리고 욕실을 떠났다. 나는 다시 그녀를 불렀다. 대답은 없었지만 부엌 쪽에서 인기척이 느껴졌다. 나는 걸음을 옮겼다. 그녀가 귀에 이어폰을 꽂은 채 유리컵에 담긴 물을 마시고 있었다. 내가 싱크대에 다가서자 그녀가 고개를 들었고, 부엌에서 나가려 했다. 나는 손을 흔들어 괜찮다고 표시했다. 그리고 싱크대의 물을 틀었다. 송진은 잘 벗겨지지 않았다.

"따뜻한 물로 해보세요."

그녀가 귀에서 이어폰을 빼며 말했다. 뭐가 문제인지 안다는 말투였다. 나는 그녀 말대로 했다. 찬물로 씻어낼 때보다는 나았지만, 송진이 얼마나 많이 들러붙었는지 완전히 벗겨지지는 않았다. 끈적끈적한 느낌만 겨우 사라졌다. 아무래도 한 번 씻어서는 다 제거할 수 있을 것 같지 않았다. 나는 포기하고 수도꼭지를 잠갔다. 나를 위로해주고 싶었는지, 그녀가 자리에서 일어나 냉장고 문을 열었다. 그 바람에 이어폰이 핸드폰에서 뽑혀나갔다. 그녀가 다급히 핸드폰을 집어들었다. 하지만 뭔가를 잘못 눌렀는지 그녀가 듣던 음악이 부엌에 울려퍼졌다. 느리고 서정적인 템포의 노래였다. 그녀가 내게 물을 따라주며 멋쩍은 듯 웃었고, 노래를 끄려 했다. 나는 말했다.

"노래가 좋아요. 들어보고 싶어요."

진심이었다. 그 멜로디는 내가 그 집에 들어간 이후 처음으로 듣는, 제대로 된 노래였다. 해가 저물고 있었다. 그녀와 나는 식탁에 나란히 앉아 찬물을 마시며 함께 음악을 들었다. 주황빛 노을이 지며 햇살이 부엌으로 들어왔다. 나는 그녀에게 이 집에서 나가야 할 것 같다고, 그동안 신경써주셔서 감사하다는 말을 할 생각이었다. 하지만 입이 떨어지지 않았다. 내키지 않아서가 아니었다. 부엌으로 들어오는 햇빛, 부드럽게 퍼지는 음악, 손끝에 와닿는 유리컵의 차가운 촉감. 어쩐지 쓸데없는 말로 그 순간을 망치고 싶지 않았다. 그러던 중 노래의 후렴구에서 익숙한 단어가 흘러나왔다. 화이트 호스. 그렇다. 이후 내가 찾아보게 될, 바로 그 노래의 구절이었다. 그래서였을까. 나는 어렴풋하게, 어쩌면 내가 화이트 호스의 새로운 의미를 찾게 될지도 모르겠다고, 그 이후를 계속 찾아다니는 삶을 살게 될지도 모르겠다고 느꼈다. 그러나 그건 찰나에 스쳐지나간 작은 예감일 뿐이었고, 그 순간 진짜 중요했던 건 따로 있었다. 그 노래를 부르는 사람이 누구인지 알고 싶다는 마음. 나는 그녀에게 물었다. 그녀가 대답했다.

"테일러 스위프트예요."

"아…… 그렇군요."

나는 되물었다. 요즘 나온 노래냐고. 그녀는 희미한 미소를 지으며 대답했다.

"그런 것까지는 잘 몰라요."

"아, 네."

그러더니 그녀는 물을 한 모금 마시고 덧붙였다.

"그냥…… 애인과 헤어지는 그런 내용이에요."

나는 더이상 노래에 대해 묻지 않았다. 슬슬 어두워지고 있었다. 잠시 그런 생각을 했던 것 같다. 언젠가 내가 또다른 컵케이크를 구울 수 있을까. 이런 생각도 했던 것 같다. 언젠가는 쓰겠지. 쓰다보면 또 쓰게 되겠지. 그녀는 무슨 생각을 했을까. 모르겠다. 영원히 알 수 없을 것이다. 그 집에서 나온 이후 나는 그녀와 연락하지 않았고, 그해가 지나기 전 그녀도 일을 그만둬버렸으니까. 그녀도 그 집에서 그렇게 사라졌다. 그러나 모두 나중의 일이다.

앞으로 다가올 일은 전혀 알지 못한 채, 나는 그녀와 나란히 앉아 테일러 스위프트의 노래를 들었다. 목으로 넘어가는 물의 차디찬 느낌을 만끽하면서, 몸에 스며든 송진 냄새를 맡으면서 해가 저무는 걸 구경했다. 노래가 계속 울려퍼지고 있었다. 나는 네가 이끌어줄 사람이 아니야. 나는 공주가 아니고, 이건 동화도 아니란다. 나는 너의 화이트 호스가 필요 없단다.***

* ** *** 테일러 스위프트의 〈White Horse〉 속 가사를 인용했다.
* 체스터턴의 『고백』은 존재하지 않는 소설이다. 그 외 등장한 다른 책 역시 존재하지 않는다. 이 소설에 실린 체스터턴에 대한 평가는 상상에 기반해 썼다.

카밀라

1

지난해, 나는 카밀라와 헤어졌다. 지금은 밤 열한시가 훌쩍 넘은 시간이고, 나는 막 잠에서 깨어났다. 소파에 앉아 어둑한 창밖을 바라보고 있다. 거리의 인적은 끊긴 지 오래다. 멀리서 차들이 오가는 소리가 들리긴 하지만 집 앞 도로는 텅 비어 있다. 누구도 오가지 않는다. 지난 일 년, 거의 매일 밤 나는 이 풍경을 바라보며 날을 지새웠다. 해가 뜰 무렵에는 커튼을 치고 자리를 떠났다. 빛이 들어오는 것이 싫었다. 아침을 맞이하는 사람들의 말소리가 듣기 싫었다. 활기차고 희망에 찬 생명력 넘치는 목소리들이 싫었다. 내가 맞이하는 건, 오늘도 카밀라는 돌아오지 않는다는 비굴

한 진실뿐이었으니까.

예전에 우리는 함께 잠들었다. 나는 자주 악몽을 꿨고, 소리를 지르며 잠에서 깼다. 그녀가 곁에 있다는 사실을 깨닫고 나면 마음이 안정되긴 했지만, 꿈은 지독하리만치 생생해서 다시 잠을 이루기가 쉽지 않았다. 언제나 꿈은 한낮에 내가 어딘가에 홀로 서 있는 장면에서 시작했다. 내 옆에는 아무도 없었다. 햇빛이 얼굴에 쏟아졌다. 눈이 멀 것 같았다. 뜨거웠다. 피부가 녹아내리는 듯했다. 흘러내렸다. 살점이 떨어져나간 곳마다 통증이 일더니 뭔가가 솟아올랐다. 하얀 목화솜이 피어났다. 나는 솜뭉치 더미에 파묻혀 꼼짝도 못했다. 서서히 시력을 잃었다. 아무것도 보이지 않았다. 누군가를 부르고 싶었다. 하지만 누구도 떠오르지 않았다. 나는 어둠 속에 혼자 있었고, 느껴지는 것은 오직, 심장을 꿰뚫고 자라나는 가느다란 나뭇가지와 바닥에 흥건하게 고여 있는 피의 출렁거림.

이제 나는 꿈을 꾸지 않는다.

2

"유진씨? 안에 있어요?"

문을 두드리는 소리에 나는 자리에서 일어났다. 잠시 침대에 걸

터앉아 고민했다. 꼭 열어야 할까. 그래도 될까.

흥분한 목소리가 문밖에서 울려퍼졌다.

“유진씨? 집에 없어요? 유진씨?”

소리가 너무 컸다. 나는 어쩔 수 없이 일어났다. 머뭇거리며 문손잡이를 잡았다. 건너편의 목소리가 더 커졌다. 이 밤에 동네 사람들을 다 불러모을 심산인가. 나는 한숨을 쉬며 문을 밀어 열었다. 그렇게 또다시, 지우와 눈이 마주쳤다. 그녀는 사흘 전보다 훨씬 말라 있었다. 눈 밑이 거뭇거뭇했고 입술은 잔뜩 부르터 있었다. 나는 그녀에게 괜찮으냐고 묻지 않았다. 그건 의미 없는 질문이었다. 지난 일 년 동안 그녀는 괜찮은 적이 없었다. 그녀가 나를 보며 말했다.

“집에 있었네요?”

“네.”

“그런데 왜 대답 안 했어요?”

그녀가 왼쪽 팔뚝을 오른손으로 꽉 누르는 모습이 보였다. 반팔 아래로 드러난 그녀의 팔뚝이 손끝 모양을 따라 움푹 파였다. 나는 그녀가 참고 있다는 걸 알았다. 그녀는 터질 것 같은 분노를, 바닥을 향해 끝없이 떨어지는 비애를 간신히 억누르고 있었다.

“미안해요.”

지우가 얼굴을 감싸며 피로한 목소리로 말했다. 소파에 주저앉으며 그녀가 덧붙였다.

"그냥, 제가 미친 것 같네요."

나는 냉장고를 열었다. 오렌지 주스 한 병만이 덩그러니 놓여 있었다. 나는 유리컵에 주스를 따라 지우에게 건네며 말했다.

"그렇게 말하지 말아요."

지우는 대답하지 않았다. 단숨에 주스를 들이켠 뒤, 엄지 끝으로 입술을 닦았다. 그리고 아주 잠시, 우리는 소파에 나란히 앉아 있었다. 이윽고 지우가 말했다.

"이제 나갈까요?"

그녀는 카밀라와 미아가 우리를 떠났다는 사실을 받아들이지 않았다. 그녀는 두 사람이 변을 당해 실종된 거라고 주장했다. 지우는 미아가 이런 식으로, 그러니까 어떤 말이나 연락도 없이 자신을 떠날 리 없다고 했다.

"미아는 그런 사람이 아니에요."

그렇게 말했다. 나는 웃었다. 나 역시 카밀라가 쪽지 한 장만을 남기고 사라질 거라고는 생각하지 못했으니까. 카밀라와 내가 보낸 세월은 지우와 미아의 시간보다 훨씬 길었다. 나는 카밀라에 대해 모든 것을 안다고 확신하지는 않았지만, 어느 정도는 안다고 생각했다. 그런 믿음이 있었다.

쪽지의 내용은 아주 간단했다. 더이상 나를 사랑하지 않고, 이제는 미아를 위해 살고 싶으며, 그래서 두 사람은 함께 멀리 떠날 거라는 것. 세 문장이 전부였던 작은 쪽지 한 장.

카밀라와 나는 긴 세월을 함께 보냈다.

지우는 편지가 조작된 거라고 주장했다. 그녀는 경찰에 실종신고를 했다. 두 사람에게 발권된 캐나다행 비행기 티켓과 비자 발급 확인서까지 찾아냈다. 공항에서 찍힌 CCTV 영상도 봤다. 서로를 바라보며 웃는 두 사람이 찍힌 화면을 보며 지우는 말했다.

"이 여자는 미아가 아니에요."

그리고 몇 번이나 다시 보여달라고 했다. 그 덕분에 나는 행복한 표정의 카밀라를, 미아를 바라보는 그녀의 다정한 눈길을 계속 되풀이해 봐야 했다. 그후 나는 지우와 연락하지 않았다. 그리고 한 달쯤 지났을 때였나, 갑자기 그녀가 한밤중에 나를 찾아와서는 소리를 질렀다.

"찾았어요! 찾았다구요!"

그리고 내게 종이 한 장을 내밀었다.

지금으로부터 오 년도 더 전에 어떤 인터넷 게시판에 올라온 글이었다.

겨울밤이었다. 여자가 길가에 서 있는데 갑자기 눈앞에 봉고차 한 대가 정차했다. 문이 열리더니 복면을 쓴 괴한이 튀어나와 여자를 차 안으로 끌고 들어갔다. 여자는 눈이 가려진 채 어디론가 이동했다. 차가 한참을 달리며 덜컹일 때마다 차갑고 물컹한 것에 몸이 계속 부딪혔다. 그리고 이상한 말소리가 들렸다. 중국어 같기도 했고, 몽골이나 아랍 쪽 말 같기도 했다. 독일어 같기도 했다. 이제 죽었구나 생각했는데, 어느 순간 차가 멈췄고 주위가 조용해졌다. 여자는 온몸을 뒤틀며 손의 결박을 풀려 애썼다. 그러다 눈가리개가 풀어졌다. 어두웠다. 정말로 어두웠다. 그녀는 손끝에 와닿는 것들을 계속 만지고 긁었다. 그렇게라도 하면 나갈 방법을 찾을 수 있을 것 같았다. 그러다 종잇장처럼 얇은 무엇이 손에 잡혔다. 그녀는 그것을 잡아 뜯었다. 그게 차창 안쪽에 붙여놓은 검은색 종이라는 걸 알아차리기까지는 그리 오래 걸리지 않았다. 뜯겨나간 틈새로 빛이 들어왔던 것이다. 아, 벌써 하루가 지났구나. 여자가 그렇게 생각하던 그때, 기괴한 소리가 들렸다. 짐승이 비명을 지르는 것 같은 소리였다. 동시에 누군가 그녀의 발목을 움켜잡았는데, 그렇게 차갑고 날카로운 느낌은 처음이었다. 얼음 더미 속에 발을 집어넣은 것 같았다. 그녀는 '그것으로부터' 발을 빼내려 안간힘을 썼다. 소리를 지르고 발길질을 했다. 차창 가까이 몸을 밀어붙였고, 검은 종이를 더 뜯어냈다. 이쪽을 봐주세요. 누군가 밖에 있다면, 제발 도와주세요. 빛이 차 안으로 화악 쏟아졌다.

그녀는 비명을 질렀다.

차 안의 풍경이 눈에 들어왔던 것이다. 발가벗겨진 여자들의 시체가 겹겹이 쌓여 있었다. 피가 다 빠져나간 듯, 새하얀 얼굴들이 그녀를 멍하니 쳐다보고 있었다. 하지만 그보다 무서운 건, 그녀의 발목을 붙잡고 있는 바로 '그것'이었다. 그것은 검고 긴 머리카락을 바닥에 늘어뜨린 채 괴성을 지르고 있었다. 햇빛 때문이었다. 차 안으로 들어오는 햇빛에 그것의 피부가 타들어가고 있었다. 여자는 소리를 지르며 괴물을 발로 찼다. 햇빛이 들어오는 쪽으로 몸을 가까이 붙였다. 그러자 괴물은 여자에게서 멀리 떨어져졌다. 그 틈을 타 여자는 차문을 열었고, 도망쳤다. 뛰는 도중에 몇 번이나 넘어졌지만 계속 일어나 달렸고 뒤를 돌아보지 않았다.

글을 다 읽은 후, 나는 무슨 말을 해야 할지 몰랐다.

익히 알고 있는 이야기였다. 한때 봉고차 납치사건이라는 제목으로 도시를 떠돌아다녔던 괴담이었다. 우리, 그러니까 카밀라와 나, 지우와 미아가 모여 이야기를 나눈 적도 있었다. 때문에 나는 놀랐다. 이전에 지우는 이런 말도 안 되는 소문들 때문에 여자들이 밤에 돌아다니는 걸 겁내게 되는 거라며 화를 냈던 사람이었다. 하지만 그날 지우는 완전히 다른 사람이었다. 그녀는 자신이 그동안 너무 무신경했다고 말했다. 그래서 이 괴담이 어떤 진실을 담고 있는지 눈치채지 못했다고 말이다. 당혹스러워하는 내게 그녀는 단호하게 말했다. 카밀라와 미아가 이 괴물에게 납치된 거라고. 나는 정말 놀랐다. 그녀가 그 글에 등장한 피해자를 찾기 위해

홍신소에 백만원이 넘는 돈을 지불했지만 별다른 정보를 얻지 못했고, 다시 찾아간 경찰서에서는 비웃음만 당했다는 걸 알고서는 더더욱.

그날 지우는 말했다.

"이제 이 사람만 찾으면 돼요. 그러면 미아와 카밀라를 찾을 수 있어요."

나는 아무 말도 하지 않았다.

카밀라의 목소리가 들리는 것 같았다.

"지긋지긋해. 알아? 지긋지긋하다고!"

3

"여기예요?"

나는 건물을 올려다보며 물었다. 여름밤의 텁텁한 공기가 피부에 달라붙었다. 우리는 도시 외곽의 오래된 동네에 와 있었다. 낡은 건물들이 즐비한 곳이었다. 폐점한 상가들에서는 먼지 냄새가 났다. 처음에는 버려진 동네인가 싶었다. 먼지 냄새와 땀냄새, 휘

발유 냄새 같은 것들이 뒤섞여 후텁지근한 바람이 더 끈끈하게 느껴졌다. 하지만 곧 다른 풍경들이 눈에 들어왔다. 건물들 안쪽 창에서 흘러나오는 노란 불빛, 창 너머로 언뜻 보이는 잘 정돈된 살림살이와 깔끔한 벽지, 텔레비전 소리, 웃음소리. 살아 있다는 느낌이 들기 충분한 것들. 우리는 그런 건물들 중 하나 앞에 서 있었다. 탄천맨션. 오층짜리 낮은 건물로, 언제 지어졌는지 가늠조차 되지 않았다.

입구로 다가서는데 갑자기 지우가 바닥에 주저앉았다.

"못 들어가겠어요."

나는 그 앞에 그대로 서 있었다. 아무 말도 안 했다. 곧, 그녀가 힘없이 말했다.

"끝나지 않을 줄 알았어요."

"아직 모르잖아요."

그제야 나는 입을 열었다.

"가서 확인을 해야 끝인지 아닌지 알죠."

지우가 미소를 지었다.

"유진씨는 어때요?"

"뭐가요?"

"끝이었으면 좋겠어요?"

나는 그녀의 시선을 피했다.

"그게 그렇게 중요한가요?"

"네."

지우가 대답했다.

"끝나면, 제가 하는 이 미친 짓거리를 더는 볼 필요가 없잖아요."

"그렇게 말하지 말아요. 나도 함께 카밀라를 찾는 거잖아요."

"아뇨."

지우가 웃으며 말했다.

"유진씨는 카밀라를 찾은 적이 없어요."

지우의 말은 맞기도 했고, 틀리기도 했다. 지우가 다시 입을 열었다.

"내 말이 맞죠?"

순간, 카밀라의 얼굴이 떠올랐다.

"미안해요."

지우가 느닷없이 사과했다. 그럴 필요 없다고 말하려는데 그녀가 힘없이 덧붙였다.

"여기까지 끌고 와서 미안해요."

"아니에요."

나는 말했다. 지우는 그대로 계속 앉아 있었다. 나는 다시 한번 말하고 싶었다. 아니에요. 지우씨가 여기까지 나를 끌고 온 게 아니에요.

괴담을 들고 왔던 날 이후, 지우는 그와 비슷한 글, 실종자 명단, 그 밖의 이런저런 자료들을 들고 계속 나를 찾아왔다. 나는 그녀에게 동의하지도 않았지만 그렇다고 분명하게 반대하지도 않았다. 나는 지우에게 시간이 필요하다고 생각했다. 미아가 떠났다는 사실을 분명하게 받아들일 만큼 충분한 시간. 지우에게 필요한 건 이야기를 들어줄 사람이라는 생각도 했다. 어쩌면 굳이 내가 아니어도 되었을 것이다. 하지만…… 나는 지우가 나를 찾아오게 만들었다. 진지하게 이야기를 듣고, 질문을 하고, 그녀가 미아를 얼마나 사랑하는지를 상기시켰다. 우리는 같은 일을 겪었고, 그러니 지우의 감정을 오직 나만 이해할 수 있을 거라고 여러 번 넌지시 말했다. 그건 내게도 쉽지 않은 일이었다. 지우가 미아를 걱정하고 괴로워하는 모습을 보는 건 카밀라를 잊지 못하는 나를 들여다보는 일과 같았으므로, 내 몸에 스스로 뜨거운 물을 끼얹으며 화상을 입는 것과 비슷했다. 하지만 계속했다. 왜냐하면 나는 미아가 미웠으니까.

나는 카밀라와 함께 있는 미아가 불행하기를 바랐다. 이곳에 남겨진 내가 할 수 있는 건 그저 미아와 카밀라가 불행하기를 기도하고, 잠을 이루지 못하며 분노에 몸을 떠는 것뿐이었다. 지우를 보면 미아가 생각났다. 지우가 울면서 미아를 찾아다닐 때, 솔직히 나는 보상받는 기분이 들었다.

그러니까 당신이 나를 여기까지 끌고 온 게 아니에요.

그리고 무엇보다.

지우와 미아를 집에 초대한 사람은 나였다. 그래. 처음부터 내가 벌인 일이었다.

이 도시로 이사온 후, 카밀라와 나는 자주 다퉜다. 내가 사과를 하면 그녀는 더 화를 냈다. 내가 갈등을 피하기 위해 마음에도 없는 소리를 쉽게 내뱉는다고 비난했다.

"지긋지긋해. 알아? 지긋지긋하다고!"

나는 그 뜻을 알고 있었다. 내게 사랑이란 익숙해지는 과정이었다. 오래될수록 의미가 있었다. 카밀라에게 사랑은 새로운 순간을 찾아내는 거였다. 설렘과 긴장감을 느끼며 새로운 미래를 꿈꾸는 것. 하지만 카밀라, 그녀는 자신이 바로 그런 사람이라는 것을, 그러니까 사람들에게 둘러싸여 있어야만 하는 사람이라는 사실을 인정하지 않았다. 자신이 끝없는 관심 속에서 살아왔다는 사실을 무시했다. 동시에 그녀는 내가 그걸 쉽게 견딜 거라고 '무자비하게' 믿었고, 이어 나를 위해 친구들을 떠나기로 '아주 쉽게' 결정했다. 그녀는 낙관했다. 자신이 그 모든 걸, 그러니까 타인의 관심과 애정, 끊임없이 그녀를 찾는 목소리, 그녀와 가까이 지내고 싶어하는 눈길 없이도 살 수 있다고, '지긋지긋해'하지 않으리라고 말이다.

한바탕 싸우고 나면 우리는 서로에게 말을 걸지 않았다. 그 상태로 이틀을 보낸 적도 있었고 일주일을 넘긴 적도 있었고, 그보다 더 오랜 시간을 보내기도 했다. 더 버티지 못하는 쪽은 늘 카밀라였다. 그녀는 쾅 소리가 나도록 문을 닫고 집을 나가는 것으로, 그리고 아침이 될 때까지 집에 들어오지 않는 것으로 마지막 분노를 드러냈다. 그리고 말없이 침대로 들어와 내 허리를 끌어안았다. 나는 그녀의 손등을 감싸쥐었고…… 그래, 그건 화해가 맞았다. 카밀라 역시 침묵을 피하기 위해 가장 쉬운 방법을 선택했다는 걸 알고 있었지만, 그래서 너무도 지긋지긋했지만, 나는 그녀의 차가운 손을 뿌리치지 않았다. 나는 그녀를 사랑했고, 그녀가 곁에 없는 삶은 생각조차 할 수 없었기에, 그렇게 했다. 그녀도 나를 사랑했다. 우리는 사랑했다. 우리는 서로의 진심을 허투루 쓴 적이 없다. 이것만큼은 확신할 수 있다.

하지만 지긋지긋했다.

그래.

그때 지우가 눈에 들어왔다. 그녀는 우리 동네 이십사 시간 카페의 야간 직원이었는데, 다른 사람들과 달리 캄캄한 밤중에도 피로한 기색을 전혀 보이지 않았다. 그 때문에 나는 살짝 친근감을 느꼈고, 조용히 그녀를 관찰했다. 그녀는 잘 웃었고, 목소리가 컸고, 침착했고, 손은 큼지막했다. 그리고 미아에 대해서도 알게 되었다. 그녀는 전체적으로 작고 조용한 사람이었다. 그녀는 매일 새벽 지우의 퇴근시간이 되면 카페로 찾아와 따뜻한 우유를 한 잔 마셨다. 그리고 함께 돌아갔다. 카페 문을 나설 때, 지우는 종종 미아의 점퍼 주머니에 자신의 손을 집어넣었다. 그 모습을 본 날이면 카밀라의 짜증을 이해할 수 있었다. 입을 다물지 않고 그녀를 견딜 수 있었다. 사랑한다는 걸 인내할 필요가 없었다. 그래서 나는 그들에게 말을 걸기 시작했고, 알게 되었다. 매일 미아가 지우를 데리러 오는 이유는 한창 떠돌던 그 괴담 때문이었다. 하지만 미아도 무서워서 카페에 올 때까지 핸드폰의 안심 귀가 앱을 켠 채 주위를 두리번거리며 온다고 했다. 그래도 온다고 했다. 그때 지우가 내게 물었다.

"유진씨는 어때요? 무섭지 않아요?"

나는 그 질문이 낯설었다. 카밀라는 내게 두려움에 관해 질문한 적이 없었다. 우리는 그런 대화를 한 적이 없었다. 우리에게 공포란 아주 오래되어 잊혀지다시피 한 어떤 추억과 비슷했고, 그래서 거의 입 밖으로 꺼내놓지 않는 감정이었다. 하지만 한때 우리는 그 감정에 파묻혀 있었다. 분명 그런 시기가 있었다. 지우는 바로 그 마음에 대해 물었던 것이다.

두려워요?

두려워하는 것이 있어요?

그래서 그날, 나는 충동적으로 두 사람을 우리집에 초대했다. 어떤 지긋지긋함 대신 기억조차 나지 않는 감정에 대해 계속 이야기하고 싶었다. 더는 화해할 필요가 없는 말들을 함께 나누고 싶었다. 카밀라에게도 그 순간을 떠올리게 해주고 싶었다. 무엇보다 그녀에게는 내가 아닌 다른 사람들이 필요했고, 바로 그들이 우리의 한때를 떠올리게 해준다면, 더는 지긋지긋하지 않을 것 같았다.

모르겠다.

결국 나는 그저 상황을 피해버렸던 것은 아닐까.

4

"들어갈까요?"

지우가 말했다. 이제 마음을 다잡은 것 같았다. 우리는 함께 계단을 올랐다. 그리고 302호 앞에 섰다. 지우가 손을 뻗어 문을 두드렸다. 조용했다. 그녀는 다시 문을 두드렸다. 역시 답이 없었다. 나는 지우의 옆얼굴을 바라보았다. 누군가의 대답을 듣지 못할 때, 약속이 어긋나는 순간을 맞이할 때 그녀가 어떤 표정을 짓는지 알 것 같았다. 몇 시간 전, 내 집 앞에서도 그녀는 이런 얼굴로 서 있었을까.

지우가 문손잡이를 돌렸다. 끼익, 하는 듣기 싫은 소음이 복도에 가득찼다. 그러나 우리가 오늘 만나기로 한, 미아의 죽음을 목격했을지도 모르는 사람, 그러니까 미아의 유품을 가지고 있을지도 모르는 사람은 아무런 대답이 없었다. 지우는 절박한 표정으로 계속 문고리를 돌렸다. 나는 옆에서 조용히 한숨을 쉬었다.

한창 카밀라와 미아를 찾아다니던 즈음, 지우가 갑자기 새로운 단서를 찾아냈다며 흥분했다. 그녀는 내게 도시에서 실종된 이십대 여성, 그것도 외국인들의 명단을 보여주며 말했다.

"유진씨, 카밀라도 외국인이잖아요."

지우는 외국인들만을 대상으로 한 납치사건이 벌어지고 있는 것 같다고 말했다. 나는 지우의 말에 언제나처럼 대충 고개를 끄덕였다. 그때 그녀가 말했다.

"이번에도 그냥 내 말이 맞는다고 해주는 거죠?"

나는 살짝 목덜미가 뜨거워지는 걸 느꼈다. 지우는 그럴 줄 알았다는 듯 차분하게 나를 쳐다봤다. 그리고 내 앞에 서류 더미를 올려놓았다. 그건 그동안 지우가 조사한 실종사건에 관련된 자료들이었다. 신문기사부터 주변 사람들의 목격담, 실종사건에 대한 통계자료 등등 일반인이 구할 수 있는 모든 정보가 다 있었다. 그걸 보고 있자 문득, 모르겠다, 갑자기 정말로, 카밀라가 여행을 떠난 게 아니라 범죄에 휘말린 걸지도 모른다는 생각이 들었다.

오래전 카밀라는 나를 위해 고향을 등진 적이 있었고, 몇 년 전에도 친구들과 연락을 끊고 나와 함께 이주했다. 일방적으로 관계를 끊어버리는 것이 그녀의 방식이라는 걸 잘 알았지만, 지우의 말은 그럴싸하게 들렸다. 그녀가 편지를 쓰는 사람이 아니라는 것, 설사 메모를 남긴다 해도 그렇게 간단히 쓰지는 않으리라는 것, 내가 아는 카밀라에 대한 어떤 마음들이 툭툭 불거져나와 비명을 질렀다.

"이걸 봐요."

지우가 말하며 작은 쪽지를 한 장 건넸다. 나는 손을 내밀어 종이를 집었다. 그녀의 손끝이 내 손끝을 어루만지듯 스쳐지나갔다. 부드러운 촉감이 꽤 오래도록 남았다. 그 쪽지에 적힌 메모를 읽은 이후에도 계속. 이제 너와 함께할 수 없고, 다른 이를 위해 살겠다는 내용.

"며칠 전 실종된 사람이 남긴 메모예요."

그제야 알았다. 울부짖으며 괴로워하는 쪽은 나였다. 지우는 아니었다. 그녀는 카밀라와 미아의 뒤를 차분히 좇으며 무슨 일을 당했을지 모르는 두 여자를 구하려 노력해온 것뿐이었다. 이후 나는 지우의 이야기에 꽤 적극적으로 반응하게 되었다. 내가 먼저 의문을 제기하고 새로운 자료를 찾을 때도 있었다. 가끔 내가 뭘 하고 있는 건지 모르겠다는 생각이 들기도 했지만, 지우가 찾아오면 금세 잊었다. 나는 그녀에 대해 조금 더 알게 되었다. 그녀는 잘 웃었고, 침착했고, 손이 컸다. 그녀가 물건을 건네줄 때마다 서로의 손끝이 맞닿곤 했다. 그리고 그녀는 오렌지 주스를 좋아했다. 나는 그녀가 올 때마다 유리컵에 주스를 담아 건네곤 했다. 유리컵은 작았다. 그녀는 단숨에 주스를 다 들이켠 뒤 손끝으로 입술을 닦았다. 그러면서 우리는 자주 웃었다. 의견이 일치할 때, 말도 안 되는 가설을 세우고 우기다가 형편없는 결과를 맞이했을 때, 우리가 조사하는 것이 무엇인지 알면서도 웃었다. 그렇게 지냈다.

그리고 지난주, 지우가 내게 말했다.

"미아가 죽은 것 같아요."

5

흥신소에 들인 백만원이 완전히 허탕은 아니었다고 했다. 사무소에서 피해자를 찾는 광고를 인터넷에 올렸는데 연락이 왔다고 했다. 피해자는 아니라고 했다. 그런데…… 왜? 내가 의아해하자 지우가 말했다.

"편지를 받았어요."

그는 이렇게 썼다.

그날 저는 누구도 믿지 않을 일을 경험했습니다. 그 일이 일어났을 때 저는 새벽까지 편의점에서 아르바이트를 하던 중이었어요. 매일 해가 뜨는 시간에 집으로 돌아갔는데 매우 힘들었습니다. 점점 몸이 상해가는 것 같았지요. 가장 힘든 시간은 새벽 다섯시가 넘어갈 즈음이었습니다. 완전히 해가 뜨지는 않았지만 밤이라고도 할 수 없는 시간. 그때가 가장 고독했습니다. 왜인지는 모르겠어요. 어느 쪽으로도 갈 수 없다는 생각이 밀려들었고, 금방이라도 눈물이 터져나올 것 같았지요. 사람은 너무 오래 살아요. 그렇지 않나요? 그 일이 벌어진 건 바로 이런 상념에 잔뜩 젖어 있을 때였습니다. 두 여자가 편의점 안으로 들어왔어요. 한 명은 검은 머리카락이 허리까지 내려왔는데 이목구비가 뚜렷한 대단한 미인이었습니다. 외국인 같았지만 어느 나라 사람인지는 가늠이 되지 않았습니다. 다른 한 명은 동양인이었지만 얼굴빛이 시체처럼 차갑고, 어쩐지 살아 있는 사람 같지가 않았어요. 단발머리에 반짝이는 목걸이를 하고 있었습니다. 형광등 불빛에 목걸이가 반짝거려서 바로 인상에 남았습니다. 그들은 다정해 보이기도 했고, 아니기도 했어요. 모르겠어요. 사실 저는 그때 매우 피곤했고 어서 일을 마무리한 뒤 집에 가고 싶다는 생각만 했으니까요. 약간 몽롱한 상태였죠. 그래서 그들이 물 한 병을 집어들고 제 앞에 다가왔을 때도 약간 멍했습니다. 추웠는데도 말이죠. 네, 추웠습니다. 그들이 다가오자 너무 추웠어요. 저는 아무래도 몸이 좋지 않은 것 같다고, 어서 아침이 오면 좋겠다고만 생각했죠. 그런데, 그들의 목소리가 들려오기 시작했어요. 지금도 그 순간은 생생합니다. 목소리가 제 머릿속에 웅웅 울려퍼졌거든요. 메아리 같기도 했고, 전파를 타고 퍼져나가는 전자음 같기도 했어요. 저는 처음에 꿈을 꾸는 게 아닌가 싶어 눈을 깜빡이다가, 고개를 흔들고 손으로 뺨을 살짝 때리기도 했습니다. 하지만 들렸어요. 계속 들렸어요!

머리가 짧은 여자가 말했습니다.

"이런 식으로 계속 살 수 없어. 이건 사는 게 아니야."

그러자 외국인 여자가 대답했죠.

"나도 더이상 너를 설득하고 싶지 않아."

외국인 여자가 계속 말했습니다. 단지 나는 너에게 새로운 삶을 선물하고 싶었어. 네가 그 인생을 받아들일 준비가 된 줄 알았지. 그리고 덧붙였어요. 너를 사랑한다. 정말 너를 사랑한다. 머리가 짧은 여자가 웃었습니다. 그런 말들이 너무 달콤해서, 그런 것들에 자꾸 의지하며 덧없는 시간을 보내온 것 같아. 끊임없이 감정을 소모하며 단 한 순간의 편안함도 없이. 그런데 이제는 그런 시간을 영원히 갖게 된 거야. 영원히 이렇게 지내야 한다는 거지. 무엇보다,

"삶이란, 누군가에게 선물 받을 수 있는 그런 게 아니야."

그들은 더이상 대화하지 않았습니다. 저는 다시 몽롱해졌고, 눈을 떴을 때 외국인 여자는 사라지고 없었어요. 머리가 짧은 여자 혼자 밖을 내다보고 있을 뿐이었지요. 곧 해가 뜰 시간이었습니다. 퇴근할 시간이었지요. 저는 짐을 챙기고 점장님을 기다렸습니다. 잠시 시계를 바라봤는데…… 문이 열리는 소리가 들렸

어요. 그거 아세요? 태양은 순식간에 떠오른다는 것.

햇빛 아래 여자가 걸어가는 모습이 보였습니다. 손도 대지 않은 물병이 계산대 위에 그대로 있었어요. 왜 그랬는지는 모르겠지만, 저는 그 물병을 들고 밖으로 나갔습니다. 손님! 햇빛이 제 눈을 향해 내리꽂혔습니다. 여자는 대답하지 않았어요. 저는 다시 그녀를 불렀습니다. 손님! 그때 여자가 걸음을 멈췄습니다. 저를 돌아봤어요. 그건, 정말 믿을 수 없는 광경이었습니다. 여자의 눈이 파랗게 빛나고 있었어요. 오싹했어요. 그리고 여자는 몸을 웅크렸어요. 사람 같지가 않았어요. 팔다리가 사라진, 한 무더기의 진흙 더미 같았습니다. 그 순간 햇빛이 더 강렬하게 쏟아졌고, 아아, 저는 그 순간을 잊을 수 없습니다. 그녀의 몸이 타들어갔어요. 순식간이었습니다. 그녀는 하얗게 부서졌어요. 새하얀 재가 공중으로 날아갔습니다. 그리고 그녀가 사라진 곳에는 타다 만 옷가지와 반짝이는 목걸이 하나가 허물처럼 남아 있었어요.

그는 덧붙였다.
'아무래도 제가 당신이 찾는 피해자들을 목격한 것 같습니다.'
그는 또 이렇게 적었다.
'아직 그 목걸이를 가지고 있습니다. 사진을 동봉합니다.'
몇 년 전, 지우는 그 사진 속 목걸이와 똑같은 모양의 목걸이를 미아에게 선물한 적이 있었다.

이후 지우는 무너져내렸다. 목걸이가 미아의 것이라며, 편의점 앞에서 재가 되어 날아가버린 사람이 바로 미아라며 울부짖는 지우에게 나는 어떤 말도 할 수 없었다. 어떻게 해야 했을까. 울어야 했을까? 웃어야 했을까? 나는 아무것도 할 수 없었다. 어떤 방법도 떠오르지 않았다. 그때 지우가 말했다. 그 목걸이를 직접 봐야겠다고. 미아의 죽음을 확인해야겠다고.

하지만 문 건너의 목격자는 조용했다. 문득 안심이 되었다. 그래, 차라리 잘된 일이다. 지우는 여전히 그 표정으로, 대답을 듣지 못한 사람의 얼굴로 문을 노려보고 있었다.

그때 안쪽에서 이상한 소리가 들렸다. 귓속이 찢어질 것처럼 핑, 울렸다. 나는 인상을 찡그렸다. 그 순간 벌컥 문이 열렸다.

집에서 나온 사람은 호리호리한 몸매의 남자였다. 얼굴이 매우 창백하고 입술은 붉었다. 눈빛이 차가웠다. 유릿조각을 박아놓은 것 같았다. 검은 옷을 입고 있었는데 구김이 심했다. 뭔가 이상했다. 남자의 생김새나 옷차림도 그랬지만 그 뒤로 보이는 집안 풍경 때문이었다. 빛 한 줄기 들어오지 못하도록 쳐놓은 암막 커튼, 까맣게 칠한 벽지, 짙은 향수 냄새. 카밀라가 생각났다. 그녀는 집안을 관처럼 꾸며놓기를 좋아했고, 나는 싫어했다.

그가 물었다.

"들어오시겠어요?"

"아뇨."

지우가 뭐라 대답하기도 전에 내가 먼저 말했다. 불쾌했다. 뭔가가 이상했다. 그러자 그가 미소를 지었다. 나는 어서 목걸이를 보여달라고, 이 자리에서 봐도 충분하다고 말했다. 그가 고개를 저었다.

"그렇게는 해드릴 수가 없어요."

"왜요?"

지우가 내 어깨를 잡았다. 그만하라는 뜻이었다. 그러나 여전히, 나는 이 집에 들어가고 싶지 않았다. 남자가 지우에게 똑같이 미소를 지어 보였다. 그러더니 손을 내밀었다. 이게 무슨 해괴한 짓거리지. 그 얼굴을 한 대 올려붙이고 싶다고 생각하고 있는데, 지우가 그의 손에 오만원권 한 장을 올렸다.

"지우씨?"

나는 날카롭게 그녀를 불렀다. 그러나 지우는 한 손으로 계속 내 어깨를 붙잡고 있었다. 정말 꽉 잡고 있었다. 제발 아무 말도 하지 말아달라는 뜻 같았다. 어차피 무슨 말을 할 수도 없었다. 기가 막혀서 한마디도 나오지 않았다. 처음부터 지우를 뜯어말렸어야 했다. 미아는 돌아오지 않을 거라고, 카밀라와 함께 영원히 떠났고 그들은 이제 서로의 행복을 위해 살고 있으니 당신도 그렇게 살라고 말했어야 했다. 그래. 그래야 했다.

그녀가 집안으로 들어갔다.

나는 그 뒤를 따랐다. 새카만 바닥에서 비린내가 풍겨 올라왔다. 발바닥이 진득거렸다. 피로한 기분에 나는 손으로 벽을 짚었다. 기이한 울림이 손바닥에 전해졌다. 누군가 손톱 끝으로 안쪽 벽을 긁고 있는 것 같았다. 귓속을 울린 소리가 바로 이거였다.

남자가 방문을 열었다.

상자 하나가 책상 위에 덩그러니 놓여 있었다. 커다란 신발 하나가 들어갈 정도의 검은색 직육면체 상자였다. 벽돌처럼 까끌까끌해 보이는 질감에, 각 면에는 격자무늬가 촘촘히 새겨져 있었다. 두 번 생각할 필요도 없었다. 그건 정성스레 만든 작은 관이었다. 지우가 관에 두 손을 가져갔다. 그때 남자가 말했다.

"아직 절차가 다 끝나지 않았습니다."

남자는 돈을 더 내야 한다고 말했다. 지우가 또 지갑을 꺼냈다. 나는 더이상 참을 수 없었다.

"지우씨, 이건 말도 안 되는 짓이에요."

그리고 나는 책상 앞으로 다가갔다. 당장 이 관의 뚜껑을 뜯어내고 싶었다. 안에 있는 것이 무엇이든 어서 끝장을 보고 싶었다. 하지만 남자가 나를 막아섰다. 그는 계속 웃고 있었다. 나는 그를 옆으로 밀쳤다. 그는 힘없이 바닥으로 쓰러졌다. 그의 얼굴에서 웃음기가 사라졌다. 자신이 내게 밀쳐져 쓰러졌다는 사실을 믿을 수 없어하는 것 같았다. 그는 곧장 일어나 내게 다가왔다. 나는 다시 그를 한 손으로 밀쳐냈다. 그가 뒤로 넘어졌고, 아니나 다를까 욕설이 들려왔다. 나는 무시했다. 책상 위의 관을 재빨리 집어 들었다. 그가 옆에서 더 크게 소리를 질렀고, 하필 그때 발바닥이 다시 진득거렸다. 불쾌한 기분이 확 솟구쳤다. 지저분하고 끈적끈적한 액체가 발바닥에 묻은 것 같았다. 발밑을 확인하려고 다리를 들어올리는 순간 남자가 내게 달려들었다. 그는 온 힘을 다해 나를 넘어뜨리려 했고, 한 발로 서 있던 나는 결국 균형을 잃고 옆으로 기울었다. 몸과 함께 관도 움직였다. 나는 관을 떨어뜨리지 않으려고 품에 꽉 끌어안았다. 그 순간 가슴 부근에 뜨겁고 끈적끈적한 액체가 확 번지는 느낌이 들었다. 소름이 끼쳤다. 나는 짧게 소리를 지르며 관을 내던졌다.

관이 퍽 소리를 내며 바닥으로 떨어졌다. 뚜껑이 열렸다. 안쪽에서 잿빛 가루가 한가득 쏟아졌다. 잠시 모두 조용해졌다. 가루 더미 속에서 무언가 반짝였다. 목걸이였다. 지우가 그 앞으로 다가갔다. 목걸이를 집어들었다. 그녀가 미아에게 선물했던 목걸이. 미아가 항상 매달고 다녔던 목걸이. 그 순간, 내 안에 꽉 들어차 있던 어떤 말들이, 더는 숨길 수 없는 말들이 금방이라도 쏟아져 나올 것처럼 일렁였다. 나는 그게 미아의 목걸이가 아니었으면 했다. 미아가 살아 있었으면 했다. 지우가 고통스러워하기를 바라서가 아니었다. 나는 미아가 미웠다. 그녀가 불행하길 바랐다. 그녀도 나와 같은 상처를 겪기를, 그래서 그녀 역시 죽음의 기로에 서기를 바랐다. 진심으로 그랬다. 하지만 지우의 눈물을 보고 싶지는 않았다. 지난 일 년간, 나는 알게 되었다. 내가 지우의 이야기를 듣는 것을 좋아한다는 것을. 그녀가 문을 두드리는 소리를 듣고 싶어한다는 것을. 나를 찾아오기를 기다린다는 것을. 그녀가 나를 보며 웃기를 기대한다는 것을. 미아가 살아 있다면, 그래서 지우의 사랑이 지속된다면, 그녀가 원하는 한 계속 곁에 있을 수 있을 것 같았다.

그 때문이었다. 나는 매일 밤, 눈을 뜨면 창가로 다가갔다. 소파에 앉아 어둑한 창밖을 바라보았다. 인적이 끊긴 거리, 멀리서 오가는 차들의 경적 소리를 들으며 밤이 지나가길 기다렸다. 해가 뜰 무렵이면 커튼을 치고 그 자리를 떠났다. 빛이 들어오는 것이 싫었고 아침을 맞이하는 사람들의 말소리도 듣기 싫었다. 활기차고 희망에 찬, 그 생명력 넘치는 목소리들이 싫었다. 내가 맞이하는 건, 지우는 미아를 찾고 싶을 뿐 내가 보고 싶어서 찾아오는 것은 아니라는 처참한 진실이었으니까.

"지우씨."

나는 그녀를 불렀다. 초조했다. 그녀에게 다급히 물었다.

"미아씨 목걸이 맞아요?"

그러나 지우는 목걸이를 내려다보기만 할 뿐, 아무 말이 없었다. 나는 그녀의 얼굴을 보고 있기가 힘들었다. 잠시 후, 그녀는 목걸이를 책상 위에 올려놓았다. 나는 다시 물었다.

"맞아요?"

지우는 대답하지 않았다. 나는 그녀를 다시 불렀다.

"지우씨."

그녀가 내게 말했다.

"우리 이만 돌아가요."

그 집에서 걸어나올 때, 남자가 뒤에서 작은 목소리로 욕을 했다. 입에 담기도 끔찍한 더럽고 추잡한 욕이었다. 우리는 그를 무시했다. 문을 열었고, 다시 문을 닫았다.

어느덧 새벽이었다.

우리 둘뿐이었다. 한참을 걸었다. 오래된 동네는 어느새 우리 뒤편으로 저만치 물러나 있었다. 그건 미아의 목걸이였을까. 아니었을까. 차마 묻지 못한 말이 계속 마음 안에서 출렁였다. 너무 많은 말들이 그렇게 가라앉았다. 옆에서 지우가 조용히 중얼거렸다. 너무 작은 목소리라 알아들을 수 없었다. 뭐라구요? 내가 묻자 지우가 대답했다.

"그냥요. 제가 미친 것 같다구요."

"그렇게 말하지 말아요."

우리는 계속 함께 걸었다. 날이 밝아오는 것이 느껴졌다. 그녀가 내게 물었다.

"유진씨는 언제나 밤에 깨어 있죠?"

나는 그렇다고 말했다. 그녀가 곧장 되물었다.

"그러면 아까 집에 있으면서 왜 대답 안 했어요?"

나는 아무 말도 하지 않았다. 할 수 없었다. 당신이 찾아왔고, 오늘 함께 밖으로 나가면 모든 것이 끝나버릴 것 같아서, 그래서 시간을 조금이라도 붙잡고 싶었다고, 그렇게는 말할 수 없었다. 왜냐하면 그녀와 함께 걷는 이 순간에도 나는 어떤 시간을 붙잡으려 하고 있었으니까.

정말로 끝나버릴 것 같은 시간. 누군가를 영원히 잃어버릴 것 같은 꿈.

그리고 지우가 말했다.

"유진씨, 그렇게 말하지 말아요."

이제 곧 해가 뜰 것 같았다. 나는 가만히 손끝을 매만졌다. 부드러웠다.

나는 아직 깨어 있었다.

그녀를 바라보았다.

그럴 것이다.

해설

그런 여자, 쓰(이)는 여자, 선택하는 여자

—강화길의 『화이트 호스』를 위한 보너스 트랙

신샛별(문학평론가)

전주 | 박완서의 아이(들)

한국 현대문학을 전공한 비평가로서 십 년 남짓 비평과 논문을 번갈아가며 써왔다. 다시 돌아오지 않을 젊음과 건강을 몇 편의 글과 바꾸었다는 과장된 생각을 할 때가 있다. 이 한정 없는 굴착의 끝에서 아주 작은 반짝임이라도 만날 수 있을까를 자문하다 보면 서러움 비슷한 감정이 밀려오기도 한다. 그 암담한 마음 곁에 오래 머물러준 두 작가가 박완서와 강화길이다. 그동안 내가 쓴 글에 가장 많이 등장한 이름. 두 사람을 동시에 사랑하는 일이 내게는 각별한 의미가 있었다. 박완서는 나로 하여금 처음으로 문학의 위력이 어디까지 닿을 수 있는지를 묻게 하고 문학과 더불어

사는 인생의 보람을 꿈꾸게 한 작가다. 어떤 경우에도 중요한 것은 삶을 위한 문학이지 문학을 위한 삶이 아니라는 생각도 그가 하게 만들었다.

아름다운 문학을 위해 삶이 필요한 것이 아니라 삶이 아름다워지기 위해 문학이 필요하다는 생각을, 어쩐 일인지 강화길의 소설을 읽으면서도 자주 하게 되었다. 논문에서 박완서를 다룬 횟수만큼 비평에서 강화길을 자주 다룬 것은 그런 이유 때문이었을 것이다. 그저 하나의 길을 차분히 걸어가는 기분으로 두 사람을 좇으면 되었는데, 최근에 강화길의 고백("나는 박완서 키드였다"[1])을 읽고는 한결 안심이 되었다. 그러니까 우리는 같은 곳을 향해 걸어가고 있었던 모양이다. 박완서가 앞서 나아갔고, 이제는 여럿이 함께 갔으면 싶은 그 길로. 그러나 솔직히 그 길을 걷는 일이 수월하지만은 않았고, 그래서 약간의 각오가 필요했다고 강화길은 적어두었다.

소설을 본격적으로 쓰기 시작하면서, 박완서는 여전히 내게 가장 큰 영향을 미치는 작가로 존재했다. 왜냐하면 그녀를 좋아하지 않는 시선과 대립해야 했기 때문이다. 그녀의 소설이 세련되지 못하고, 예스럽고, 젊고 신선하지 않으며, 세태의 풍속 묘사에 불과

1) 강화길, 「사나운 선택—추천의 말」(박완서, 『이별의 김포공항』), 민음사, 2019, 109쪽.

하고, 그저 편하게 읽힐 뿐 전혀 아름답지 않은 문장으로 가득하다는 시선과 싸워야 했다. 그건 내 안에 자라나던 그럴싸해지고 싶은 욕망과 싸우는 일이기도 했다. 나도 아름답고 싶었으니까. 그러나 그때마다 나는 나의 진짜 목소리에 졌다.[2)]

박완서의 소설에는 '참혹한 전쟁의 증언' '여성의 내밀한 고백' '생생한 세태의 묘사' 같은 꼬리표가 붙고는 한다. 그것들이 박완서 문학의 핵심을 건드리는 말이기는 해도, 단언컨대, 매우 불충분한 평가다. 어쩌면 이 라벨들은 한국문학사가 오랫동안 찬미해온 '아름다운 문장으로 쓰인, 고도로 미학적인 여성-문학'이라는 상투적인 (그러나 권위 있는) 기준에 박완서의 문학이 부합하지 않는다는 전제하에 시혜적으로 주어진 평가는 아닐까 하는 심술궂은 의구심을 나도 느껴본 적이 있다. 그러나 무엇이 여성다움이고 무엇이 아름다움인가. 나는 박완서 소설의 일상과 세파의 악다구니를 들여다보며, 징그러울 정도로 솔직한 문장들을 바라보며, 이것이야말로 내 안의 여성 독자가 가장 전율하며 동감하는 '문학성' 그 자체라는 것을 인정하지 않을 수 없었다. 아름다우려는 문학이 삶을 바꾸는 것이 아니라 삶을 바꾸려는 문학이 아름답다고 박완서의 문학은 당당하게 말하고 있었기 때문이다.

---

2) 같은 글, 111쪽.

더 아름다운 문학이 있지 않으냐고 말하는 주변의 목소리가 아닌 자신의 "진짜 목소리"가 이끄는 곳으로 가기 시작했을 때 비로소 강화길이라는 작가가 탄생하였고, 나는 우리 세대의 박완서가 될 수 있을 한 작가를 만나게 되었다. 강화길이 "어떻게 박완서가 아름답지 않을 수 있단 말인가"[3]라고 당당하게 반문할 때, 나는 통쾌하면서도 두려웠다. 이제 그는 '아름다움'에 대한 규범적 통념들과 맞서야 할 것이고, 박완서가 외면하지 않으려 진력한 '일상'과 '세태'의 문학적 가치를 입증해야 할 것이며, 더 나아가 바로 그런 소설이야말로 역사의식, 시민의식, 정치의식을 품을 수 있음을 예시해야 할 것이고, 마침내는 그곳에서 진정한 아름다움이 탄생할 수 있음을 보여야 할 것이기 때문이다.

그러므로 내게 이 소설집에 실린 소설들을 따라 읽는 시간은 박완서의 모험을 현재의 시점에서 반복하길 원하는 강화길의 '사나운 선택'을 조마조마한 심정으로 지켜보는 과정이었다. 그의 시도는 과연 성공했을까. 이 질문에 대한 대답을 미진하게나마 해보는 것이 이 해설에 주어진 책무일 것이다. 미리 답을 하자면, 나는 지난 십 년 동안의 내 애정이 틀린 것이 아니었다고 말해주는 이 소설집에 마음 깊이 고마움을 느끼며 이 해설을 쓰고 있다. 그의 소설이 발표될 때마다 따라 읽으며 쓴 글이 몇 편 있는데, 그 글들에

3) 같은 쪽.

담은 기대와 응원의 말을 수정해야 할 필요성을 느끼지 못한다. 그는 내가 기대한 곳을 향해, 기대보다 더 깊이 걸어들어갔기 때문이다. 그래서 이미 발표한 글에서 발췌하기도 하고 새로 쓰기도 하면서 한 편의 글을 만들었다. 해설이라는 지면에서 이런 고백은 부끄럽지만, 소설가 강화길의 지난 몇 년은 비평가 신샛별의 몇 년이기도 하다는 생각이 든다.

1절 | 우리는 언제나 소문에 살았다[4]: '소문-폭력' 속에서

이 소설집은 2016년 말에 출간된 『괜찮은 사람』을 잇는 두번째 단편집이다. 여기 실린 일곱 편의 소설을 쓰기 직전 강화길은 자신의 소설세계를 조명하는 지면에 '나의 이력서'라는 부제를 붙인 단편 「다락」[5]을 발표한 바 있다. 나는 그 작품에 대한 논평에서 "「다락」은 『제인 에어』의 2017년 한국판 다시 쓰기를 시도하고 있다. 이 소설에서 강화길은 '미친 여자'로 명명되는 여성들이 어떤 인생의 곡절을 겪으며 '다락'에 이르게 되는지를 이야기하면서,

---

4) 셜리 잭슨의 소설 『우리는 언제나 성에 살았다*We Have Always Lived in the Castle*』의 제목을 바꾸어 쓴 것이다. 이 장의 기본 얼개는 졸고, 「지방-여성 서사의 문학사적 반격—강화길론」(『문학과사회 하이픈』 2018년 가을호)에서 가져왔다.

5) 강화길, 「다락」, 『문학동네』 2017년 가을호.

다락이 억울하게 사회로부터 소외·격리된 여성들, 그러나 그럴 만한 하등의 이유가 없는 여성들의 거처라는 점을 분명히 한다"[6] 고 적었다. 그리고 이렇게도 썼다. "『제인 에어』의 손필드 저택을 본떠 구축된 이 소설의 병원은 음산한 기운과 불길한 예감을 풍기는데, 사실 이것은 여성의 심중에 각인된 한국사회를 투영해놓은 것이다. 여성에게 입사入社는 '그런 여자'로 명명되지 않기 위한 분투이자, '그런 여자'로 명명된 이들을 외면하라는 명령에 따르는 일이다. 다락은 '그런 여자'의 장소, 즉 차별되거나 배제된 것들의 공간, 누구도 감히 엿보거나 의심해서는 안 될 실재에 해당하는 것이다. 그렇다면 이 소설에서 화자가 겨우 문턱을 넘어 도달한 다락이 환상적으로 묘사될 수밖에 없었던 것도 이해가 된다. 그곳은 현실의 언어가 가닿지 못하는 영역, 언어 이전 또는 이후의 차원, 아직 의미가 다 해명되지 않은 수면 아래의 세계인 셈이다."[7]

미처 언어화되지 않은 여성의 울음소리, 비명, 한탄, 흐느낌을 소설로 써보겠다는 포부를 발견하면서 「다락」을 작가의 창작론으로 읽었을 때, 내심 기대한 것이 바로 이 소설집에 실린 「카밀라」 「서우」 「손」과 같은 작품들이다. 이 소설들의 배경은 다락과 크게 다르지 않은데, 일단 등장하는 인물들이 하나같이 여성을 '그런

6) 졸고, 「다시, 다락방에 대하여」, 『현대문학』 2017년 10월호, 307쪽.

7) 같은 글, 308쪽.

여자'로 만들기 좋아하는 '소문의 벽'에 둘러싸여 있다. 가령 「카밀라」는 '지우'와 '유진'이 떠나버린 연인을 찾아 헤매는 사랑과 이별의 이야기로 보이지만, 그 외피 아래에서 그녀들을 움직이는 것은 "지금으로부터 오 년도 더 전에 어떤 인터넷 게시판에 올라온 글"(229쪽)이다. 그 글은 '봉고차 납치사건'이라는 제목의 도시 괴담으로 널리 퍼져 있다. 지우는 "이런 말도 안 되는 소문들 때문에 여자들이 밤에 돌아다니는 걸 겁내게 되는 거라며 화를 냈던 사람"(231쪽)이었으나 연인 '미아'와의 갑작스러운 헤어짐이 가져다준 깊은 절망 때문에 그 소문에 속수무책 휘둘려버리고 만다. 반면 소설 중반부에 이르기까지 화자 유진은 지우의 맹목을 경계하는 것처럼 보인다. 그러나 미아를 찾는 지우의 인터넷 광고에 누군가가 편지로 답하면서, 그리고 그 편지 속에서 미아가 재가 돼 날아가버렸다는 소식을 접하게 되면서 상황은 달라진다. 지우와 유진은 미아의 유품인 목걸이를 보관하고 있다는 남자를 찾아가 소식의 진위 여부를 확인하게 되는데, 큰돈을 지불하고 겨우 얻은 관을 닮은 상자 안에는 의문의 잿빛 가루와 누구의 것인지 모를 목걸이가 담겨 있다.

소설은 괴담 속에서 여성을 납치해 발가벗겨 시체로 만든 '그것' 혹은 '괴물'의 형상에, 미아를 꼬드겨 함께 떠난 유진의 연인, 즉 '검고 긴 머리카락을 가진 외국인 카밀라'의 이미지를 은근히 겹쳐놓는다. 그러면서 미아가 괴담 속 사건의 또다른 희생자가 됐을지도 모른다는 가능성을 남겨두는 한편, 이제껏 사람으로 그려져온 카밀라가 사실은 미아와 지우의 관계를 부러워했고 그래서 그들의 이별을 무의식중에 바랐을지도 모를 유진의 비밀스러운 저주의 상징일 수도 있다는 추측을 하게 한다. "나는 미아가 미웠다. 그녀가 불행하길 바랐다. 그녀도 나와 같은 상처를 겪기를, 그래서 그녀 역시 죽음의 기로에 서기를 바랐다. 진심으로 그랬다."(249쪽) 그렇다면 "제가 미친 것 같다구요"라고 중얼거리다 "유진씨는 언제나 밤에 깨어 있죠?"(251쪽) 하고 질문하는 지우는 지금 유진의 흑마술에 걸린 상태인 것일까. 이 소설은 강화길이 고딕 미스터리·스릴러의 열렬한 애호가라는 점을 일러주면서, 그 장르의 문법을 한국소설의 테두리 안에서 어떻게 성공적으로 구현할 것인지 고대하며 지켜보게 한다.

고딕 미스터리·스릴러와의 친연성은 사실 첫 소설집 『괜찮은 사람』에 실린 '사람 연작'에서도 확인되는 것이었는데, 강화길은 긴박감과 두려움을 감염시키는 데 특화돼 있는 장르적 관습을 적절히 차용함으로써 여성 인물이 겪고 있는 불안과 공포를 독자가 (인식하는 것이 아니라) '느끼도록' 유도한다. 그의 소설에 대해 여성을 앎 이전의 차원에서, 감정과 심리의 상태로서 체험하도록 돕는 '느낌을 위한 장치'라고 평했을 때,[8] 나는 강화길 덕분에 '여성

8) 졸고, 「프레카리아트 페미니스트」, 문장 웹진 2017년 7월호.

을 이야기하기'라는 테마에서 어떤 답보 상태에 처해 있는 한국문학이 유력한 돌파구를 찾을 수 있길 바랐다. 그리고 이 소설집에 실린 「서우」와 「손」을 읽으며 모종의 해방감을 느꼈다. 이 두 소설은 폐가와 점집이 즐비하고 버려진 건물과 임대 아파트가 눈에 띄게 솟아 있으며 재개발이 추진되다 마는 바람에 거주민들을 주눅들게 만드는 주현동(「서우」)과, 광활한 논밭과 낡고 허름한 읍내를 지나 굴처럼 생긴 어둡고 좁은 도로를 통과해야 닿을 수 있는 시골의 한 마을(「손」)을 배경으로 삼고 있다. 이 공간들의 생김새와 분위기를 묘사하는 대목에서 강화길의 필치는 상대적으로 단정하고 묵직해진다. 그는 평생을 대도시 한가운데의 빌딩 숲에서만 산 게 아니라면 누구라도 한 번쯤 스치며 봤음직한 공간을 펼쳐놓은 뒤, '낙후된 지역에서(만) 일어나는 의문의 연쇄살인'이나 '손 없는 날과 관련된 미신적 풍속' 같은 한국사회 특유의 맥락을 전면화한다. 그 맥락이란 한국사회가 반백년의 불균형한 개발 시대를 거쳐오면서 누적해온 차별의 원인이자 결과인 '지방성'이라는 말로 함축될 수 있을 것이다. 여기에 더해 강화길은 여성을 주인공으로 세워 '지방성'과 '여성성'이라는 이중의 구속에 갇힌 여성의 삶 저류의 불안과 공포를 전달한다. 공격성과 분노를 은밀하게 감추고 있는 '지방-여성'의 심리의 중핵에 공간적-젠더적 위계의 말단에서 살아가는 이들 고유의 계급적 결핍감과 소외감이 무성하게 자리하고 있음은 물론이다.

두 소설에서 지방-여성이 감당하는 이중의 압력은 다음과 같이 구분된다. 그녀는 먼저 '남성 인물이 재현하는' 살해의 위협으로부터 자신의 안전을 도모해야 하고, '여성 인물이 재현하는' 질서의 작동 원리, 그것이 암묵적으로 지시·명령하는 금기와 규칙을 습득·준수해야만 한다. 이 두 개의 압력을 각각 '남성적 폭력'과 '여성적 폭력'이라고 불러볼 수 있을까. 만약 그 두 가지 압력이 요구하는 바대로 '착한 소녀'가 되지 않는다면 전자는 생명을, 후자는 소속을 빼앗아가겠다고 협박한다. 「서우」에서 아직 붙잡히지 않은 연쇄살인범, 자신의 의견이 받아들여지지 않으면 폭력을 휘둘렀던 어릴 적 같은 반 남자아이, 베트남전쟁에 참전했다면서 원치 않은 상세한 살인 묘사를 들려주고 흥분하던 택시기사는 화자에게 생명의 위험을 알리는 급박한 신호로 여겨졌다. 그 신호로부터 멀리 도망칠 수 있는 방법을 암시하는 소문과 그 소문이 가리키는 금기 및 규칙에 따라 화자는 여자 운전자의 택시를 골라 탄다. 그러나 그 여자 운전자는 정문으로 가달라는 승객의 요구는 아랑곳없이 자신의 뜻대로 차를 몰면서, 위험을 피하게 해주려는 것이라며 일방적으로 경고를 늘어놓는다. 설상가상 그녀의 얼굴에 포개져 떠오른 초등학교 시절의 선생님은 주현동에 산다는 이유만으로 화자를 차별적으로 대우해 그녀를 교실의 외톨이로 만들었던 주범이다.

"주현동에서는 무슨 일이든 일어날 수 있지."

농담이라고 생각해서 나도 웃었다. 그러나 그녀가 아이들 앞에서 공공연하게 여러 번 말하는 걸 듣고서야 그게 농담이 아니라는 걸 알았다. 하지만 기분 나빠하지 않았다. 아이들과 함께 킬킬대던 나를 향해 그녀가 "역시 넌 정말 문제 많은 애구나"라고 말하던 순간에도 기분 나빠하지 않았다. 덕분에 주현동이 후미지고 가난한 곳일 뿐 아니라 문제 많은 애들이 득실대는 곳이라는 걸 알게 된 이후에도 화나지 않았다. 뭐랄까, 그냥 당연한 말처럼 들렸고 내가 감수해야 한다고 느꼈다. 노력해야겠다고 생각했다. 얌전해지면, 공부를 잘하게 되면, 그러니까 지금보다 덜 웃으면 선생님이 날 좋아해주겠지. 주현동 사람 같지 않다고 말해주겠지.

사실 그게 그 여자의 교육 방식이었다. 한 아이를 망신 주고 괴롭히면 다른 아이들은 겁을 먹는다. 아이들을 다루기가 쉬워진다.(「서우」, 118~119쪽)

요컨대 지방-여성은 상호작용하는 두 겹의 폭력을 경험한다. 남성적 폭력의 심각함이야 재론할 필요가 없을 테고, 거기서 한 걸음 더 들어가 남성적 폭력의 실상을 소문으로 가시화하면서 통치의 명분을 만들고 금기와 규칙을 전수하는 여성 주도의 세계에도 엄연히 폭력이 존재한다. 「손」의 화자가 처해 있는 곤경도 같은 맥락에서 납득할 수 있다. 남편의 장기 해외 근무 때문에 시모가 사는 농촌으로 이주한 그녀는 한 학급의 규모가 일곱 명인 작은 학교의 교사를 맡고 있다. '튀기'라는 말을 배워 무심코 쓰는 딸 '민아'의 미래가 오롯이 자신에게 달려 있다는 생각을 하면 두렵기만 한 그녀에게 마을 사람들에 대한 소문과 평판은 중요하다. 그 정보들을 조합해야만 민아를 누구로부터 지켜내야 할지가 명확해질 것이기 때문이다. 그러나 시모를 비롯해 시모가 흠모하는 '이장'이나 그 둘과 삼각관계를 형성하고 있는 듯한 '연자네'까지, 마을 어른들 사이에는 그녀가 다 파악하기 힘든 알력과 긴장이 있어 보이고, 그 음험한 속내의 실체는 어쩐지 끔찍할 것만 같다. 자신이 가르치는 아이들을 보면서도 비밀과 거짓말을 직감하는 그녀는 혼란스럽고 예민해져 있는데, 그런 상황에 가세하는 '퍽 소리'와 '썩은 내음'은 딸의 안위에 대한 불길한 징조 같다. 이렇게 소설은 화자의 불안과 공포가 모성과 결합해 증폭되는 과정을 따라가면서 이 마을을 휘감고 있는 '손'의 정체, 그러니까 "사람들을 해코지하고 방해하는 년"(81쪽)을 필사적으로 피해 다니는 그녀의 숨가쁜 여정을 그리는 듯하다.

그러나 '손'이 사람 사이의 오해와 불신을 먹고 자라나는 초자연적 힘이라는 암시를 염두에 둔다면 '손 없는 날'을 골라 메주를 빚는 마을 행사를 망쳐버린 그녀가 아이러니하게도 '손'의 자리에 놓이지 않는가. "손 없는 날? 지난 이 년 동안 내게는 그런 날이 단 하루도 없었다"(87쪽)는 화자의 말은 그녀가 이 마을 사람들을 신뢰해본 적이 없다는 진심을 드러내는 증거로 읽힌다. 그러나 따지고 보면 이 마을에 의심의 씨앗을 심고 키운 것은 화자다. 화장실에서 자신을 모욕하는 낙서를 발견한 그녀는 아이들이 서로를 폭력적으로 추궁하여 범인 한 명을 지목하도록 몰아세운 적이 있었던 것이다.

> 무언의 대화가 오고가는 걸 알고 있었다. 아이들은 그들 중 누군가에게 책임을 물을 것이고, 그러기 위해서 무슨 방법이든 찾아내리라는 것을. 내 화를 풀기 위해, 그리하여 내 앞에 누구를 내보낼지 결정하기 위해, 뭔가를 의논하리라는 걸 나는 알았다. 그리고 그 일은 결코 대화만으로는 이루어지지 않으리라는 사실도. 왜냐하면 나는 담임교사였고, 학생 수는 겨우 일곱이었다. 그런 건 그냥 알 수 있는 거였다.(「손」, 109~110쪽)

소설의 말미에서 마을 전체에 가라앉은 거북한 냄새의 진원지가 자신이 아닌지 자문하는 화자의 모습은 자기를 둘러싼 세계에 대한 비방과 저주를 마음 깊은 곳에 품고 있었던 「카밀라」나 「서우」의 주인공과 흡사해 보인다. 초자연적 힘에 짓눌려 불안과 공포에 신음하던 여성이 그 힘의 주모자로 밝혀지는 세 소설의 급전急轉은 여성의 이중성과 모호성을 강조하면서 그들이 발붙이고 살아가는 세계가 얼마나 복잡한지를, 또 그러한 세계에 신뢰할 만한 관계가 하나도 없다는 것은 얼마나 처참한 일인지를 역설한다. 한국사회는 공동체의 외부로부터 가해지는 예측 불가능한 남성적 폭력의 존재를 자명한 사실로 인정한 뒤, 공동체의 생명을 보전해야 한다는 명목으로 치안의 질서를 건설해왔다. 치안의 질서는 금기와 규칙의 생산을 긍정하고, 그것을 소문과 평판과 험담의 형태로 바꾸어 다음 세대의 훈육 문화를 꾸린다. 아이들은 빠짐없이 훈육 문화 내부에서 자라게 되지만, 폐쇄적인 지방 공동체에서 일탈과 방종을 경계하기 위해 재생되는 수많은 '이야기'들은 남아보다 여아에게 훨씬 가혹하게 발화된다. 반항을 어느 정도 용인받는 남아가 때때로 질서를 무시하고 입사의 다른 길을 찾을 때 어른들은 이렇게 말한다. "요즘 애들이 문제가 많아요. 그래도 우리 마을 애들이 아주 착해요. 아시죠?"(「손」, 98쪽) 그러나 질서에 반하려는 여성의 목소리와 움직임은 번번이 부정된다. 아주 교묘해서 뭐라 대꾸하기도 어려운 방식으로. "모두 배려하듯 말했지만, 사실은 낯설고 서툰 손이 일을 망칠까봐 그러는 거라는 걸 모르지 않았다. 그렇다고 집에 일찍 가버리면 위아래 모른다는 소리를 들을게 뻔했다. 어디에 있든, 뭘 하든 가시방석이었다."(「손」, 103쪽)

이렇게 강화길의 소설은 남성적 폭력과 여성적 폭력의 공모하에 조성·유지되는 '공동체성'을 근본적으로 성찰해볼 것을 요청한다. 공동체의 보호를 받아야 하는 구성원, 즉 '착한 소녀'처럼 보였던 지방-여성의 광기와 악의를 돌출시켜 여성을 여성적 폭력의 피해자이자 가해자로 위치를 바꿔가며 배치하면서 '여성'의 형상에 모순과 균열을 만드는 그의 소설은 여성-문학의 합의된 가치를 정의하려는 시도들과 다소 불화할 수밖에 없어 보인다. 그의 소설은 차라리 지금까지와는 다른 연대의 형식을 창안해 새로운 신뢰관계를 구상하고자 하는 페미니즘 정치학을 겨냥하고 있다. 이 소설들에 따르면 미래의 공동체를 향한 우리의 움직임은 두 가지 방향에서 복합적으로 전개돼야 할 것 같다. 남성적 폭력을 불가피한 것으로 전제하는 시도를 부정하고 샅샅이 막아내는 일, 그리고 여성적 폭력에 잠복돼 있는 힘(권력)이 선용되는 길을 내는 일. 전자는 정치의 일이라고 할 수 있겠지만, 후자는 소문, 평판, 험담의 영역과 결부된다는 점에서 언어와 말을 다루는 '이야기'의 일이라는 판단, 그러므로 여성-작가로서 오늘날 해야만 하는 일이 있을 것이라는 생각이 다음 절에서 다룰 두 소설 「오물자의 출현」과 「화이트 호스」를 낳았을 것이다.

간주 | 여성-문학의 전조轉調를 위한 멜로디: '미디어-거울'을 부수고

여성이 이야기의 벽으로 둘러쳐진 성城 안에 갇힌 존재라는 발상은 「오물자의 출현」과 「화이트 호스」에서도 공유된다. 이 조건을 직시하면서 여성의 삶이 보다 자유로워질 수 있기를 소망하는 강화길의 소설들은 일단 이 성의 구조를 해부해보기로 작정한 모양이다. '그런 여자'를 만들어내는 가십, 소문, 평판, 험담, 폭로, 서평, 전기, 광고, 소설 등등 실로 무궁무진한 형태의 이야기들이 범람하는 사태를 냉정하게 마주하는 이 두 편의 소설은 서로 다른 이야기들이 맞물려 결합하고 갈등하는 현장을 투시한다. 그리고 거기에 깃들어 있는 인간의, 비루하고 저열하지만, 그렇다고 무심히 보아 넘길 수만은 없는 욕망은 무엇인지를 고민하도록 이끈다. 이야기들의 생산·유통·확산이 합리적이지도 일관되지도 진지하지도 않다는 것을 생생하게 압축하여 웅변하는 이 소설들은 여성을 옥죄는 이야기의 성이 얼마나 많은 결함을 가진 허술한 건축물인지를 시사해주는데, 그 사실을 확인하는 것으로부터 시작해 이 성에 '자유'가 드나들 문을 내는 것은 과연 가능할지를 타진해보는 작업까지, 강화길은 이 두 편의 소설을 통과하며 '이야기 생산자'로서의 자기성찰을 감행한 것으로 보인다. 그래서 이 두 편의 소설에서는 '다른' 이야기를 생산해내기 위해 강화길이 치러야만 했던 모종의 진통이 감지된다. 이 진통은 페미니즘에 대한 새삼스러운 주목과 함께 최근 몇 년 동안 우리가 한국사회를 변화시키기 위해 감수해야만 했던 수많은 희생을 환기하면서 인상적인 여운을 남긴다.

「오물자의 출현」부터 살펴보자. 왜 하필 여성-배우--예능인 '김미진'이 주인공이어야 했을까. 우리 모두 알고 있듯이, 한국사회에서 이야기의 성에 갇힌 채 평생 살도록 강요당하는 이들의 대표적 형상이 여성-유명인이기 때문이다. 그녀는 미디어에 의해, 아니 '미디어media'는 단어 뜻대로 '전달하는' 본연의 역할밖에는 할 수 없으므로, 사실은 미디어 저편에서 자신의 의지와 욕망에 따라 이야기를 만들고 바꾸어 송출하는 '그들'에 의해, 절상되고 복원되고 칭송되고 긍정되는 한편 절하되고 훼손되고 오염되고 부정되기를 반복했다. 그런 인생을 산 김미진에게 오롯한 자기만의 진실로 남은 것은 '죽음'뿐이었을 텐데, 이 소설은 그 죽음마저도 계속해서 다시 쓰기의 대상이 되고 있다고 말한다. 그러므로 소설 중앙에 박혀 있는 "그런데 말해두고 싶은 것이 있다. 김미진의 죽음은 미디어 탓이 아니다, 절대 아니다"(160쪽)라는 문장은 작품의 저의를 가장 순수하게 드러내는 작가의 인장일 것이다. 이 소설을 읽는 것은 누군가를 나체로 만드는 과정과 닮아 있다. 김미진의 삶에서 죽음까지, 그녀의 전 생애에 겹겹이 덧씌워져 있는 낡은 이야기들을 하나씩 벗겨내어 읽어가면서, 우리는 그녀를 또 한번 죽일 참이다. 그렇다는 것을 잊지 말라는 경고인 저 독한 문장은 독자(라는 말 자체에 각인돼 있는)의 관음증적 욕망을 경계한다. 소설이라는 미디어의 한 형식을 취해 '전달되는' 이야기에 대한 독자의 무반성적 몰입을 막고 메타-인지적 자의식을 발동하게 만드는 일종의 과속방지턱으로서 저 문장을 또렷하게 새겨두고, 강화길은 김미진의 인생이 '어떻게 쓰여왔는지'를 똑바로 바라볼 것을 주문한다.

첫번째 판본. 김미진의 죽음 이후 일 년도 지나지 않아 '김미진 전기'를 연재하며 그녀의 인생을 많은 이들이 손쉽게 '이해하도록' 돕는 데 일조한 '이마리'는 일단 김미진이 "작가 지망생치고는 예뻤지만, 동시에 작가 지망생치고는 별로 지적이지 않았던"(148~149쪽) 여성으로 남성 연예인들과 가상으로 연애하는 한 TV 프로그램을 통해 데뷔했다는 점을 회고하는 데서 출발한다. "서울대 미학과에 다니며 연기활동을 할 만큼 (뛰어나지는 않지만) 성실하고, 청량한 이미지의 훤칠한 신인 남배우"(150쪽) '이진오'의 구애를 거절함으로써 '평범한 여성이 특별한 남성의 사랑을 받는다'는 관습적 서사의 결말을 거스른 김미진은 '나대는 여자'로 낙인찍혀 대중의 미움을 샀는데, 의아하게도 몇 년 뒤 이진오와 결혼을 했다. 이마리는 그 결혼이 가족의 생계부양자였던 김미진의 도피를 위한 것이었으며, 그럴 수밖에 없었던 그녀의 속내가 생전에 남긴 『지옥』이라는 소설에 나타나 있다고 주장한다. "가족에게서 벗어나고자 했지만, 새로운 가족에게 속박되어버린 삶. 이마리에 따르면 김미진은 자신을 갉아먹는 상황에서 영원히 벗어나지 못하리라는 생각 때문에 두려워했다."(161쪽) 김미진의 죽음의 결정적 계기였으리라고 짐작되는 '그 사건'의 진실을 재구성하는 이마리는 T경관의 증언을 빌려 이진오가 범인이라는 뉘앙스가 실린 추리 서사를 완성한다. 이 판본에서 가해와 피해의 구도는 분명해 보인다. 그러나 강화길은 이 판본이 관습적 서사들의 짜

깁기로 탄생했다는 것을, 그런 탓에 김미진의 인생을 납작하게 만들어 이해하기 편하도록 가공하고 있다는 것을 넌지시 일러준다.

두번째 판본. 이마리의 글이 "편협한 관점으로 김미진을 신비화하고 이진오에게 오명을 뒤집어씌웠다고 생각"(162~163쪽)하는 '김지우'의 다시 쓰기에서 김미진은 알코올중독자로 묘사된다. 생계부양자로서의 스트레스를 술로 해결해온 김미진의 행적을 새로 밝히며 김지우는 술에 대한 그녀의 의존이 이진오의 권유로 시작됐다는 데 주목하고, 그에 대한 책임감 때문에 이진오가 그녀와 결혼'해준' 것이라고 주장한다. T경관의 증언도 그대로 믿을 수 없다고 따진 뒤 김지우는 김미진의 소설을 장악한 공포를 이렇게 재해석한다. "그녀는 알코올중독과 오래도록 싸웠다. 그건 통제할 수 없는 상황, 나약한 마음, 지독한 자기혐오와 싸우는 일이었다. 그녀의 공포는 다름 아닌 자기 자신이었다."(168쪽) 이에 대해 이마리는 "김미진이 처해 있던 구조적 폭력을 축소하고 개인의 문제로 바꿔버렸다"고 지적했지만, 논증의 정합성이나 정치적 올바름에 대한 논쟁과는 무관하게 "어쨌든 두 사람의 책은 한 달 동안 베스트셀러 1, 2위에서 엎치락뒤치락했다"(169쪽)는 게 이 소설이 '전달하는' 저간의 사정이다. 이제 이 소설 「오물자의 출현」의 서술자가 대표하는 제3의 관점이 소개될 차례다. 강화길은 이 관점 역시 서평을 가장한 광고의 형식에 의존해 있으므로, 이야기를 둘러싼 우리의 습속에토스, ethos을 점검해보자는 출판 취지("에토스 시리즈의 일곱번째 책 『오물자의 출현』", 145쪽) 역시 상술의 일부임을 고지하는 것도 잊지 않는다.

세번째 판본. 앞선 두 관점을 배척한 서술자는 김미진의 유작 『천국』을 '자전적'이라고 규정하면서, 그 마지막 챕터를 그대로 보여준다. 여기서 독자는 액자 내부의 소설로 제시돼 있는 김미진의 글에 대한 적극적 해석을 권유받게 되는데, 내 식대로 읽어본 결과를 말해보면, 김미진은 "나는 나의 오물자다"(170쪽)라는 수행적 문장performative sentence이 가리키는 바대로 '인생'이라는 연극의 연기자performer로서 살았다. 그녀의 모든 언행은 그녀가 보고 듣고 읽은 이야기들에서 촉발됐다. 현실과 (이야기들에서 삐어나온) 환상의 경계를 흐르듯이 오가면서 그녀는 이진오와 사랑하고 결혼하고 갈등하고 이혼했다. 예컨대 이진오와 김미진이 "'서로' 격렬한 '터치'를 했다"(162쪽)는 '그 사건'을 김미진의 입장에서 다시 보자.

청소기를 들고 해태를 향해 달려갔다. 망설이지 않았다. 누구도 나를 막을 수 없었다. 나는 청소기로 자개 장식장을 내리쳤다. 영물의 얼굴을 내리치고, 또 내리쳤다.

(잠깐, 나 이 대본을 어디선가 봤던 것 같은데?)

그 순간, 누군가가 내 팔목을 잡았다. 그였다.

"야! 너 미쳤어?"

(……)

나는 애원했다. 당신이 얼마나 소중한지 몰랐다. 잠시 정신이 나간 것 같다. 나는 가슴을 치며(이래야 할 것 같았다) 말했다. 당신을 사랑한다. 사랑한다. 사랑한다.

(……)

마치 저주에 걸린 것 같았다. 지독한 운명에 얽힌 비극의 주인공이 된 것 같았다. 그래. 비극. 나는 정해진 길에서 벗어나기 위해 몸부림치고 있었다. 그러나 운명은 나를 놔주지 않았다. 내가 안간힘을 다할수록 나를 묶고 있는 거친 사슬이 더 세게 옥죄어오는 것 같았다. 나는 두 눈을 찌르고 싶은 충동을 느꼈다. 그리고 외치고 싶었다.

보아라, 신이여! 이것이 인간이다. 운명에 맞서는 인간의 모습이다!(「오물자의 출현」, 174~177쪽)

괄호로 처리된 지문들은 김미진이 (멜로드라마적) 비극의 주인공을 열연하기 위해 애쓴 흔적들인데, 그녀는 연기가 선행된 이후에야 자신의 상태를 체험한다. 말하자면 그녀는 자기 인생의 배우와 관객 입장을 번갈아 맡으면서 삶을 '연기하고-체험하는' 순환에 빠져 있는 것이다. 이는 그녀가 이야기의 영향을 얼마나 강하게 받으며 살아왔는지를, 더 정확히 말하면 줄곧 이야기 속에서'만' 살아왔음을 입증한다. 사랑의 소멸을 두렵게 예감하는 상황에서도 김미진이 자기 자신을 운명에 맞서는 그리스비극 속 오이디푸스의 형상에 겹쳐놓고 인지하는 대목은 여성에게 '주체성' 이라는 말로 표현되는 상태가 어떤 이유에서 도달 불가능한지를 암시한다. 김미진이 자신과 이진오의 관계가 끝나버렸다는 판단을 하게 된 결정적인 이유는 명시된 대로 "그와 함께 있는 내가 더는 상상되지 않았"(181쪽)기 때문이다. 달리 말하면 그녀는 이야기의 바깥에서 타인과의 관계를 만들고 살아가는 법을 모른다. 그것은 '상상되지 않기에' 불가능하다. 김미진은 타인과의 관계를 상상한 후 느껴지는 감정을 연기할 뿐인데, 어떤 연기가 되지 않고 있다면 그 연기가 지시하는 감정이 그녀에게 없는 것이다. '나는 나의 오물자다'라는 수행문이 '(연기하는) 나는 (이야기의 성에 갇힌) 나의 인형이다'라는 뜻으로 완벽히 실현되는 이 결말에서 김미진이 거울을 보며 자신의 얼굴을 더듬는 장면은 의미심장하게 읽힌다. 그것은 '유령의 집 거울'[9]에 비추어 자기 자신을 인식하고, 자신의 언행을 반성하고 인생을 계획하며, 허황된 기대와 미련한 소망을 품고, 이야기가 끝나면 죽게 되지만 그 죽음마저도

---

9) '유령의 집 거울'이란 비유는 토드 기틀린(Todd Gitlin, *The Whole World Is Watching: Mass Media in the Making and Unmaking of the New Left*, Berkley: University of California Press, 1980)에게서 가져왔다. 이 비유는 생애주기마다 미디어가 송출하는 여러 종류의 이야기들에 비추어 자신의 인생을 인식하고 반성하고 계획하게 되는 여성의 삶의 문제성을 지적하기 위해 쓰인다. 이와 관련해서는 멀리사 에임스, 세라 버콘, 『대중문화는 어떻게 여성을 만들어내는가』(조애리 외 옮김, 한울아카데미, 2020) 참고.

이야기에 강제로 헌납해야만 하는 미디어 제국주의 시대의 여성의 삶에 대한 섬뜩한 상징이 아닌가.

「화이트 호스」는 여성이 '유령의 집'에 갇혀 있다는 비유를 소설의 핵심 설정으로 취하면서 '유령의 집' 바깥으로 나가는 길을 탐색하는, 따라서 「오물자의 출현」의 문제의식을 진취적으로 이어받고 있는 소설이라고 할 수 있다. '작가'로서의 정체성이 확고한 주인공이 등장한다는 점에서, 이 소설은 '여성-작가'로서의 자기규정을 분명히 한 강화길이 앞으로 어떤 이야기를 어떻게 써내야 할지를 고심하고 있는 자신의 모습을 서사화한 메타-작가론으로 읽히기도 한다. 본받고자 했던 실종된 선배 작가 '이선아'의 마지막 행적이 남아 있는 고택에 입주한 '나'는 어린 소녀의 죽음과 각종 사건 사고에 휘말려 있는 이 집에 대한 소문을 익히 알고 있다. 그러나 "곳곳에 망자들의 혼이 스며들어 있다"(189쪽)는 그 소문은 "남겨진 것들의 흔적에서 무언가를 찾을 수 있다고 생각" 하면서 "어떤 의미를 계속 찾아 헤매고 다니"(191쪽)는 화자에게 별로 위협적인 것이 못 된다. 화자에게 이 집은 해결되지 않는 자신의 문제를 풀기 위한 소중한 열쇠다. 이 소설에 추리 서사적 분위기가 풍긴다면, 그것은 "이선아의 물건은 대부분 추리소설이었다"는 문면의 표식 때문이 아니라, 화자가 탐정이 되어 의뢰인인 자기 자신의 범죄, 즉 "지난 일 년간, 내가 단 한 줄도 쓰지 못했다는"(197쪽) 문제의 원인과 해결책을 찾고 있어서다.

슬럼프의 원인으로 먼저 지목되는 것은 화자의 작품 또는 발언에 대해 그 진의를 왜곡하거나 자의적으로 해석하고 비판했던 사람들이다. 화자는 '저자의 죽음' 같은 말을 떠올리면 그걸 당연하게 받아들여야 할 것 같았지만 어쩔 수 없이 억울한 마음도 들었는데, 그 심정은 이 집의 의뭉스러워 보이는 관리인 앞에서 똑같이 발현된다. "그녀는 나를 믿는 것 같지 않았다."(194쪽) 인터폰이 제멋대로 소리를 낸다고 귀찮게 연락해온 자신을 '신뢰할 수 없는 화자'로 여기는 관리인을 설득하기 위해 화자가 취하는 조치들은, 작품의 진의를 독자에게 손상 없이 전달하기 위해 노력해온 화자의 긴 경주傾注를 연상하게 한다. 그러나 관리인과의 간극이 좁혀지지 않는 것과 마찬가지로 타인의 해석은 통제할 수 없는 영역이라는 점을 받아들인 화자는 다음의 문장에서 문제 해결의 실마리를 찾는다. "체스터턴은 평생 자신을 시인이라고 생각했다. 그럼에도 불구하고 사람들은 그를 브라운 신부 시리즈의 작가로 기억한다."(200쪽) 자신의 전범이었던 이선아가 밑줄을 그어놓은 문장과 그 옆에 메모한 단어 '화이트 호스white horse'를 단서로 나는 본격적인 추리에 임한다. 책과 논문을 뒤지고, 웹 사이트와 블로그를 돌아다니고, 수천 곡의 영어 노래를 찾아 듣고, 결국 다음과 같은 생각에까지 도달할 수 있게 된다.

대체 무엇이 작가를 작가로 만드는 것일까. 그건 대체 무엇일까.

알 수 없었다. 다만 내가 운이 좋다는 건 알았다. 나는 정말 운이 좋았다. 뭐랄까. 그래. 그건 화이트 호스였다. 백마 탄 왕자님이었다. (……)

문제는, 어울리지 않는 옷을 입고 돌아다니는 건 좋았는데, 가끔 내가 진짜로 그런 사유를 추구하는 작가라는 생각에 휘말릴 때가 있었다는 것이다. (……)

이선아도 찾아 헤맸던 걸까. 흙투성이가 된 손바닥을 털며 나는 생각했다. 어쩌면 그녀는 찬사에서 벗어나 자신만의 무언가를 갖고 싶었던 건 아닐까. 다른 이들이 어떻게 생각하든, '그럼에도 불구하고', 스스로를 정의할 수 있는 것들. 노래를 부르는 사람, 쓰는 사람, 그러니까 오직 뭔가를 만드는 사람만이 바꿔낼 수 있는 새로운 의미, 그런 화이트 호스를.(「화이트 호스」, 216~217쪽)

문제가 해결되자 글쓰기의 충동이 되돌아오는데, 그 섬광 같은 순간이 지나고 나서 화자는 "그러기 위해서는 일단 집에 돌아가야"(218쪽) 한다고 되뇐다. 여전히 자신과는 다른 해석을 가졌으리라 짐작되는 관리인과 함께이지만, 되돌아간 집 안에서 화자는 한결 편안해 보인다. 그는 이제 자신의 작품과 발언에 대한 평판에 예민했던 연약한 마음을 떨쳐낸 것일까. 강화길의 상상도에 의거해 읽는다면 화자가 머무는 고택은 '이야기의 역사'가 공간화된 곳이다. 그곳이 무너지지 않도록 "일종의 부적처럼"(191쪽) 고용

된 관리인은 정작 인지하지 못하는 집의 심각한 이상 증세, 즉 "온갖 소음" "웃음소리. 노랫소리. 쾅쾅 두드리는 소리. 바닥이 흔들리는, 집이 무너지는 듯한 이명. 돌아온다네. 돌아온다네. 화이트 호스"(214쪽)를 알아채는 이는 화자뿐이다. 그 집을 더 잘 아는 이는 관리인이 아니라 그곳에서 실제로 살고 있는 화자일 수밖에 없다. 관리인이 아무리 고쳐도 다시 물이 새는 욕실에 나 있는 검고 흉측한 구멍, "뭔가 악독한 것이 이쪽으로 흘러들어올 것만"(211쪽) 같은 그 빈 곳이, 글을 쓰는 인생을 살기로 작정함으로써 화자와 마찬가지로 그 집에 거주하게 된 작가 강화길이 몸소 실천해 보일 미학과 거기에서 비롯된 개별 작품들로 서서히 차오르게 될 것이라 예상해본다면, 그럼으로써 '이야기의 역사'가 구멍을 메우고 보다 튼튼해질 것을 기대해본다면, 이 해석은 섣부른 과장일까. 「화이트 호스」 이후 선보인 두 작품, 「음복飮福」과 「가원佳園」을 차례로 읽으면서, 나는 이런 해석을 그냥 밀고 나가봐도 좋겠다고 생각했다.

2절 | 여성의 역사(이야기)와 여성의 권력(힘): '행위자-여성'을 향하여

이야기의 벽으로 둘러쳐진 성에서 여성들이 '언제나 소문에 살았다'는 것을 고딕식 불안과 공포를 매개로 확인하고(「카밀라」 「서우」「손」), 그 이야기의 강고한 벽이 얼마나 교묘한 방식으로 여성의 삶을 재편집·재해석하여 통제하는지(「오물자의 출현」), 그럼으로써 심지어 이야기하기 자체를 망설이게 만드는지를 실감한 뒤, 구멍난 이야기의 벽을 채울 다른 이야기를 해볼 용기를 내는 작가의 형상을 자신의 모습에 겹쳐 본(「화이트 호스」) 강화길은 이제 이야기 바깥은 없다는 엄연한 사실을 인정한 채로 다시, 그리고 다르게, 여성에 대해 이야기해보려 시동을 거는 중이다. 이 야심찬 출발선에 놓인 작품이 「음복」과 「가원」이다. 강화길의 소설들이 여성주의 정치학의 방향성을 암시하고 있다는 기왕의 짐작은 이 소설들을 만나면서 확신으로 굳어졌는데, 이 소설들은 정치학의 중심 개념인 권력power에 대한 페미니즘적 재해석을 유도한다.

이 소설들은 겉으로 보기엔 앞서 「오물자의 출현」이 선보인 여성에 대한 다시 쓰기를 수행하는 것 같지만, 그 숨겨진 지향은 정반대다. 그 상반된 지향에 대해 설명하기 위해 이런 도식을 성글게나마 제안해볼 수 있다. 어떤 이야기는 여성의 삶을 수난passion을 중심으로 이해하고, 그녀의 인생을 쓴다. 그럴 때 그 여성은 '대상화되는' 방향으로 재현된다. 반면 어떤 이야기는 여성의 삶을 열정passion을 중심으로 이해하고, 그녀의 인생을 쓴다. 그럴 때 그 여성은 '주체화되는' 방향으로 재현된다. 눈치챘겠지만, 나는 지금 한 여성의 같은 삶passion이 보기에 따라 수난으로도 열정으로도 해석될 수 있다고 말하고 있다. 그렇다면 여성을 지금-여기에 다시, 그리고 다르게 쓸 때 관건이 되는 것은 저 두 갈래의 방향 중 어느 쪽을 택하느냐이리라. 삶을 아름답게 바꿔버리고 싶은 강화길의 미학은 (또 그가 전범으로 삼고 있는 박완서의 미학은) 전자를 완전히 무시하지는 않지만 그보다는 후자를 강화하는 쪽으로 이야기의 길을 내고자 한다.[10)]

「음복」부터 자세히 살펴보자. 시조부의 제사를 지내러 시댁에 들른 화자 '세나'는 단 하룻밤 사이에 한 집안의 내력을 속속들이 꿰게 된다. 시조모의 돌봄 문제를 둘러싼 시부모와 시고모 사이의 협의, 남편 '정우'를 향한 시고모의 해묵은 미움과 그 까닭, 시조모가 치매에 걸리고서도 잊지 못한 시조부의 사납고 신산한 과거, 시부와 시모가 제사와 관련해 맺은 비밀스러운 계약, 그리고 이 모든 가족의 속사정을 모르는 남편의 무지까지를 세나는 알아챈다. 그처럼 일사천리로 체득된 세나의 앎이 그 가족들과 혈연으로 이어져 있으면서도 서른두 해 동안 기적적으로 지연돼온 정우의 무지와 대조를 이루면서, 소설은 가부장제의 젠더 불평등한 권력구조를 남성의 무지와 여성의 앎의 위계에 유비해 보여준다. 그렇다면 이 소설은 '남성' 정우의 상대적으로 우위에 있는 권력을 가시화하고, 세나가 '여성'이라는 이유만으로 맞이하게 될 암울한 미래

10) 이하 「음복」과 「가원」에 대한 논평은 최근 발표한 졸고, 「불평등 서사의 정치적 효능감, 그리고 '돌봄 민주주의'를 향하여—김유담, 강화길, 장류진 소설에 주목하여」(『창작과비평』 2020년 여름호)의 일부를 가져왔다.

를 예고하고 있는 것일까. 가부장제라는 구조에서 종속적 위치를 할당받는 여성의 부당한 현실을 드러내는 이야기로서 이 소설을 읽을 때, 이 소설이 (여성) 독자에게 선사하는 모종의 만족감을 해명할 방도는 없어 보인다. 그것은 여성을 대상화하는 재현 방식일 뿐이기 때문이다. 더욱이 그 독법에 따르면 소설 말미에서 세나가 "진짜 악역"인 남편을 아무것도 모르는 채로 남겨두기로 결정하면서 "과연 그걸 선택이라고 말할 수 있는 걸까"라며 회의하거나, 미래의 아이를 떠올리며 "그럼에도 불구하고 네가 딸이었으면 좋겠다"(42쪽)라고 말하는 대목은 선뜻 납득하기가 어려워진다.

이를 염두에 두고 다시 읽으면 「음복」의 주요한 성취는 시모와 시고모가 제사로 대표되는 가부장제의 제약과 '협상하면서' 어떻게 자신들의 소원을 성취해왔는지를 세나가 발견하는 데 있다. 그 협상에서 악역을 맡아온 시고모의 모습에 세나는 외갓집에서 목격한 엄마에 대한 기억을 겹쳐 본다. 아들만 살뜰히 챙기면서 가부장제를 체현해온 시할머니와 외할머니 때문에 우는 일이 많았을 시고모와 엄마, 그럼에도 자신들의 엄마를 전적으로 이해해야 한다는 당위적 명령까지 감당해온 두 여성. "나만은 엄마를 절대 미워하면 안 된다"(37쪽)고 다짐했던 유년 시절의 감정을 간직하고 있는 세나 역시 그녀들에게 결속된다. 더욱이 세나는 시모의 문자메시지를 통해 시모와 시고모가 각각 가부장제가 가하는 유무형의 강제에 맞서서 자녀들의 삶을 보전하기 위해 어떤 수고스러운 과업들을 '선택'해왔는지도 알게 된다. 시모가 제사를 열심히 챙기는 대신 시부는 아들의 삶에 일절 개입할 수 없게 됐으며, 시조모의 감정적 의존처가 돼주는 대가로 시고모는 집안의 반대와 종용을 저지하고 딸의 '멋진' 삶을 지켜내고 있다. 그러므로 이 소설에 등장하는 여성들의 삶을 양의적兩意的으로 해석할 필요가 있다. 구조와의 상호작용 속에서 젠더적 억압을 받는 동시에 삶의 동력을 얻는 길을 내고 그리로 나아갈 때 여성은 세나의 시고모와 엄마처럼 악역을 맡는 과감함을 보여주기도 하는데, 이 소설은 그것을 '선택'이라고 부른다.

「음복」이 주목한 것은 자신을 구속하는 힘을 실감하면서 그 힘의 방향을 굴절시키고 강도를 조율하기 위해, 그럼으로써 종내에는 소원을 성취하기 위해 나름의 전략을 짜고 실천하는 '선택'의 당사자들, 즉 행위자agent로서의 여성들이다.[11] 따라서 정우가 '진

11) 페미니즘 담론에서의 '행위자' 개념에 대해서는 다음 단락을 인용함으로써 설명의 부담을 덜기로 하자. "페미니스트의 원칙과 그 자기주도성(initiative)에 반대하는 이들은 대다수의 여성들이 지배적인 여성적 규범에 기꺼이 순응한다는 점을 지적했다. 그때 페미니스트 철학자들은 다음과 같이 반박했다. 그 규범에 순응하지 않았을 때 얻게 되는 불이익이 없었더라면, 거기에 더해 편재하는 전통적 이성애 역할 모델과 미디어의 표상이 없었더라면, 여성들은 다르게 살기를 선택할 수 있었을 것이다."(Feminist theories of agency, www.britannica.com) 강요되는 규범과 편재하는 표상 속에서도 여성에게 다르게 살기를 '선택'하는 능력이 있다고 믿는다는 것은 행위자(agent)로서의 여성의 행위력(행위자성, agency)을 믿는다는 것이다.

짜 악역'이라고 하더라도 무지의 장막 속에 있는 그의 인생은 '선택'에 미달한다. 세나가 미래의 딸의 존재를 상상하는 자신이 '선택'을 하고 있는 것이기를 기도하며 "걔는 아무것도 몰랐으면 좋겠어. 아무것도"(42쪽)라는 시모의 소원을 그대로 물려받는 이 소설의 결말은 행위자-여성으로 성장해갈 그녀의 앞날을 예감하는 표지처럼 보인다. 이렇게 행위자-여성으로의 성장의 문턱에 '출산과 양육'이라는 사건을 배치하면서, 강화길의 소설은 행위자-여성이 획득하고자 하는 '모성적 권력'의 가치를 사유할 준비를 마친다. 잇달아 발표된 「가원」은 외조모의 일대기가 손녀 '연정'에 의해 다시 쓰이는 과정을 따라 전개되는데, 그 끝에서 밝혀지는 것은 친절하고 다정했던 외조부 '박윤보'의 양육과 대비돼 냉정하고 엄혹하게만 느껴졌던 외조모의 양육 안에 숨겨진, 손녀가 (자신이나 딸과는) "부디 다른 삶을 살았으면 하는 그런 간절한 마음"(63쪽)이다. 기억을 재구성해 다시 쓴 외조모의 일대기를 반성적으로 곱씹어보는 연정이 과거와 현재 사이의 인식적 낙차를 강조하는 대목들, 가령 "그러나 지금 와서는 이런 생각을 한다. 나는 정말로 알고 있었을까?"(52쪽) "이제는 그 이유를 안다./그러나 그날은 몰랐다"(55쪽) 등은 외조모의 삶을 회고하며 얻은 앎이 의사로서 "누군가를 돕는 일을 하게"(72쪽) 된 그녀의 인생을 어떻게 바꾸게 될지를 기대하게 한다.

하지만 하나는 알고 있다. 무엇이 진실이든, 그녀가 온종일 일했기 때문에, 택시를 타지 않고 걸어다녔기 때문에, 내게 윽박지르고 몰아붙였기 때문에, 때리고 실망하고, "유지해"라고 말했기 때문에, 나는 이 동네를 떠날 수 있었다. 내가 원하는 대로 살게 되었다. 누군가를 돕는 일을 하게 되었다. 그것으로 밥값을 하게 되었다. 박윤보와 같은 남자들을 만나고 얼마든지 그들을 떠나고 다시 만나고 잊었다. 그런 사람으로 자랐다. 나만은 그런 사람이 되었다. 그렇게 살게 되었다. 살고 있다. 그래. 정말로 안다. 사실 박윤보는 나의 인생, 나의 삶, 나의 미래를 자신의 무엇만큼 중요하게 생각하지 않았을 거라는 것. 그래서 나의 웃는 모습을 있는 그대로 내버려둘 수 있었던 거라는 것.(「가원」, 72~73쪽)

절약을 강요하고 성공을 채근했던 외조모의 훈육이 연정의 어린 마음에 생채기를 낸 적이 분명히 있지만, 돌이켜보면 그 행위가 자기 삶의 가능성을 확장시킨 동력을 만들어냈다는 것을 연정은 안다. 모성 신화가 조장하는 '모성'의 이미지에 꼭 들어맞는 부드러움과 미소를 내주던 외조부의 양육이 무책임하고 이기적인 방임에 가까웠다는 각성에 이를 때, 이 소설은 때로 가부장의 외피를 쓰는 듯이 보이기도 하는 '모성적 권력'이 궁극적으로 꿈꾸는 바가 진정한 의미에서의 '돌봄의 수행'이라는 점을 시사한다. 그러므로 "보살펴줘야"(54쪽) 하는 '가원'의 진짜 주인은 외조부가 아니라 외조모여야 하고, 연정은 이 소설 말미에서 뒤늦게나마 소유권 이전을 해낸다. "가원佳園은 여자의 호號로 쓰이는 이름이다."(74쪽) 재개발이 결정된 빈 동네에서 홀로 무너져가고 있는 '가원'의 처지에 치매에 걸려 기억을 잃은 외조모의 쇠락을 겹쳐 놓으면서, 이 소설은 여성의 힘에 합당한 여성의 몫(가치)을 가늠하는 일에는 유난히 늦된 우리의 어리석음을 반성하게 한다.

'돌보는 권력'은 '~보다 우위에 있는 힘power over'이 아니라 '~를 하는 힘power to'을 뜻한다. 그것은 관계를 중시하고 타인의 역량을 강화시키는 힘으로서의 권력 개념power as empowerment, 미래 지향성과 재생산성 그리고 이타성을 함축하는 권력 개념에 부합한다.[12] 강화길의 소설을 읽은 뒤 (여성) 독자가 얻는 위안이 있다면, 그것은 그가 소설 속 여성들이 가부장의 권력에 얼마나 심각하게 종속돼 있는지를 들춰냄으로써 권력 비판을 용이하게 해주기 때문이 아니다. 그의 소설은 대안적 권력 모델을 추구하고 행사해온 행위자-여성들의 삶을 조명함으로써 그러한 대안적 권력을 이미 가졌거나 앞으로 가질 수 있는 여성으로서의 삶을 긍정하게 해주고, 돌보는 권력을 향한 여성들의 헌신을 북돋운다.

---

12) 권력 개념에 대한 이 같은 방식의 페미니즘적 재해석은 Nancy Hartsock, *Money, Sex, and Power: Toward a Feminist Historical Materialism*, New York: Longman, 1983; *The Feminist Standpoint Revisited, and Other Essays*, Boulder, Colorado: Westview Press, 1998 참조.

강화길의 소설이 제안하는 여성 행위력agency의 발견과 권력에 대한 페미니즘적 재해석을 참조해 돌보는 권력을 요체로 한 '도래할 민주주의'를 예감하는 것이 터무니없는 공상만은 아닐 것이다. '돌봄'에 대한 우리의 편협한 시각을 선제적으로 교정해둔다면 말이다. "가장 일반적인 수준에서 돌봄은 가능한 한 세상에서 잘 살 수 있도록 우리의 '세상'을 바로잡고 지속시키고 유지시키기 위해 우리가 하는 모든 것을 포함하는 종種의 활동으로 간주되어야 한다."[13] 돌봄care이 관심, 주의, 걱정, 근심, 조심, 보호, 간호, 바람, 책임 등 풍부한 번역어를 거느린다는 점에서, 돌봄의 테마에 천착하기 시작한 강화길의 소설은 (박완서가 그러했듯이) 여성-문학의 반경을 무한대로 확장해보는 도전의 성과를 이미 내고 있는 것 같다. 상상할 수 있는 가장 너른 품의 페미니즘과 대화하게 될 그의 다음 작품들에 대한 기대는 페미니즘과 상호작용하며 변하게 될 이 세계에 대한 낙관을 버리지 않으려는 마음과 꼭 닮아 있다.

---

13) Berenice Fisher and Joan C. Tronto, "Toward a Feminist Theory for Caring", *Circles of Care*, ed. E. K. Abel and M. Nelson, Albany: SUNY Press, 1990, p. 40(조안 C. 트론토, 『돌봄 민주주의』, 김희강·나상원 옮김, 아포리아, 2014, 67쪽에서 재인용).

후주 | "This is our place, we make the rules."

이 소설집의 표제작 제목은 테일러 스위프트의 동명의 노래에서 가져왔다. 이 소설집이 한 장의 음반이라면, 아마 이 해설은 소설집을 구매한 이들만 들을 수 있는 '보너스 트랙'에 비유될 수 있을 것이다. 한 곡의 노래처럼 들리기를 바라며 절 제목을 붙였는데, 가능하다면 이 노래가 행진곡풍으로 들렸으면 싶다. 두번째 소설집을 묶어 내는 강화길이 '소퍼모어 징크스'라는 말에 흔들리지 말고, 지금 자신이 가고 있는 길에 대한 의심 없이 그저 앞으로만 나아가도 좋다는 확신에 찬 응원을 담은. 이 해설을 쓰기 위해 그녀의 소설을 따라 여기까지 오면서, 누군가의 뒤편에서 그의 뒷모습을 바라보며 힘껏 박수를 치는 일의 기쁨을 맘껏 누렸다. 마지막으로, 이 글을 쓰며 가장 자주 들은 테일러 스위프트의 노래 〈Lover〉의 한 구절을 옮긴다. "This is our place, we make the rules." 나의 이 조용한 흥얼거림을 나의 화길이, 그리고 그녀의 소설을 사랑하게 될 많은 독자들이 큰 소리로 이어받기를 꿈꾼다.

작가의 말

「화이트 호스White Horse」는 이 책에서 내가 가장 좋아하는 소설이다. 정확히 말하면 이 소설을 쓰게 된 경위를 좋아한다. '화이트 호스'라는 제목은 테일러 스위프트의 동명의 노래에서 가져왔는데, 그 노래에는 소설에도 인용한 이런 내용이 등장한다. '나는 동화 속의 공주가 아니고, 나는 너의 화이트 호스가 필요 없어.'*

2017년 여름, 나는 가족들과 미국 시애틀로 여행을 갔다. 엄마의 중학교 동창인 Y이모의 초대 덕분이었다. 나는 어릴 때부터 그녀에 대해 듣고 자랐다. 어려움 속에서도 결코 낙관적인 태도를

* "I'm not a princess, this ain't a fairy tale. (…) Now it's too late for you and your white horse to come around."(Taylor Swift, 〈White Horse〉).

잃지 않았고, 이민을 가서도 늦게 대학에 입학해 간호사가 된 친구에 대해 이야기하는 엄마의 목소리에는 어떤 순수한 존경심이 배어 있었고 그 마음은 내게 영향을 미쳤다. 그리고 실제로 만나본 그녀는 정말 훌륭한 사람이었다. 여행하는 동안 내가 그분과 그 가족에게 배운 많은 것들을 지금도 기억하고 있다.

그녀의 남편이자 내가 아저씨라 부르는 M은 컨트리 음악 마니아였다. 나는 마니아라고 할 수는 없었지만 나름대로 컨트리 음악을 좋아했고, 그것이 반가웠던지 그는 틈틈이 내게 다양한 컨트리 음악을 들려주면서 그 음악의 역사와 형식에 대해 설명해주곤 했다. 그러던 중—아마 옥수수밭을 지나가던 즈음이었던 것 같다—밥 딜런의 〈Absolutely Sweet Marie〉와 테일러 스위프트의 〈White Horse〉를 연속으로 들려줬다. 문제는 내 영어 실력이었다. 나는 '화이트 호스'라는 단어가 두 노래에서 각기 다른 의미로 등장한다는 설명을 아주 희미하게 알아들었다. 덕분에 알아듣지 못한 부분은 여백으로 남았고, 나는 그것에 대해 강렬한 호기심을 느꼈다. 그러나 이내 햄버거 가게에 도착하면서 금세 잊어버리고 말았다.

여행에서 돌아온 뒤, 나는 이전보다 테일러 스위프트의 노래를 많이 듣기 시작했다. 여행의 여운 때문에 시작된 일이었지만 시간이 지나면서는 개인적인 이유로 그녀의 음악을 좋아하게 됐다. 당시 나는 이름을 걸고 일을 하는 것에, 그러니까 나를 향한 일부 비평에 대해 상당한 피로와 염증을 느꼈다. 신인 작가 입장에서 꽤 위협적으로 느껴지는 글도 있었고, 그간 내가 여성으로서 받아온 어떤 평판들과 크게 다르지 않게 느껴지는 글도 있었다. 그러던 중 테일러 스위프트가 이렇게 노래하는 것을 들었던 것이다. '사람들은 내 머리가 비었다고 말하지. 하지만 나는 떨쳐버릴 거고, 절대 멈추지 않을 거야.'* 또 이런 노래도 들었다. '너는 지금 나를 괴롭히지만 난 언젠가 큰 사람이 될 거고, 너는 바에서 술이나 마시면서 내가 노래를 못한다고 흉이나 보겠지.'** 이후 나는 그녀의 노래에 조금 더 관심을 기울이게 되었고, 자연스레 가사가 진행되는 방식에 흥미를 느끼게 됐다. 사실 나는 지금도 궁금하다. 그러니까 자기만의 '스타일'이란 대체 무엇일까. 균형감각을 유지한다는 것은 무엇일까. 나라는 인간과 캐릭터 사이에는 얼마만큼의 간격이 존재하나. 아니, 그 거리는 어느 정도여야 하는가. '나'라는 일인칭 화자에 의해 진행되는 이야기임에도 불구하고 읽는 사람의 마음에 자연스럽게 스며드는 일은, 나의 이야기를 또다른 나의 이야기로 만드는 요소는 대체 무엇인가. 사실 이 질문들은 그간 소설을 쓰면서, 좋아하는 작가들의 작품을 읽으면서 끊임없이, 지금까지도 자문해온 것이다. 때문에 노래를 한창 찾아 듣던 그즈

* Taylor Swift, 〈Shake It Off〉.

** Taylor Swift, 〈Mean〉.

음, 두 음악가가 화이트 호스의 의미에 전혀 다른 방식으로 접근했다는 이야기에 또다시 사로잡힌 건 결코 우연이 아니었다.

그런데……

어쩐지 조금 구구절절하다는 생각이 든다.

역시 이번에도 한 줄 쓸 걸 그랬나.

할말만 한다는 이미지 그거 꽤 괜찮은 것 같은데.

그래도 어차피 이렇게 된 거 계속해보자면,

나는 두 노래에 대해 계속 생각했다. 화이트 호스의 의미 변화는 두 노래를 어떻게 달라지게 할까. 들리게 할까. 느끼게 할까. 그래서 뭘 만들어낼까. 무엇보다 나는 대체 왜 이 모티브에 사로잡혀 있는 걸까. 무엇을 원하기에? 뭘 알고 싶어서? 나는 음악에 문외한이었기에, 상상력의 범위만큼 답답함을 느꼈다. 아귀가 완전히 딱 맞아떨어지지 않는, 알 듯 말 듯 희미하게 떠오르는 그 상像 때문에 아주 미칠 지경이었다. 잠들기 전에도 그 노래들을 들었고, 일하다가도 들었고, 잠에서 깨어난 후에도 그랬다. 그런 날 중의 어느 하루였을 것이다.

일어난 지 얼마 안 된 시간이었다. 열한시? 열두시 무렵이었던가. 살짝 배가 고팠지만 움직이기 귀찮아서 계속 이불 속에 누워 있었다. 습관처럼 노래를 틀어놨다. 그때 친구에게서 전화가 걸려 왔다. 뭘 하고 있느냐고 해서 노래를 듣고 있다고 대답했다. 그러자 친구가 말했다.

"아, 나 그 노래 좋아. 〈화이트 호스〉."

순간 나는 친구가 음악에 대해 꽤 잘 아는 편이라는 사실을 기억해냈고, 바로 되물었다.

"왜? 뭐가 좋은데. 왜 좋은데. 어떻게 좋은데."

"어…… 밥 딜런하고는 완전히 다르게 썼잖아? 의미를 아예 바꿔버렸지."

나는 곧장 자리에서 일어나며 대답했다.

"이걸 써야겠어."

"응?"

"와 씨, 이걸 소설로 써야겠다고!"

그리고 컴퓨터 앞에 앉아 첫 문장을 쓴 뒤 이어 결정했다. 소설가를 주인공으로 할 거야. 귀신에 시달리는 이야기가 될 거야. 고택에 갇힌 이야기가 될 거고, 고딕 스릴러가 될 거야. 화이트 호스의 의미를 찾는 이야기가 될 거야. 화이트 호스의 역사는 집의 역사가 될 것이고, 이곳에 머문 사람들의 기억이 될 거야. 그들의 기억에 따라 화이트 호스의 의미는 달라질 거야. 왜냐하면 쓰는 사람, 노래하는 사람에 의해 그 의미는 계속 바뀔 수밖에 없으니까. 그게 그들이 하는 일이고, 그들만이 할 수 있는 일이니까. 그리고 내가 하고 싶은 일이기도 하지. 바로 내가 진짜 원하는 것이지. 하지만 나는 내가 실패하리라는 것을 알아. 이미 실패하고 있으니까. 결코 다다르지 못할 거고, 아마 나는 평생 고택 안을 헤매며 살게 되겠지. 바싹 말라 죽겠지. 부유하는 하나의 기억이 되겠지. 그럼에도 불구하고 나는 계속 찾아다닐 거야. 그것이 내가 하는 일이고, 이것이 나의 사랑이니까.

그래.

정말 사랑해.

그리하여 이번 소설집은 이런 사람들의 이야기가 되리라 생각했다. 그럼에도 불구하고 그 문을 열고 들어간 사람들의 이야기. 그 집에 머무는 사람들의 이야기. 떠나지 못하는 사람들의 이야기. 고리를 끊고, 의미를 바꾸려는 사람들의 이야기. 그 모든 실패와 모순과 애착이 만드는 희미한 틈새에 대한 이야기.

그러니까 삶에 대한 이야기.

다시는 작가의 말을 이렇게 길게 쓰지 않을 것이다.

언제나 그렇듯 내게는 소설로 충분하다.

2020년 초여름

강화길

| 수록 작품 발표 지면 |

음복飮福 ······ 『문학동네』 2019년 가을

가원佳園 ······ 『자음과모음』 2020년 봄

손 ······ 문장 웹진 2017년 8월

서우 ······ 『현대문학』 2018년 1월

오물자의 출현 ······ 『릿터』 2018년 12월/2019년 1월

화이트 호스White Horse ······ 『창작과비평』 2018년 가을

카밀라 ······ 테마소설집 『사랑을 멈추지 말아요』(큐큐, 2018)

문학동네 소설집
화이트 호스

1판 1쇄 2020년 6월 12일
1판 8쇄 2024년 10월 18일

지은이 강화길
책임편집 정은진 | 편집 김봉곤 김내리 이상술 | 모니터링 정소리
디자인 최윤미 유현아 | 저작권 박지영 형소진 최은진 오서영
마케팅 정민호 서지화 한민아 이민경 왕지경 정경주 김수인 김혜원 김하연 김예진
브랜딩 함유지 함근아 박민재 김희숙 이송이 박다솔 조다현 정승민 배진성
제작 강신은 김동욱 이순호 | 제작처 영신사

펴낸곳 (주)문학동네 | 펴낸이 김소영
출판등록 1993년 10월 22일 제406-2003-000045호
주소 10881 경기도 파주시 회동길 210
전자우편 editor@munhak.com | 대표전화 031) 955-8888 | 팩스 031) 955-8855
문의전화 031) 955-2696(마케팅) 031) 955-1922(편집)
문학동네카페 http://cafe.naver.com/mhdn
인스타그램 @munhakdongne | 트위터 @munhakdongne
북클럽문학동네 http://bookclubmunhak.com

ISBN 978-89-546-7222-1 03810

www.munhak.com